◎毕华勇 著

我是时空中的一粒微尘

陕西新华出版传媒集团
太白文艺出版社

图书在版编目（CIP）数据

我是时空中的一粒微尘 / 毕华勇著. -- 西安：太白文艺出版社，2017.1(2022.1重印)
ISBN 978-7-5513-1079-6

Ⅰ. ①我… Ⅱ. ①毕… Ⅲ. ①散文集－中国－当代 Ⅳ. ①I267

中国版本图书馆CIP数据核字(2016)第308123号

我是时空中的一粒尘
WOSHI SHIKONG ZHONGDE YILI CHEN

作　　者	毕华勇
责任编辑	申亚妮　卢虹竹
装帧设计	西安博华平面设计工作室
出版发行	陕西新华出版传媒集团 太 白 文 艺 出 版 社
经　　销	新华书店
印　　刷	三河市华东印刷有限公司
开　　本	787mm×1092mm　1/16
字　　数	270千字
印　　张	16.5
版　　次	2017年1月第1版
印　　次	2022年1月第3次印刷
书　　号	ISBN 978-7-5513-1079-6
定　　价	42.00元

版权所有　翻印必究
如有印装质量问题，可寄出版社印制部调换
联系电话：029-81206800
出版社地址：西安市曲江新区登高路1388号（邮编：710061）
营销中心电话：029-87277748

作者与著名作家陈忠实（2013年5月在西安丈八沟宾馆）

温习故乡

艾绍强

从认识到现在,三十多年过去,华勇的写作一直没有停止。20世纪80年代中期到90年代初,六七年时间和华勇经常在一起,我几乎是他每篇文章每部书稿的第一读者,对他的行文风格、用词习惯不敢说熟稔于心,但基本特征大体还是熟悉的。

后来天各一方,华勇有新作问世,总是第一时间给我,但我只是零星阅读;三五年见一面,每次都是匆匆忙忙,基本没有像以前那样认真交流过。再后来,虽然常见他的作品,但是有意无意不去阅读,似乎想躲避一种无法言说的东西,又似乎在避免触动内心深处某种隐秘,对于这种感受我自己好长时间也说不清。

这一次,未加思索就答应给华勇的新书写几句话,原以为以我对他的熟悉程度,写起来应该容易,真到动笔却颇为踌躇,以致拖了几月甚至成为一个心结。于是,仔细读完这本书所有的文章,回头看目录才发现他是按"乡愁、乡恋、乡情、乡音"编排的。借着他的文章,我又知道了故乡的许多消息,温习了一遍故乡的人与事;他写的许多人、许多事是我熟悉的,许多感受是我们共有的……突然明白,近年来不愿意读华勇的作品,原来是害怕触动心中那根关于故乡的隐秘之弦。这根弦稍一弹拨,就是砰然作响——故乡是永远绕不开、永远魂牵梦绕的。

一直觉得华勇的文章不够宏阔、不够硬朗。以前我甚至觉得奇怪，军人出身的华勇，文章为什么表现得那么细腻甚至柔弱，叙述也似乎有些琐细。三十年以后再回头读他的作品，我才理解了他的琐细与貌似柔弱背后的力量。他写家乡的土地、村落，也写家乡的春夏秋冬四季更替，关注家长里短，也描述凡人小事。在这本书里我就读到了许多认识甚至熟悉的人物，这些人有的已经故去，在长歌当哭的文字里，我读出华勇对故人的深情，对生命的尊重，对命运无常的无奈、感叹与忧伤，也读出他对故土的眷恋。书里的篇章都以"乡"字命题，可见"乡"——家乡、故乡、老乡等在他心中的地位与分量。由此可见，华勇的作品虽然看似琐屑，但他说的其实是一个大主题，那就是我们的乡愁。

乡村与城镇一直是个矛盾。从小我们的话语中就有许多嘲笑城里人的俚语俗话以及各种编排城里人的笑话故事——很早以前在以农为本、重农轻商思想占上风、乡绅治理之下的乡村社会其实是看不起城市的。但是，二元结构城乡体制之下，城乡关系早已经改变，乡村显然就是"受苦人"挣扎的地方，是"落后、愚昧"的所在，祖先留给我们的只是口头酸溜溜的对城市的揶揄。于是，乡村的精英、乡村的知识青年，力图挣脱束缚进入城市、融入城市，而摆脱土地，也就成为20世纪80年代以来的一个时代旋律。这一时期出现了大量反映这一主题的文学作品。在这个主题之下表现农村知识青年奋斗与挣扎的作品尤为显眼，这其实也是一个中国走向何处的命题——底层上升的渠道，反映的正是一个国家与社会的公平与进步，也是一个国家前进的目标所在——给卑微者以出路，给底层以上升机会。

通过种种艰苦卓绝的努力与奋斗，20世纪80年代以来，我们这一代从重围中冲出乡村的青葱少年，终于摆脱土地，在城市里有了自己的一片天地。但回望故乡时却突然发现，田园已经荒芜，故乡已经凋敝，一种难以抑制的情愫油然而生，也许这就是乡愁吧。在我看来，华勇近年来许多作品里或隐或现，都有这样的意思在里面。

华勇描述的乡愁，既不是李白"举头望明月，低头思故乡"那样的思念，也不是余光中《乡愁四韵》的那种伤感。他离开了土地，但没有离开故乡，他是从乡村走到城市的，他始终描述的是那块土地上的愁情欢绪。转身回望的疏离，让他油然而生"想着村庄，住在城市里才有了平静"的感觉，这其实是一种普遍的、难以割舍的、回不去的故土依恋，"村庄"不过是一种内心深处的依托与向往的归宿。然而，现实中的这个依托与归宿却变得越来越陌生与缥缈——回不去的时光才是他所要描述的那个"村庄"。而那个"村庄"时时比照的却是现在现代化、城市化带来的种种烦扰。这也正是法国精神分析学家彭塔力斯对乡愁的那个解释：家乡既是一段时光，也是一个空间；乡愁的本质不仅是对已逝的时光的怀念，也是对身处现实的感伤。或者说，乡愁指向的重要目标是现实而不是过去，"乡愁是生活的一种隐喻"。

往大了说，我们遇上了一个大变革的时代，我们挣脱了土地，也离开了土地，但是回头却发现，我们的根仍然深深地扎在土里，魂依然拴在土地上。这既是我们的不幸，也是我们的幸运；不幸的是我们已经无法亲近土地，幸运的是我们还有故土可以缅怀。

一切都在快速改变，城市化锐不可当。城乡之间三十多年的变化，让我们常有目瞪口呆之感，也常常让我们不知所措，许多看似恒常的东西似乎一夜之间消失殆尽。但是，我们心中的那个"乡"永在，曾经的那个伊甸园永在，所有的苦难、所有的快乐都蕴含在那个"乡"里，所谓的乡恋、乡愁不过如此。

华勇一篇文章里写他一个人回老家的窑洞里住了几天，其实那不过是他在追寻过往。过往的一切随着时间流逝，只能成为乡愁。过去怎么可能回去呢？过去就是一个回不去的故乡、回不去的村庄，过去只能留在文字里或梦里……睡在老土炕上，梦回往昔，故园在梦里能够重现吗？也许连梦中都没有。抚摸回味，家乡在眼前，乡愁在心中……全球化、现代化之后扁平的世界里，身处任何地方与家乡的距离天涯变咫尺；快速流动的城市里，进城的年轻人失去了故乡，新一代人甚至没有了故乡，那么乡愁又从何而来呢？

我们的乡愁也许是最后的乡愁了，以后就是稀罕品了，注定我们要缅怀。远去的故乡，远去的人，远去的时代，都是时间的流逝；每个人心中的故乡，不仅是空间上的，更多的是时间上的、精神上的。

注定，乡愁也会变得稀缺。

（艾绍强：作家，文化学者，《华夏人文地理》杂志编审）

目录
CONTENTS

序：温习故乡 / 艾绍强

第一辑　乡愁

米脂是一本书 / 2
失落的村庄 / 5
我与村子 / 9
我在重伤的城市 / 17
想起村庄 / 21
我是时空中的一粒微尘 / 24
那个小院让我直起腰看世界 / 35
我们一起听音乐的冬天 / 39
英雄与美女恒久的记忆 / 43
永不消失的家园（三篇）/ 48
秋夜孤灯听落叶声 / 51
米脂有这样一个村庄 / 54
人在秋阳 / 57
一条河的记忆 / 60
给自己一盏远观无味的茶 / 62
美丽叫人疼痛 / 64

面对老城的乡愁 / 67

独对美丽 / 71

第二辑 乡恋

桃镇十日 / 76

这天与贫困无关 / 85

看见杏树红叶的那一刻 / 87

酒道　人品　写作 / 89

冬天，修改沉浮的千种结局 / 91

春天心绪 / 95

寂静走着 / 97

独歌 / 99

从米脂古城品文化 / 101

走进吴堡 / 104

喝酒的意韵 / 107

寻找一个人 / 110

有自行车的年月 / 112

夏天是支撑着我们活下去的理由 / 115

一条河与海 / 120

仙佛洞，在我心中停留 / 122

过年是灼人的温暖与疼痛 / 125

骆道桃源一地彩 / 131

第三辑 乡情

又一个好人走了 / 136

无尽岁月的戏剧 / 138

大爱无边 / 141

灵魂的坚守与叙述 / 143
岁月切割着我的灵魂 / 145
生活给写作者的恩赐 / 147
有一种生活叫坚持 / 149
靠近鲁迅一点儿 / 151
今秋满怀哀伤 / 153
一个好人走了 / 157
我尊敬的长辈和读者走了 / 160
追求生命的意义 / 162
观《平凡的世界》所想 / 164
剪不断的情缘 / 167
为一种精神，重读路遥 / 169
与秋天对话 / 172

第四辑 乡音

用自己的方式行走的人 / 176
作为写作者的朱序忠 / 179
"娥子"绚丽多彩的人生 / 180
叩响我心灵的女人 / 185
得其精神而不舍 / 189
拼搏赢来的幸福 / 192
巧手换来艳阳天 / 197
回味无穷的韵律 / 202
宁静以致远 / 205
守望圣土的人 / 208
境由心造，事在人为 / 210
神韵飞扬 / 212

一片痴心坚守不悔 / 214

经典不可复制 / 217

关于写作的另外的话 / 224

唤醒我们的记忆 / 226

我精神的家园 / 230

第五辑 附录

《米》杂志2011—2016年刊首语 / 234

后记 / 249

第一辑 乡愁

近乡情更怯,许多人没这样的感觉,而我生活在此,时常担心一些要发生的事情,自己就会恐慌……

米脂是一本书

所有到过米脂的人，都心怀敬意与惊讶，一个响当当的人物李自成谁不折服？还有米脂的婆姨，哪个不由衷地吟诵？而如今，当我靠近这块土地时，仿佛时光倒转千年。追历史之陈迹，寻民族之魂魄，集上古五龙氏部落，商时为龙方、鬼方部落，春秋、战国、秦、西汉、东汉等千古雄风，一条无定河奔腾不息，以北魏、北周、大夏、隋、唐、元、明、清历代文化底蕴为标志的黄土文化，她的恢宏、博大、苍凉、悲壮的气势无不让世人震撼。纵横的沟壑，起伏的山峦，览历史的烟云，古代纷扰的兵戈，豪雄竞逐，风骨铮铮——这是陕北人民伟大文明的表征。这块土地的厚重，这块土地的神韵，这块土地的魅力，无可争辩地证明了祖先们在这里繁衍生息，并创造了辉煌灿烂的文化。

随着时间的推移，那些灵魂和我们一起，在现代文明中穿行。祖先们当然不认识昔日的"毕家寨"或"古银州"，就连我自己也被这突飞猛进的变化所惊呆。事实上，这么些年，我们置身其中，却没有静下心来想这块土地的魅力所在，曾经走过许多风景如画的地方，细想起来，没有一个地方让我如此思念和长久地回味。故乡被古人喻为藏龙卧虎之地，也是一块风水宝地，就连城内那条河也被称为"流金河"或"银河"。四周的山围绕着米脂城，盘龙山、卧虎山、文屏山、笔架山、锁子山十里风光，浩荡的无定河挽着米脂厚重的历史，莽莽苍苍，深沉地叙说历史与自然和谐之美的米脂。有时一个人在夜深人静的时候，心头悄悄袭来带着大山的寂寞、天地间至高至远的情韵，恢宏和深邃的气息，还有无定河两岸高亢的信天游，我立刻会获得心灵净化而升华的喜悦与陶醉……

在米脂，阅读凝重的历史让你的生活变得更加精粹。任凭时间的流逝，森然的古城墙让我们看到越来越熟悉的风景。古城东街的店铺楼阁，依旧显示着昔日生意的红火；西街的四合院，把工匠的技艺磨炼得如此纯熟；南门桥过去，热闹非凡的骡马店，诱人的招牌与红灯笼隐含了多少赶牲灵人的故事。这些被称为"揽脚"的汉子长途跋涉，把米脂的山货特产运出去，又把外面的盐巴、布匹等许多被称为洋货的东西运回来，这种贸易持续了多少代？这些揽脚的汉子漫不经心地消磨掉夏日的时光，总在秋天迎来最多的温馨。住进骡马店，卸下货物，给骡马添足草料，然后坐在热烘烘的炕头，打来一壶烧酒，所有的劳累与疲惫在油灯下变成了高调的激情；一阵朗朗笑声后心醉于湿漉漉的回忆，在某一个夜晚，在某一个驿站，他曾拥有一个俊俏的女人……

我童年的记忆里，每逢集日的那种拥挤与红火，那种人潮涌动与马嘶驴叫，还有冷不丁喊出的"碰来""糊来""油来"的吆喝声，此起彼伏的声音一浪高于一浪。农村人把仅有的口粮背进城里，把仅有的一只"站羊"牵进城里，把自己在农闲时编制的筐子、簸箕、扫帚、锅盖、席子背进城里，无论卖了多少钱，他们把苦难都埋藏得无人知晓。因为只有他们晓得，这些零碎的钱是救命钱，是孩子们的上学钱，是一家老小穿衣吃饭的钱。那时候，我晓得他们不快乐，但他们的脸上还是挂着笑。

历史的长河奔流，为米脂遗留下一串串耀眼的文化明珠。杨家沟扶风寨马氏家族，在封建社会的旧中国，竟然早早地让子女接受教育，学文识字。特别是女孩子，不缠脚，进学堂，在陕北开了先河。米脂以其在历史上的重要位置，让我们铭记昨日的辉煌，还有昨日的苦难。或许是因为战乱，或许是因为过去的辉煌不经意地被疏忽，20世纪米脂曾一片荒凉，人们不得不背井离乡"走西口"或"走南路"，逃荒的那份悲苦至今镌刻在老一辈人的记忆里。如今，米脂以开创意识迎接着一个个春天。孟家坪村率先实行的生产责任制把世界的目光都聚拢在这里，高西沟几十年如一日的生态建设释放出巨大无比的能量，照耀着今天的梦想与现实。没有人因为饥饿而逃荒，老百姓再也不愁穿衣吃饭、油米盐炭。米脂人开始忙碌，开始变得自信。新城区建设突飞猛进，宾馆取代了骡马店，超市取代了商店，琳琅满目的货物任凭选购，南来北往的汽车穿梭如飞。今日的米脂充满了朝气蓬勃的生机，也充满了更诱人的活力。官庄的十万吨金泰化工厂吹响了史无前例的大型工业化城市的前奏，汽车运输、服装加工、天然气化工等支柱产业逐渐形成，打造着榆林南部的经济强县、文化大县、人居名县，不夸张不矫饰地与共和国浑然一体……

　　米脂的大气与灵秀，无论世事怎样变幻，永远那么怡然自得。米脂是本书，永远读不透、读不厌。和这块土地相处一生，只有感恩，只有崇敬。这块土地厚重得让人难以割舍。众多的英雄豪杰，难解的神韵，栩栩如生的人物，一个个未曾说完的故事，哪一个人不想和她重逢？

　　我坚信，米脂的未来将更加熠熠生辉，闪耀着永恒的光，在大地上行走。

失落的村庄

　　多年之后，我注意到自己心底突然间有一道裂缝在蔓延和扩大，仿佛在悠悠岁月中撕开许多口子。村庄的那种温馨与淳朴，小河的清澈如玉，突然间消失了。无论土地、草木还是人，甚至每一条小河，都让我梦魂萦绕，一生无法割舍……

　　如今，我们经常坐在几百人的会场里，离土地越来越远，会不会越来越变得孤独冷酷？绵延的黄土山头，会不会被漫天的风沙覆盖？置身喧嚣的尘世有时萌发的那种追怀让自己的心灵不停地震颤。

　　春天里去几个村庄走了一圈，那种久违的纯净与简单让我的心潮澎湃。村庄的人与物，竟如此撕扯着自己，不论是洗礼还是治疗，都让我出自本能地叹息。我是从村庄出发的，因而对故土触目惊心的变化（一切都失去了生机和灵气）很惊讶。村庄成为令人悲怆的事实，无法遏制的怀念，让我满眼迷茫。

　　是的，村庄里一代代人在黄土地里实现着自己的愿望，但问题是他们苦心经营数年之后，土地给予他们的回报却越来越少，他们对自己的存在了几百年之久的家园开始困惑，他们卑微的心里始终梦想着逃离村庄，过上与城市人一样的生活。尽管这个梦想一次又一次被现实生活击溃，但他们的下一代还是选择了离开。20世纪80年代后，稍有关系的年轻人，还有不甘靠天吃饭的人，也就是村里认为有"能耐"有"本事"的人走了出去，离开了村庄，离开了土地，做小生意、摆摊、打工、蹬三轮车，城市最下三烂的活他们都做。每年腊月回到村里的时候，他们已经体面起来，西装革履，大包小包的东西，兜里掏出来的香烟换了牌子，况且，他们见过了世面，讲那些灯红酒绿的故事。只是他们不说，在城市，他们依旧生活在社会的最卑微最悲惨的底层，在城市生存的空间里，他们备受挤压，甚至得不到城市人的尊重。他们清楚，这种生活没有尊严，但还是有一线希望，无论如何总比种地好，种地使他们贫困不堪，濒临绝路。他们走出去，即使冒许多风险，但心里依旧踏实，大不了回村里再握二尺五的老镢把，这样的生存权，恐怕任何人也不会被剥夺的。

所以，村庄由此开始切割开来，种粮的时代过去了。只有老一辈的人还在不停地念叨：受苦人离了土地咋活呢？

村庄没有什么两样，土地正在冬眠中，树木枯黑，一切都好像慵懒地沉睡着。没有犬叫鸡鸣，没有学校琅琅的读书声，与城市形成了强烈的对比。有时一个响当当的村庄，在家的却只有几十号人，而且七老八伤，什么幸福指数、美好前景、未来设想等对他们来说都无从谈起了。

外面的世界高深莫测，他们不需要理解得那么透彻。

于是，永守故园的人靠一种精神支撑着，其实这种支撑是不堪一击的。他们像许多村庄的人一样，说国家政策再好不过了，历朝历代哪有这样，皇粮国税不缴，看病还能报销，种地补钱，还吃低保，这世事还有说的什么？然而，当我们问起在这样好的环境下，村里大多数人为什么跑出去时，他们说，多半是为孩子。还有，靠在庄里务农，他们缺乏文化，即使有经济作物、养殖业等增加收入，但他们没有技术，又不会管理，收入还是上不去。他们说话的时候眼睛里有些迷茫、温和与淳朴。这个阶层的巨大悲哀在于他们没有受到良好的教育，于是，他们的子孙宁愿远离他们去过那种备受挤压的生活，希望下一代成为文化人或者有出息的人，便将好好的家园舍弃了。在城市，租房、揽活、四处奔波，每月的房租、电费、水费，孩子上学的伙食费、资料费全要积攒出来，挤进城市落脚的人不知道自己是什么。他们无暇顾及所谓生活的质量，有时连尊严都没有，更不要说顾及远在村庄的老人。在城市，他们已筋疲力尽了。于是，村庄里老人的生活问题成了一个严重的社会问题，众多的农民子女无法承担诸多压在他们肩上的担子。

在村庄的道路上走着，偶然遇见一两个长者或妇女。上去问话，他们用疑惑的眼光审视着我们，那种无所适从的茫然，让我怎么也忘不掉。而此种神情，触发了我无限的回忆。村庄里生机勃勃的日子，曾让我泪流满面；村庄每天都是鲜活的，歌声、笑声、叫骂声、鸡叫狗咬、驴嚎马鸣。抑或是在一场雷鸣电闪的大雨中，站在窑洞门口，看着四散流溢的雨水，倾听那惊心动魄的声音。洪水过后，泥土的气息是那么浓烈，草木是如此嫩绿，清澈的泉水映着雨过天晴的白云，这些都曾让人牵心扯肺。还因为这些——一个细节、一声叮嘱、一句问候、一个节日，把故乡、故土、故人、故事连缀成巨大的温馨，同时也维系着村庄里盘根错节的生命之根本。然而，随着岁月的流逝，那种浑厚的暖意渐行渐远，甚至一去不复返。如今看到的村庄，不免让人觉得有许多无奈，进而心头隐隐作痛。

我们来到孟家坪村，正好是中午，阳光照着，本来是春暖花开的季节，却有一阵阵的风吹得黄尘飞舞。开初我们在孟士明家的院子里听他讲，因为风大，不得不回到窑洞里。孟家坪在国内享有很高的知名度，20世纪70年代末，率先实行家庭联产承包责任制的村庄就是它，西北农村最早的包产到户就是从这里开始的。它和安徽凤阳县的小岗村齐名，当时它的名字不断地出现在全国各大报刊上，孟士明便是领头人。

从这点上看，孟家坪在那种特定的历史背景下，用最好的生产方式解决了群众的温饱问题，给我们开了先河，做出了榜样，而且得到了广泛的推广。这种模式一下子改变了中国农村、农业、农民的状况。几十年过去，率先实行责任制及土地的承包成为一种记忆。而现在，还是这些人、这些土地，在依旧吃饱穿暖的情况下，孟家坪的辉煌可以说成为了历史。面对今天的经济变革，脆弱的农业依旧束手无策，和其他村庄一样，一派的肃静。看看当初的领头人孟士明的家境，看看孟家坪所走过的历程，还有孟士明的人生旅程，我被带到另外一个伤感的天地，带到了另一种困惑之中。这个村庄的人们曾经不顾生死，为争得土地与生存的权利，拧成一股绳，成为村庄鲜活的一部分，犹如呼吸与脉搏一样无法割裂，他们对土地、对村庄难以割舍的心态，为什么一下子改变了呢？

也许这是社会发展的必然，村庄里的人总是在社会转型时感到无所适从和矛盾。他们在阵痛之后，选择舍弃尽管十分艰难，但还是在这纷扰、浮躁、无序中，把宁静、质朴、温馨统统压成碎片隐藏。要想回到从前，似乎没有退路了。过大年张灯结彩的欢乐，点香拜神的虔诚，垒火塔的企盼，石磨磨出的面粉，碾子碾出的小米，母亲们炸出的丸子，还有一年发酵后的酱醋，黄米馍的醇香，枣糕的香甜，剪窗花、贴年画、问强健、走亲戚，心中的乐土，梦中的福地，亲人骨肉的本根让村庄循环往复，那种保持着浓浓亲情的礼仪，使村庄的生命那样有活力。当然，在这中间，更多的是天人合一，人与人保持着足够的尊重。但是，村庄的存在和影响力正在衰落。

  这种苦果正被所有人一点一点地吞下。我们内心慢慢孕育并膨胀的欲望，正像速生草那样，畸形而可怕地生长。走出村庄的人无论如何艰难，有的甚至付出昂贵的代价，仍然义无反顾。村庄对他们来说并不重要了，背井离乡地打拼，是为了更幸福地生活，还有子孙后代本质的变化……

  村庄将我拉拽在世上活着，竟是如此凡俗及缠结于其中。那份感情的牵连，让我感到不可抗拒的神秘力量的存在。我仰慕那些功成名就的人，因为你们有钱、有房子、有车子，可我的村庄，我始终纠结着，那种近乎凄凉的留守者，让人提心吊胆。还有村庄里走出来的人，光凭几个鲜活的词，能遮掩他们内心的乡愁吗？

我与村子

一

天天喝酒，夜夜做梦。有些梦生动古怪。许多是关于村子的，在老家的老地方，让我醒来后觉得这样的梦蕴含着几分诡异，有时是那么逼真，实景与实地对应。一个小村子，三十户人家，全是一个姓，大叔大婶兄弟姐妹，还是二十年前的模样。梦里有去世的人像活着时一样跟我说话，并没有让我感到惊恐，反而感到怀念。

我们这一宗族，人口并不旺盛，祖宗曾在米脂开创了一片天地。县城的初始是我们这姓的根据地，有文字记载叫毕家寨。因毕姓人性格刚烈，行侠仗义，常常与官府对抗，差点儿成了气候，后因地方官奏报朝廷，皇帝便下旨毕姓不得上百户。祖辈们说皇帝金口玉言，把我们的人脉香火给咒死了，并贬出毕家寨，到无定河西的荒蛮之地开垦耕种。毕姓人家从此日子不太宽裕，靠天吃饭，等着"时来运转"的一天。然而，祖祖辈辈却一代比一代过得恓惶。

关于村子我写过不少文字，仙佛洞往北四里地，貂蝉洞往南三里地，这中间有一个分岔处，左边顺着大沟两边的五条山沟里，星星点点住了些人家，村子名叫盘草沟，不知因何得名。事实上村子的历史并不长，在村子没形成之前都在艾好湾住，至今我家的几棵枣树还在艾好湾长着。20世纪50年代，村里许多人搬迁到沟里，于是便从行政归属上彻底分开了。然而，学校还是一个学校，分不开，我们村又没有力量办学，娃娃们一拨一拨还得起早摸黑到艾好湾上学。哥哥拖弟弟，姐姐拉妹妹，大人们忙农活，哪像现在，大人们操碎了心，接送孩子成了一种负担。20世纪70年代，父亲当了支书，一心要在村子里自己办学。于是，在一个寒冷的冬季，在米粮湾的胶土地上，大人们用镢头、铁锹、单轱辘车挖好一块地基，接着去仙佛洞的石崖畔上打石头。对于这样一种十分艰辛的劳动，大人们十分清楚，而我过了好多年才理解这种决心、勇气、信念和力量。其实，直到现在，当有一天我站在那几孔窑洞面前，里面全是柴草，门窗几乎没有了，但我却心存敬畏，我似乎有点儿不太相信，当办学校成为现实的时候，人世间一些神秘与奇异果真能够违背你的意念！学校修好没用几年，娃娃们还是去艾好湾念书了。父亲说起此事总是止不住地叹息，他说公家不派老师来，光靠村里的一个初中生当老师，力不从心，娃娃们要有出息，还得找好老师。

　　失败让父亲和村人觉得很糟糕，他们不再坚持，选择了放弃。我理解父亲那句话后，总会心里生出疑问：为什么？

　　村子里上一辈没有几个识字的，他们都明白下一代有了文化才能走出山沟。他们过苦日子太久了，已习惯了，但他们天天想下一代过得好一些。可世事说变就变了，让他们猝不及防，血汗就那样白流了，学校那几孔还没来得及焐热的窑洞一下子冷清下来，任风雨蚕食，被冷落在一旁，无人问津了。

　　我至今记得父亲在鸡叫时就去仙佛洞石崖畔背石头的情景。村里的男劳力都跟着父亲，每人赶天亮背三回。一块、两块、三块，坚持不懈地背着。米粮湾的那块地基上，垒起几堆块石。父亲和村子里的劳力整整半年没歇息过。路远，不好走，还得上山，实在不行了，靠在土圪台上松松肩。朦胧的村子小路上，隔几步的背石头人，黑乎乎的，看不清脸面，听得见喘息声，偶尔有一两声咳嗽。只有他们晓得：只要学校修起来，娃娃们再不用跑到艾好湾念书了，自己村里有了学校，娃娃们才有希望……

　　直到现在，没人跟我说过学校的事。辈分再小一点儿的娃娃甚至不知道村子里有过学校。村子没有几个人住了，他们接下来唯一可做的而且必须要做的事，就是想办法挣钱攒钱。丢弃土地的儿孙们在城里，让他们继续操心。这个世界的价值观遭到了颠覆，老人们晓得儿孙到城里没有一个支点非常恐慌，似乎有一个声音时刻提醒他们，粮仓不能是空的，衣兜也不能空着，这个世界只要有和你相干的人，你就永远要操劳，心永远平静不下来。

二

今年中秋还是没有外出，想来想去没有地方可去。节假日，到处人山人海，无论是高速路还是国道省道，还是城市里的大小街道，一辆挨一辆的汽车排成了长队，人们除了吸汽车尾气，还得像超市里为了买便宜货排队的人群一样，挤来挤去堵得发慌。没得去处，恰好村里有事，我便毫不犹豫地带上几本书，回村子住了几天。

我对村子一直保持着浓浓的情感。平日里下乡真是走马观花，为此我常常感到遗憾。然而事实是许多村子留守的全是些上岁数的老人，他们吃上国家低保便一无所求，只有害大病的来了会一个劲地给你讲述他们的遭遇。听着他们不厌其烦的倾诉，我便感到莫名的慌乱，一个个无助甚至无望的眼神就那么死死地盯着你，我的心开始紧张。现在农村不再说水路、出路、地界或别的鸡毛蒜皮的事了，他们讲公平，讲理性，还讲政策，有时全是纠缠不清的细节，就像一个个扑朔迷离的故事，说不清这故事里还会隐藏着什么。故事完了，我的心碎了。对于他们，我能做些什么呢？

村子里的许多人家困难依旧，他们指望的我们无法满足，这便成了我的心病。作为从农村走出来的孩子，在公家门里站着，面对父老乡亲，这种无能为力或束手无策让我常常自责，有时又觉得羞愧万分。

一两句安慰的话能做什么？我不甘心做一个旁观者。可回到城里，我的那股劲一下子又轰然倒塌。

面对现实，自己更难堪。

我还是回到自己出生地的时候会有一种舒适感。我看到村子里人们的笑脸，一个个亲热地招呼着我，虽没有太多的惊喜，却也其乐融融。我喜欢村子里宁静的感觉，特别是坐在自家的土炕上，从窗户的格子里看对面的山、树、草，偶尔听见一两声狗叫、驴嚎。院子里不时有几只觅食的麻雀，叽叽喳喳快活地嬉戏着。我从小就是在这样的环境中长的，一直长到十五岁出远门上学，没考上后又回来。十八岁正补习准备再考的时候，来乡上接兵的军人跟我说是金子在哪儿都会发光的，于是，我当了兵。这算是人生的开始，也是逃离村子的开始，为了使自己不会成为"受苦人"，我选择拼命朝外奔跑。每当说起这些经历时，晚辈们总是一脸麻木，毫不为之所动，因为他们也在朝外奔跑，也曾梦想挤进公家门，拿上工资，高枕无忧。可是，村里的年轻人几乎每年都有考上大学的，每年都有毕业的，许多还在四处奔波，没有固定下来。有时，他们会打电话咨询我，问我县上有没有就业的门路。我答："县里跟别处一样，门路都快堵完了。"他们很失望，也许心里想还不如不问呢，公家门里站着的人，就连一点点光都沾不上吗？关键时刻，连句凑紧话也没有。我解释说："我就这能耐，没本事，社会淘汰的一帮人里就有我呢！"

这次我回来，正好村里安自来水，许多人从外面赶回来，村子里显得有了生气，人一多山峁山底都能听见说话声。晚上，几个同辈兄弟邀我去他家吃饭，我说已经吃过了。他们一脸茫然，说你一个人生火做饭多不方便。我告诉他们，回来时油盐酱醋米面蔬菜都带了。他们说秋天村里蔬菜多着呢，何必带呢？我晓得他们是真心的，没把我当外人看。一些事，也许只有经历了才感觉到珍贵。这一夜，我只有当一个听众的份儿，我连续发了几盒烟，他们反倒不好意思起来，一个个说不抽了，已经是满窑的烟了。或许白天他们太劳累了，说话时有的打着哈欠。我当然有问不尽的话，比如收成、其他收入，还有全村饮水工程公家给多少钱。最后说到水源的问题。我的一个兄弟说水井是他包了打的，按出石方计算工资。这口井就是在原来老井子的基础上开挖的，开挖井子他们吃了不少苦，原以为能很轻松地拿下来，不料揭过上面的盖层后，用锤子、钢钎打不下去了，总碰到石头，又不允许用炸药，只好雇人用电钻打。秋凉了，泡在水里面几十天，总算有眉目了，他们也松了口气，剩下做围墙、封井顶的活能容易些。听他们讲，我想着那口老井子，从20世纪60年代开始，全村人全靠那口井子吃水。尽管井子只有三尺多深，长不过三米，宽大约两米，但潺潺的清水从石缝里流出，水井时常是满满的，任凭村里人挑，怎么也取之不尽。有一年冬天，井水快要溢满流出来了，井沿边结了冰，我拿着担子和水桶去担水，这也是我第一次为家里担水。可不曾想到，不知是力气的原因还是技术的原因，我学着大人们的样子，先打了一桶，提在井边后再打第二桶时，脚下一滑便掉到井子里去了。好在井子不深，我爬出来丢下桶担，湿淋淋地跑回家。母亲见状赶紧帮我脱掉衣服，那时我的样子一定很狼狈。母亲说我还小，靠不上。当时我有些委屈，但心里却有一种不服气。这股劲在身体里不知不觉地扩散着，渐渐地成为一股力量，这力量使我在以后的日子里，不断挑战着不可能。

我在外面奔跑的时候，那口水井干枯了，竟然莫名其妙地淌不出水来。现在老水井拆掉了，井窑正面那几个"为人民服务"的字随之消失，村子的历史又被刷新了一回。

事实上，20世纪80年代后期，村子凭借着土地承包责任制带来的好处，几乎家家户户开始修新窑洞，这情景可谓波澜壮阔。接着每家每户打水井，安上了自来水，集体所有的财产能拿便拿，能分则分，能卖则卖，剩下的只有几孔孤零零的队窑、学校，还有那口水井。村子兴旺一段时间后，随着商品化大潮变得冷静下来，有能耐的人被裹挟在大潮里，飘到东西南北。村子里原本的许多新窑洞、茁壮成长的树和肥沃的土地，因为无人照看，窑洞迅速朽坏，墙皮剥落，院墙倒塌，薄壳漏水，院子里野草丛生，成了荒地。硷畔前的枣树、松树、槐树都枝生蔓延，疯了一样地生长。杂草和树木混在一块儿，看不出这里曾是一院整洁的人家。从前一个个让人倍感温暖与舒适的家就这样被时光消耗没了。现如今，政府给全村家家户户安自来水，不少人从外面赶回来。我说："村子人大都不在家里住，安自来水有甚用？"他们犹豫了一下，有些无奈地说："有用没用先安上，说不准有一天外面吃不开了再回来。"

我揣不透他们的心思，村子里的人还是那样会精打细算，他们把过日子看得长远。外面的许多不如意他们很少说起，他们说有时生活实在逼得人没办法，所以甚事都得思前想后。

我没有看到一个年轻人回来，也许他们忙于生计，但对于在城市已有立足之地的他们，回来安自来水又有什么意义呢？

这一夜，我无法入睡。半夜时分，外面下起了小雨，秋雨打在树叶上，沙沙沙的响声一直穿过我的胸膛，直达心底，仿佛在夜深人静时，仙佛洞戏台上有一女子轻歌曼舞，拨弄琴弦诉说衷肠。我穿好衣服推开门，稍有凉意，对面山梁犹如泼过浓墨般越显厚重。山梁上的树像剪影一样静静地矗立在雨夜中，一种浓浓的诗情画意在我心中升起："通往山顶的小路/被野草缠绕覆盖着/我低头寻找/生怕一不小心/踩痛了家乡的秋天/空气中散发着泥土的清香/村庄果实/正铺天盖地涌进怀中/我的心痛会被暖暖的词语覆盖……"天空灰蒙蒙的，永远隐藏着读不透的玄机。这个晚上，细雨，无风，整个村子寂静得让我明白：我们这一代人的青春，经营过那么多的理想，可真正属于自己的还是生育自己的地方。没错，无论你走多远，村子的情结抹不掉、撕不开。城市里所有的生活都是昙花一现，放下名利心才能静。心静的地方便是家，村子的土地是真实的，只要你辛勤耕种，收获是属于自己的……

忽然，院子里熟透的梨和红透的枣从枝头上掉落，滑过叶片，落在了地上。

这一声，让我回到了现实。

三

早上起来天气晴好，走出门伸腰的时候突然看见一只喜鹊。

我惊喜不已。

有一年，喜鹊走了，村头那棵又高又粗的水桐树枝杈上，只有一个空空的喜鹊窝。开初村人觉得少了什么，后来就习惯了。喜鹊可能走远了，它穿过黄土山，飞越大河，寻找生存的地方去了。

我不知喜鹊走的时候是否充满了恐惧，因为远方不是它的家。我更不知道村子里的喜鹊的祖先从哪里迁徙而来。就像我们每个村落、每个姓氏的祖先是从哪里来的一样，怎么会在这贫瘠的黄土高原上安家落户。后来人们一个劲地寻根问祖，许多人才晓得他们的祖先是从山西一个叫大槐树的地方分散走开的。再后来我才知道，其实祖先们挺聪明，走到这块地方，一条汹涌澎湃的无定河就可以让他们活下来。无定河的每一条支流、每一条小河、每一个沟岔都住上了人。有水便有生命，有地便有食物。喜鹊要比人来得更早，然后在长时间的跋涉中，它们相互依偎，相互关照，它们一双一对地分居开来，筑起自己温暖的窝。于是这里的一切平和与人类共享，谁也不防备谁，谁也不打扰谁，很平静，各自有各自的地盘与生存方式，不会有冲突，不会有破坏。

可是，这种平和的氛围还是被我们人类破坏了，村人不停地给土地下毒，许多生物链开始断裂，本属于这块土地的昆虫、鸟儿被人们毒死或驱赶，没有了生存环境。城市的污染物飘来，各种噪声在空间传播，这种突然的变化让鸟儿不知所措，有时正在沉睡，冷不丁的轰鸣或化学合成味从天空掠过。最后，喜鹊不得不走了。

在什么地方停留？喜鹊没有想过。这世界到处人头攒动，一根根又高又大的烟囱正发疯地冒着黑烟，远处开始有了雾霾，空气更加糟糕。栖身之地难以寻找，万物争先恐后地在找自己的归宿。人们正肆无忌惮地搞建设，占用土地，毁掉森林，破坏河流，原本属于鸟儿任意飞翔的天空开始污浊不清，喜鹊惊魂未定地转悠了多少年。如今，它飞回来了，咽下了自己激动的泪，还是这片土地，如今草木丛生，人们挤进了城市，土地恢复了机能，昔日的朋友都回来了，山鸡、麻雀、兔子、昆虫、啄木鸟……喜鹊就像得到了某种安抚。于是，窝垒起来了，新的生活从此开始。

> 前沟的喜鹊喳喳喳，
> 后沟的吹手哇呜哇。
> 捣锣锣拍镲镲，
> 迎得个新媳妇背坐下。

这首童谣年代久远，我忽然记起来。看见喜鹊在枝头报喜，这是一个好兆头，世界上有多少地方能让喜鹊安心生活呢？又有多少地方的人们与喜鹊和平共处呢？

若干年后，我们会留下怎样一个村子？

四

从前总是说从农村走出去到城里找一份工作，特别是在公家门吃上公家饭便是跳出了火坑。如今，许多人从城市里回到了农村，寻找一份清静、安逸，他们觉得城市环境不接地气，铺天盖地的钢筋水泥把阳光反射到空中，还有各种工业排放，汽车散发的尾气，等等，使城市变成了"烤炉"，成了"火坑"。然而，村里人还是一代接着一代拼命地往城里挤，他们向往的生活从本质意义上发生了变化。当然，城市容纳他们的时候也会带来惊喜，他们学会忍受，学会在挤兑中生存，生活苦了点儿，但孩子上学、生病就医还是不便。村子有几个小辈就这样，从家里出来，靠自己的一双手没日没夜地干活，几年过去，真的在城里某个高楼上买了一套属于自己的房子。尽管他们有时也说，高楼住是住上了，但高楼前面还是高楼，挡住了人的视线。是的，城市每天灰蒙蒙的，太阳愈发精神起来，像烧焦的炭一样，烤得玻璃吱吱作响，有时感觉要爆炸了一样。虽然住进了城市，但每天的日子过得很紧张。他们笑着，很无奈地说：不是缺钱的紧张，而是精神上的，要应付许多事，总感到和城市，还有城市里的人有距离，说不清什么时候距离会产生出什么来，比如受到冷遇甚至欺侮。楼房现代化的舒适感在农村是没有的，可没有安全感。看他们那种无助的样子，瞬间我才明白，他们是与我相干的人，从村子里走出来除了光宗耀祖，更重要的是在寻找属于自己的幸福。我晓得，寻找幸福的方式各有不同，但真正要找到属于自己的那个"家"很不容易。

其实家就是能让自己平静的地方，在这物欲横流的年代，如何才能使自己平静？很难。村里的老人们总是企盼着他们的儿孙能在城里过得好一些。许多年过去了，我从他们的闲言散语中得知，有几个年轻人确实出息了，他们摸爬滚打，在城里开商店、开饭馆，娶了媳妇，挣得了房子、买了车子，手头虽不算阔绰，但小钱还是不缺。可也有几个本来安分守己规规矩矩的孩子，一下子染上了赌博，几年的辛苦白费不说，债务多得可怕，直到后来行骗犯罪，自己进了牢房，一个好端端的家便不存在了。我听到这些，心里全不是滋味，而面对这些事，自己又无能为力。人啊，最怕刺痛心灵，这些与我相干的人，或好或坏姑且不说，他们在没有融入社会的时候，一点儿心理准备也没有，成功与失败随时随地等着他们。回家成了许多人内心深处的一个声音，生活没有高低，吃喝也无所谓好坏，只要平安、健康。一瞬间，我觉得我一直只顾当下的日子，有意无意地丢掉了些什么，心里也回荡着一个声音：回家多好！

村子在喜鹊的叫声中存在着，家在祥和的土地之上。我生在这个地方，吃了五谷杂粮，吸着这泥土的气息，翻开人生与生活之大书，毫无顾忌地大声朗读——村子精魂。

我在重伤的城市

春节一过，各种事情似乎已无瓜葛，偶尔有点儿迷茫，不知尘埃又覆盖了哪些。一年又一年，开启了一生的又一个时代。我偶尔想，一生就这样了。累的时候，我从惊惶中醒过神来，头发一根一根发白，就像春节问好的每一条短信那样，收到了，回复了，删除了。我的心与肉体，偶尔还要拿起笔，但总是没有头绪。我自己对自己说，无论在农村还是城市，自己都疲惫不堪了，为什么改不掉这一毛病？

我渴望春天将有一场雨或雪，等雨雪洗过山川与城市之后，我的热情也许会回来。岂不知，过年的日子，有无法躲避的人情，还有坐在酒桌前无休止地听别人倾诉。每天晚上蜷缩着身子，面无血色，似乎血液都停止了流动。这个世界呀，人生里的执着也掺着许多杂质，一个人不会有世外桃源，许多利益和机会就这样一遍遍地重复，没有人从生命中剔除，这让我如此难以言表。

我内心需要什么？我把这么多所谓的人情世故变成一种态度。我不知道为什么。有同行说：这种习惯需要警惕，弄不好你的精神光芒与道德底线会崩溃。在生活中，不去同流合污往往会使自己尴尬。你能坚持担当、呼吁、批判、悲悯多久？内心承载的真实有多久？当自己与人分享的时候，就像我们村出去的所有人一样高升、有钱，光彩照人、荣耀四射，要在一起狂欢，千杯不醉，如此癫狂，是因为什么？我一个人梦回仙佛洞，想着我出生的地方，即使醒来，面前还站着那个女子，她便是貂蝉。在我的家乡多少年来流传下来的美丽传说，让我一直这样如痴如醉，十分虚荣地讲给别人。这点儿看不见摸不着的荣耀，一直是我内心的自豪。我的家乡，一个仙佛洞的神话传说，一个貂蝉洞桃花带泪的故事，还有"闹红"的欣喜与大悲，留存在我记忆中抹不去——我不知道自己为何停不下来。然而，每当我拿起笔的时候，再一次端详祖宗们古老的灵魂，我总是心存疑虑：自己行不？

　　写作是痛苦的事，也是快乐的事，就像生死那样，无论你怎样选择，都逃不出像酒醉的情境。当你触摸苍凉和沉寂，当你把自己变得传奇或纯真，劈天盖地向你飞来的是什么？只有你自己明白：挺得住，走过去；挺不住，掉下来。也许我在农村生活太久了，记忆把我骨子里改变得不无抵触甚至偏见固执。还好，我没有变态、发疯，十分正常地行走在人间大道上。一个村庄的经脉就这样无时无刻不在我肌肉里跳动，我还是那个土包子，在城市里没了方向感，而独处一隅，坚持写作，是否有失落感？

　　离开村子很久了。在城市，我带着一身的土气，还有发音不准的醋熘普通话，一直奔波着。就如在农村时每逢节令，该播种的就必须播种，该施肥的就必须施肥，稍不留神，没掌握好时节，土地会惩罚你，播下的种子要不就如韭菜那样，一团一团齐刷刷地冒出来。如果没有经验、没有技巧，禾苗死缠在一起，你无法分开，即使你一遍两遍地去锄，让它们一个个独自在土地上生长，但因为你的粗心大意或者不懂作务，庄稼直到成熟，身边还总是有另一株分享阳光、雨露和肥料的相伴之物。你的收成不会怎么好，颗粒的饱满度也会受影响。然而，这不算什么，有时土地和老天故意作怪，你播下的种子发不了芽，坏死在土地里；有时会参差不齐、十分稀疏地长出来幼苗，一大块一大块的空地。短苗让你的等待变为酸楚，即使像补衣裤打补丁那样，立即去补种、补栽，也都无济于事了。农民守望的那块土地，老天给你吃多少便是多少。可我发现，土地还是给那些勤劳者予以额外的奖赏。村子水地少，我们叫园子的地方全是前辈们一块一块用石块垒起来的，而后尽量靠近水源，一年四季的蔬菜，滋养着村子里的人。

　　我知道，村子里祖祖辈辈的人和土地有着相依相偎、剪不断理还乱的关系。土地有时很富有，富有得让村民心疼；有时又贫瘠，但还是养了人。直到后来，我家坡底的那一汪泉水越来越小了，河槽两边的园子没了水源，干旱随之而至，村人争先恐后地抢那一汪水。其实那一汪水是夜间泛出来存下的，不够人们用水桶挑、驴驮的，不到天放亮，那汪水便没了，只剩淌出来的一条像虫子一样细的水了。人们就等，够一桶水用马勺掏一桶，日子久了，村人们便在夜晚早早吃过饭去守水（照水）。谁去早了，这水坝里存下的水便归谁了。这样，邻里邻家不免有些争吵，可即便吵得面红耳赤，大家还是遵守这个规矩。我身上潜伏了这种规矩，每当遇到霸道、强悍、野蛮或大喜大悲，都能融进自己的胸腔里。我不出声，很本能地把村子所有人的朴实、憨厚、善良集于一身，一个人在城市错综复杂的场面上打拼。我只是这样独守一处，用笔抒发我对故乡的痴狂。我一直这样退让，因为我周身充满了强烈的排他性，有一种滋味难以言表。城市里的权贵有充沛的资源，开口就说咱是老城里人，咱爷是什么官，父亲是什么官，祖宗先人亲戚又是什么……我卑微，我畏惧：一个农民的儿子无法与人分享。然而，我出生在那条叫仙佛洞的沟里，内心一直觉得传承了她美好的性情。有一次我半夜起来，山沟里漆黑一片，我总以为在这样伸手不见五指的夜晚，不会有人还守着那汪水。之所以我要这样毫不惧怕黑夜带来的恐惧，是因为我家的那块园子实在干旱得裂出了缝隙，园子里的蔬菜都已平展地铺在地上了。那时我在城市某一处干临时工，我急急回来，天明还要到城市看人家的脸色。没想到我走近那汪水的时候，突然间从土地上立起一个黑影，我吓了一跳，有些不知所措，冷汗开始往外冒。黑影开口了，他是我远房的侄儿，已整整守了大半夜。见我来了，他说让我先把园子浇了，那几畦地，水足够用了。有时，我一个人就这样仔细想着这些细节，像端详祖辈们的灵魂一样，我的乡亲是因为什么，一定要把灵魂中那炽热的温暖奉献出来？

　　我的心一直这样战栗，村子赋予我的尊贵与华彩，今生今世都享用不完。

　　事实上我们还是朝着岁月的远处走，我们丢失的东西太多。而我固执地要把生命里存留的东西叙述出来，哪怕村庄今天走向没落与衰败。我不想拯救别人，只想拯救自己。我开始是丢掉农村户口，接着丢掉临时工的身份，后又挣来干部的名分。从村庄里带来的那种怯懦与自卑依然存在，且血性渐渐少了。为什么村庄的记忆伴我至今？因为我只身一人在城市里行走，孤苦伶仃的感觉早已浸泡过自己的心无数遍。当我回头审视自己时，我才意识到，自己追求文学写作是多么重要。

在城市接不上地气，生活也就没有根基，人们一直在虚无缥缈的世界里生活，所有的欲望直抵内心，让自己遭遇生存的凛冽。我是谁？恐怕每个人都在不停地问自己。这么想来，我便对城市乡村的亲近越来越拉开距离，乡村曾经是一块桃源似的乐土，土地宽广，窑洞宽敞，那一汪清澈如镜的泉水，想起来便如叙述天堂仙苑般妙而神的世界。人是自由的，心是自由的，精神是自由的，没人强迫你想那么多是是非非，自己过好小日子，晒着明媚的阳光，安静、甜美，憧憬着下一年的收成。而城市这种节奏充满了竞争，都在追求财富，这种浮躁的氛围，似乎要把人的精力完全耗尽……

这些我在春节里不敢碰触，一个人在酒桌上说些不痛不痒的话，把所有的情绪藏在内心。我还在城市里，一直为自己的精神状态把脉。当一切成为一种概念和追忆，成为生活的原则，我只能在春天的特殊氛围里体悟这哀伤、敬畏、狂躁与沉默。我坚持写作宣示着自己的价值时，对于存在的我，意味着前面依旧有一堵墙，有时又是万丈深渊。城市与乡村有界限，我的灵魂无法安静。

在浮躁喧嚣的当下，我想为故乡仙佛洞或貂蝉洞清晰适当地抒情，在无人应和的孤独里，那些故事无不照耀我的人生。作为从那里走出来的后生，我把面对苦难的能力，还有宽容、忍耐、牺牲都揣在怀中，直到死后，一切俱在其中。

春天里，我在重伤的城市迎来风沙扬尘，偶尔会想，我是否一直在唤醒自己……

想起村庄

突然想起村庄，随之而来的便是心酸，眼眶开始湿润，那破烂不堪的窑洞，早已闲置的碾磨，还有那锈迹斑斑的老镢头，都已被灰尘覆盖。对面一道一道的山梁，起伏的山坡山坬，仿佛被北风梳刷过，因为没有了庄稼和草木显得更粗硬。几只鸟在山脉的褶皱里飞出，孤单地兜着无聊的圈子。是春，还是夏？是秋还是冬？我不知道。

村庄曾经充满了温馨，也孕育了亲情，还有那些牵绊的恩怨情仇。父辈们一直忙碌和挣扎，双肩挑着阳光、雨水、寒霜、星辰，满身的泥土与青草气息全部储进胸中，或低声咳嗽，或放歌高吼，与虫鸟草木交流。人是最卑微最无名的一群，他们一生忍着、藏着、掖着，直到疲惫的身子弯下去再也无法挺直时，才躺下来想着一生的煎熬、一生的疼痛、一生的希望。他们怕儿女们窥见他们内心的脆弱，粗糙的脸上依旧装出一副什么都不在乎的表情。这表情就这样定格在我们的视线里。

那一刻，我突然觉得像是在深不可测的黑暗里走失。那种无助纠缠着我，摇曳成孤独与哭泣，被山风吹灭的油灯变成了云朵挂在天空上，村庄外面的世界把我们这一代人诱惑得全身沸腾。这些山，这些窑洞，这些碾磨，这些老镢头犁耙——我们决心丢弃的时候，经受着怎样一种割裂？是因为软弱、恐惧、逃避吗？父辈们坚守一生的土地，我们开始遗弃了，而陷入这种状态的我们，在整个社会游戏规则里，是否真正强有力地在城市里存在过？或者说，遗弃土地后的我们是否被城市接纳与包容呢？

携带着父辈们的希望（也许父辈们根本没有这样希望过），我和你们踏着千山万水，踏着沧桑的岁月，时时准备着攥上一沓人民币，小心翼翼地赎买远隔村庄的好日子。我们开始耗费脑子在挤压的空间中寻找自己的时候，一切都不真实了。城市里淡漠的人情与污浊的空气，庞大的机器轰轰作响，我们呆望着宽广的马路与高楼，我们的渺小凸显出来，活生生地被剥落出忐忑的灵魂，叩问的是什么？没有了生长的土地，同时失去了自己的领地——村庄。像一个伤口挨着另一个伤口，在破碎的内脏深处翻找着荒凉的风景和快要绝望的力量。

生活就是这样美好和惨烈。我的父辈们始终佝偻着身子，在村庄里企盼着风调雨顺、五谷丰登，在他们刚硬的脸上很少看到过幸福灿烂的容颜。然而他们很乐观，等着我们这一代或下一代有出息，尽管这种久远的几乎等不到的企盼像是一个梦，醒来后面对的还是村庄里丝毫不变的鸡叫狗咬、山雨风雪，还有那蜿蜒不断的山路。有时轻轻一声喟叹，让我们心里感到孤独，似乎有什么东西撕咬着心，这世界，这村庄，让我们开始眩晕……

村庄里时不时就会有人去世，这一个个消息让我伤感倍增，所有的年轻人都走了出去，打工、上学、工作，哪怕摆摊、蹬三轮车、打扫厕所——这一切并不重要了，村庄的道路通向外面世界的时候，我目睹了村庄的破落与消失。

生活毫无章法地突然摆在面前，如此多的伤感，生与死，光明与幽暗，都通向一扇门变为永恒的理念。许多人在文字里叙述村庄的时候，村庄是那样的安静，天空亮晶晶地映着山水树木，哗啦啦的小河清澈地倒映出人的面容。美丽的村庄，希望的村庄，朴素的村庄，精灵的村庄，每一孔窑洞每一条路都连结成人间的沧桑，残留的炊烟与小米稀饭的醇香，足以让人们陶醉。

可是，当记忆的镜头摄取深邃的风景时，所有的细节已经不清晰了，有关于村庄的惊心动魄，还有浩然之气和情似江水的涟漪。回到伤感之地，我早已泪流满面……

尘世所有的变化人类是无法预测的，正像祖先们迁徙到这里，经过战乱及与各民族的磨合之后，用自己大气磅礴的气概显示出抗争精神，才得以生存下来。他们在这满目的荒凉里，一眼就能看穿重重叠叠的人生。所有的村庄埋下了他们的灵魂，他们不会相信，整整一个村庄会随着时间的推移，就这样被记忆覆盖了。

我就这样想着，自己的人生就像一团乱麻，理不顺，剪不断，岁月在村庄里留下的悲痛，不是我一个人的，而是一群人的。然而，在这个难以分辨颜色的年代里，那些灵魂和我们在一起叹息的时候，我的沉重被故土吞没，身躯依附在村庄的残垣断壁上。

想着村庄，住在城市里才有了平静。

我是时空中的一粒微尘

我想知道记忆是你所持之物还是你所失之物。

——伍迪·艾伦《另一个女人》

那年从部队复员回家，我便成了地地道道的"受苦人"。一个二十出头的后生，对农活几乎一无所知。春播夏锄秋收，每个季节每个时令该做甚，作为农村有经验的"受苦人"，心里明得像镜子似的。我虽在农村长大，却只见过父辈们劳作，自己从未亲自体验过。有一年放假回家，凭借着自个儿的蛮力，起鸡叫替父亲去柳树塌沟背了几回谷子。我不会整背子，简单听了一位兄长的指点，胡乱把谷子整在一块儿，靠那股天不怕地不怕的劲头，更重要的是害怕在村人面前丢面子。所以不管谷背怎样整得不好，怎样凌乱，我还是背起来从坡圪一步一步走上去，稍有平坦的路便小跑追上老"受苦人"，从未落后过。背背子最难的是在平地里，你没有任何借力的地方，靠的不是力气，而是技巧，老"受苦人"说这是巧力。背子整好，把肩膀套进绳子的那一刻，你必须憋足一口气，右腿圈在屁股底下，左腿弯起来用力朝后蹬，全身力气凝聚起来，身子猛地朝前扑去，老"受苦人"说靠的就是这个"闪"劲。每当我想起自己从前这样学会"受苦"的时候，往往想起来的便是那些无休止的、也是最深刻和最尖锐的日子。直到现在，我会说起关于"受苦"的事，不过只对熟悉的朋友说说而已，大家半信半疑地打量我一番，有时开玩笑说我一点儿不像受过苦的样子。况且我一直写作，文人一个，怎么和"受苦"联系在一起呢？我也没详细告诉他们。如今的时空里，没人能坐下来听那些陈芝麻烂谷子的事，日子就这么过着，该忘的都忘了，至于那些铭心刻骨的事，不会因为日子的流逝而从记忆中抹去，这就史让我能够体会到生活是什么含义。

因为这样，我的写作都是和乡土关联在一起的。大概是在农村待得太久的缘故，我在城里老是想着现在不一样的村庄，村庄的凋零和新生，村庄的过去和今天的苦难。而在苦难中孕育的力量和光明，都激励着我对未来的向往和为之奋斗的勇气。

我当年从部队带回来的全是书籍，村人看着我大箱小箱的，总以为从外面带回来什么值钱的东西。我走进村子所看到的是一片虚无、冷寂的景象。多少年过去了，窑洞、树木，堆在院子里零乱的农具，深秋阴沉沉的天，还有大雁南飞的凄鸣，就一直在我脑海中没有改变，这种风景在我内心深处刻下。我从初中、高中到参军离开村子、离开家、离开父母走了一圈又回到了起点，自己的梦，父母的希望，从此灰飞烟灭。我家的两孔窑，也就是我的出生地，紧紧牵连住的便是家人和土地，还有必须为之奋斗的日月。

我从此刻起便明白，回到家，就是跟血缘和土地亲近。

我的祖上是没有土地的，他们靠揽工或去龙镇炭窑背炭为生。我直到现在也无法想象出那遥远的情景，作为老一代的"受苦人"，他们的悽惶程度用文字很难表述。从父辈们断断续续的讲述里，我能感觉到一个农村人没有土地的凄悲生活，一个当家人靠力气养活家人是远远不够的。夏天揽工挣来的那点儿微薄的粮食，填饱肚子都成问题。冬天很冷，冰冻三尺，本当坐在土炕头松解一年的劳苦，但生存压力迫使他们不得不起鸡叫睡半夜去三十里开外的炭窑贩炭。一路上全是羊肠小道，只能靠自己的肩背，汗水浸湿过的衣服有些坚硬，浑身上下被磨得起了一层厚厚的"死皮"，这种生活方式说起来让后人们难以置信。那时候村子里仅有几家大户，他们有土地，在经营土地的时候是靠雇长工或租让土地获得利润，年复一年，他们的土地置换得越来越多。于是，"土改"的时候，便有了地主、富农、贫农的成分之分，把地主的土地分给贫农，地主富农挨斗挨批，贫下中农对他们血泪控诉。许多年过去了，村子里一直保持着这种斗争的气氛，上一代人始终能够记得起，过去的地主老财如何剥削贫苦农民。祖辈们几乎都不识字，他们甚至不会给自己的儿女起一个像样的名字，所以村子里叫猫娃、狗娃、大狗的人很多。女孩还好，山里有的是野花，长得好看，于是莲花、彩花、槐花、柳花一连串地叫出来。即使土地分到户，也种不出好的庄稼来，那阵子没技术，种庄稼靠老天，一个个不识字的贫苦农民只能靠力气吃饭。还有，祖辈们没有像样的窑洞。我的祖上也是，土窑仅有一孔且破烂不堪，我的父亲说那日子过得实在恓惶。

　　冬天里，北风呼呼地刮，刺骨的寒冷笼罩着整个土地，深厚的黄土被冷风吹过后变得更加结实，许多地方被冻开一道道裂缝。太阳似乎耗尽了能量，挂在天边感觉不到丝毫温度，村子里的人聚在某家窑洞里，当然是能拉得上话的人一块儿抽着旱烟。窑洞里烟雾弥漫，几乎看不清彼此的脸，只有说出话来，才能分清谁是谁。大家说些陈年旧事，回忆着祖上某个好人命短，有时感叹日子难熬，企盼来年有个好收成。"受苦人"常常口里嘲弄自个儿说"穷汉肯说来年的话"。有时发牢骚说不种地了，一年什么收入也没，喝稀米汤光肚子胀，一辈子连个像样的地方也挣不下。说是说，他们哀叹一声"穷汉脖子没犟劲"，离开了土地，恐怕命都难保了。

　　我是在这种氛围中长大的。从父辈们断断续续的讲述中，我也渐渐体会到作为一个"受苦人"的不易。可是，我没有让父母的希望变为现实，高中毕业没有考上大学，唯一的出路堵死了。农村人个个希望自己的儿孙有出息，光宗耀祖是大家最终的奋斗目标。他们说前沟谁家儿子考出去了，上庄谁家儿子当官了。作为参照物，父母总盘算着自己的家族会出现一个像样些的人物。外面只要有一个能拉扯的人，日子便会改变模样。他们之所以苦苦地支撑这个家，精神上的支柱便是儿女们，只要哪一家走出去一个孩子，村人们会说跳出"火坑"了，更重要的是这家的长辈会得到村人们的认同和尊重。所以，要改变自古以来村人"龙生龙、凤生凤，老鼠儿子会打洞"的观念，作为对生活现实的另一种认可，我们必须努力在岁月的磨炼中使自己成长，即使不是一棵参天大树，也应该是一盏点亮的油灯。我没能成为这样的人，高中毕业去当兵找出路，算是一种逃避。要知道，走出校门再回到村里"受苦"是多么残酷的一件事，将来是什么，一片茫然。那时候年轻，还没来得及坐下来细想，也许我心中还留存着某种英雄情结，认为当兵可以改变命运，我还有足够的时间等待。在这样漫长的等待中，我没有超人的眼光看出自己的将来，只有一步一步脚踏实地地前行，勤奋而努力，得到的赞誉使自己的内心充满了自豪与满足。直到三年后有一天要复员回家的时候，那种满足消失得毫无踪影，自豪同时也烟消云散。我在原地转了一圈后又回到了起点。我不甘心，从部队背回来重重的一大箱子书，其实我心里没一点儿底，书拿回来与"受苦"有什么关联？

许多年了，我始终能清楚地记起来真正成为"受苦人"的那一刻。我第一次与土地亲密接触的时候，在山坡坬上透过蓝格莹莹的天，看着每一座山头，每一道梁，每一条沟，哪怕山顶上任意一棵树，我的目光竟都如此浑浊。村人看我就那样呆坐着，眼睛里不知是充满了同情还是怜悯，还有一种冷漠和尖锐。我晓得，自己在外游荡几年，没有苦水，也不会劳作，日子是没法过下去的。我还知道，有不少村人眼光的深处，一半是对曾经当过村支书得罪过他们的父亲幸灾乐祸，想看我的笑话。我内心深处的柔软立刻被厚重的土地、冷冰的风还有那些眼光刺疼。自己如果想像父亲一样顶天立地，无论多么艰难困苦，无论要经历什么，我就得熟悉土地，让自己成为一个家庭的顶梁柱。我默不作声，看似对土地的熟悉程度与别人差不了多少，反正年轻，有的是力气。没有牲口犁地，靠自己挥舞着老镢头，一分一亩地翻着，撒上种子，收获希望。晚上回来，还是在自家的院子里，无声无息地坐在石床上，天上的星星一直是亮的，永远没有歇息的时候，偶尔有一颗流星划过，不知为什么，我哭了。

那个深秋异常的冷，我在部队摘掉领章帽徽的那一刻便有一种不祥之兆，心慌意乱，冥冥之中有一种感应，正是在此时，父亲去世了。

我回到家便看到父亲已经安详地躺在棺材里。父亲走了，这是无法改变的，可我无论怎样也想不通。村子进入黑夜，灯光微弱，天空被山梁分成不规则的形状。我尽力回忆父亲的点滴，他是那么的慈祥、宽和，冲着我笑，坐在石床上抽旱烟，给我们讲"古朝"；他期盼我念书回来的喜悦，听我有一点儿进步的高兴。他说："长成个样子，光景不要过得太苦太穷就行了。"每当想起父亲，我的心总是不停地战栗，父亲希望我成长，生活逼迫我迅速成长，可在村里，没人能体会我孤寂而艰难的心境。

我在村子要当好名副其实的"受苦人"，自然要学会"受苦"的许多技巧，还得和乡邻好好相处。我尽力低调做人，从不与人相争，分来的土地无论好坏，我都接受并经营。当我完完全全融入到村子里的时候，"受苦"的所有活我熟练地学到了手，村子里"受苦"的好手也对我刮目相看，所以赢得别人的尊重也是很自然的事情。那时候我常想父亲坚定的眼光，常想部队摸爬滚打过来的荣誉，还有什么不可战胜的呢？从山里干完活，回家洗把脸吃饭，接着还要看书写作。没有桌子，先是趴在炕上写，后来有了一架缝纫机，它便是我写作的桌子。久了，村人偶尔发现我往外寄东西，又有好多信寄回来，搞不清我在捣鼓什么名堂。太阳升起来了，一个白天悄无声息地溜过，当对面的山遮住太阳最后的一缕光线后，黑夜很快降临。夏天很闷热，也十分吵，各种鸟儿，河沟里的青蛙，山上的山鸡，连同鸡、狗、驴都凑在一块儿肆无忌惮地叫着，争鸣不休，日子就在这种韵律中流淌。我安静不下来，白天"受苦"让我流了许多汗，我有些疲惫，但不敢松懈，自己十分清楚想要得到什么。然而，山外面的世界我也清楚，那种繁华富足清闲优雅的生活离我十分遥远。或许我还不死心，以为逃离村子改头换面是唾手可得的事，只要不断地努力，远处就会召唤着我。村人看不出来，就连家人也看不出来。但是，我晓得这漫漫的路途上，无人拉扯一把，光靠自个儿的力量远远不够。放眼望去，自己的亲戚没一个掌权的，还是把目光收回来，自信心猛地被击了一下，我行吗？我们这家族几辈人，父亲算是进过公家门吃过公家饭的。父亲是老兵，解放战争时期在西北野战军服役，退役后在乡镇工作，20世纪60年代被精简回老家种地。为了养家糊口，父亲不敢停留，从未歇息过，他清楚自己肩上的担子，一家老小好几口人，吃饭穿衣油盐柴米炭的日子使父亲自觉不自觉地成为一个"受苦人"的演绎者。父亲是有文化的，他读了不少古书，他知道文化的重要，所以他和母亲省吃俭用尽力让我们姐弟读书，然而，我还是辜负了父母的希望，几经周折还是宿命般地回到原点。在村子"受苦"的日子，我脾气越来越坏，潜在的意识告诉自己，宁可孤独，也不要与别人交流。现实和梦想的冲突，使我一阵又一阵地心灰意冷。

　　我学会了种地，成了一把好手。村里人都十分惊讶，他们说从小到大没受过苦的我，怎么会是种庄稼的一把好手呢？他们当初的认知可不是这样。有一年种谷子的时候，我心里没一点儿谱，老农有经验，一亩地撒多少谷籽是有比例的，可我一亩地一撒就是一升或更多谷籽。没有想到，下雨后谷子长出来绿油油一片，密密麻麻，就像一块草地。我扛着锄头上山一看，脑子一片空白，我无论如何也想不出这谷苗怎么能一株一株地分开，而后能长成谷子抽出谷穗。我有些瘫软，看着这一大片不知是谷苗还是草的东西，无法下手。村里有个路过的老农看了半天说："种成这样，恐怕好手都难以留开。"我的心又凉了半截，开始发呆。常言说，一年之计在于春，庄稼种得好坏，收成的三分之一便见分晓。我把谷子种成这个模样，费时费神锄不开，幼苗生长受到影响，将来的成长、成熟都比别人家差半拍。那阵子我可以说心急如焚，看起来细皮嫩肉的书生可以有力气，但不懂方法技巧，出力流汗甚至流血也无济于事。这便是生活在村子里面对土地的人才会有的感悟。

　　这时候我就晓得了"受苦人"为了生计得如何操心。如果是家里的顶梁柱，你安排不好一年的生计，不清楚哪一块土地适宜种什么，到年底会吃大亏。这样的安排必须是老"受苦人"才有的经验，像我这样毛头愣脑的后生肯定安排得不顺当。我硬是在这种环境下寻找自己的活路，即使是当一辈子"受苦人"，我也一定能当好。春天一暖和，我便到坝地台地坡圪地把去年的割茬盘掉，这是种地人必须做的第一件事。把去年庄稼留下的根须清理掉是对土地的珍惜，要不然今年种的庄稼不会茁壮成长。在那一片被梳理过的土地上，我深切地看着村人的辛勤与坚定，那时候他们不再说我细皮嫩肉了。他们说没想到我如此能吃苦，而且对农活样样做得有板有眼。时至今日，我还记得上初中时，城里的青年响应领袖号召，到农村去接受贫下农的再教育。农村是一片广阔的土地，在那里可以大有作为。城里的年轻人有的学到了不少东西，更领悟了人生的真谛，而有一部分人则哭爹叫娘想方设法离开这片土地。而我，置身于这片土地之中，根本就没有任何离开的希望，我在这天地间生存必须面对现实，所有的虚幻都会让一个人或一个家庭崩溃。村人说做一个务实良民也很难，不仅仅是"受苦"。

　　有一年春暖花开、黄土减冻的时候，我把自己承包的土地梳理一遍之后，剩下的时间便是等待应天顺时的节气，让我心存慌乱。一过立春到芒种，看着村里人赶着驴驮着粪往各自地里送，或把各自的土地用犁翻了一遍，我心急如焚。自己没有大牲畜，也就是说没有牛、驴送粪犁地。家里养了一头猪一只羊，整个冬天还攒下了一些粪土，靠自己肩挑担一筐一筐地送谈何容易，这令我十分沮丧。要知道，庄稼需要肥料，土地也需要滋养，在下种之前土地必须犁过或一镢一镢翻过，这样的环节要一丝不苟地去做。一个白天过去了，我就这样在硷畔上看着对面的山。这山多像一条延伸的城墙，把我与外面的世界分开了，也把我的视线挡住了，它十分威严甚至冷峻，让人产生畏惧。我的心永远是往下沉的，甚至像堵了一块石头一样死劲地往下扯。我太年轻了，掌管不了土地，也就无法支撑起自己的家。土地太强大了，也太耗人精力了，即使是一块小小的坡圪地，原本觉得用不了多少力气就能拿镢头翻过去，可尝试过后才感到这土地太广阔了。

我还得坚持，我用镢头一寸一尺地往过翻。这样的情景感动了村里的人，他们说我太倔强了，也不说一声。他们说自家的土地已经翻过了，粪也送上山了，牲畜闲着，让我拉去使唤。我这才停下来，心中那块石头融化了，这时候所有的语言都是苍白无力的。后来我写的关于村庄的文章里，常常提到这样温馨的场面，我也在这种生活里变得坦然和乐观。时至今日，我还试图寻找，我精神栖息的家园还在吗？

就这样，我有些不好意思地拉着叔伯兄长家的驴，一刻也不敢停地往山上送粪或犁地。那时从城里来村子下乡的干部见过我的情景：一个穿着被汗水和黄土搅拌过的衣衫，肩背上扛着春天犁地所有的农具——耩子、耙、镢头，前面走着一头驴。这身影成了一种记忆，也是一个"受苦人"的真实写照。后来在城市里，人们讨论起"受苦人"的生活、生存以及精神世界时，他们说那种田园般的生活环境令人羡慕，我说你们去试试。田园生活是文人们的一种想象，虚幻的认知，"受苦人"是怎样一个活法只有他们自己清楚，只有他们才晓得自然法则与生命的真谛。现在，城市里灯红酒绿，体现出一种幸福美好的光景，而村子又是怎样一种情景？面目全非的村子几乎没了生机，每个院落残留的石碾石磨在杂草丛生中显得如此孤零。仅有的几家坚守家园的人们，悄无声息地各自在家中过日子。村子已没有昔日鸡叫狗咬的吵闹，安静得令人窒息。这种状况牵动着我的心。我赶着借来的驴，套好耩绳，开始翻地。耩子把握不住，耩铧稳不住，地上划下一道又一道弯弯曲曲深浅不均的沟壕。要当好一个"受苦人"，犁地同样是一门学问。坝地台地怎么犁？要直，要均匀，而且吃土不能太深，也不能太浅，这是要有功夫的。遇到坡圪地，更不能掉以轻心，犁要使劲往上靠，遇到小的峁梁更是如此，有时要多犁一个回合，这样才能保持一道圪一道坡犁过之后永远在一个水平线上。假如你不熟悉这一切，犁过的地留下许多"板凳"，就是没把地翻透翻彻底。村子里每个季节干的活都不一样，一个人建立自己的威信，除了真诚地做人，还有干活是不是被别人认可。如果你干的活被别人不屑和瞧不起，你就不是一个好的"受苦人"。从春季到秋季，我干的活往往出乎人们的意料，我这个"受苦人"已经融入到村子里了。

有空我还是往县城里跑。县城里有没有与我相关的人，不晓得；有没有与我相关的事，不晓得。赶集对农村人来说是一种习惯，也非常自然，他们有买有卖，把农作物和牲畜变为油盐酱醋大米白面。而我没有任何买卖，从家中往城里走的那一刻，每次都犹豫，去干什么呢？到城里看着熙熙攘攘的人群，看着一辆辆驶过的汽车，人们似乎都堆着笑脸，城市的味道在大街小巷里弥漫升腾。只有一个人漫无目的地行走，脸上的肌肉是紧绷的，眉头也是紧锁的，脑子里一片混沌。这个人就是我——从村子里走进城市不知要寻找什么的"受苦人"。四周所有的人和物都与我无关，他们表情复杂，许多人漠然，这就意味着我和城市不存在任何关系。而我硬要走进来看看，企图寻找什么，当然是笑话。我在人流中时，有一种恐慌感和孤独感，如影相随，时刻有个声音提醒我：你是农村来的，衣服兜是空的，你离不开土地，离不开村子，不然你的日子过不下去。小小的县城，只一天的时间，我便觉得失去存在感、安全感：我不认识谁，谁也不认识我。

去县城让我固执地产生一种自信，虽然城里人的生活与我遥遥相隔，但我潜意识里还存在着令人诧异的念头，这种复杂而且不实际的念头重复着，如同扎在自己心头的一根刺，稍动一下便会觉得疼痛无比。作为家中的顶梁柱，这样愚蠢而固执的念头不掐断，这个家随时随地就会坍塌。

黑夜来临，我还是趴在炕上，用枕头垫在胸前写作。许多故事从心头流淌出来，若成为小说的话，便是我改变生活的另一种希望和寄托，或者称作青春的纪念。其实家里人都看在眼里，他们对我的不甘心没有任何评价，我晓得亲人之间害怕伤害，只要我心理没扭曲，依照传统的眼光，或许能顶上用，跳出"火坑"。只是没人能帮助我罢了。

　　陕北人的用语就是如此决绝，特别是这些"受苦人"。他们热爱土地，珍惜土地，视土地如命。他们羡慕一个好的"受苦人"，那种满足都荡漾在脸上，而在整个过程里，吃过多少苦流过多少汗他们从不计较。他们之所以把这种生活环境视为火坑，是因为山外面有比这更好的生活。城市日益的肥胖成了一面镜子，土地越来越贫瘠了，打不来多少粮食，而城市里的舒坦生活让"受苦人"倍感羡慕。村里要是有一个当干部的、当工人的，反正只要在公家门站着一个人，那便是全家人的荣耀。逢年过节捎回来的好东西，村人连见都没见过，只要是紧俏商品，公家门有人便会掏山钻圪垯给你弄回来。我很小的时候便受了这种影响，直到长大后希望自己也能成为这一种人，孝敬父母，给他们源源不断地弄好穿好吃的。有一年春节村里闹秧歌，我很小，看红火走到一个在部队当连长的叔叔家，恰巧当连长的叔叔回来探亲，他十分热情地给闹秧歌的所有男女发了水果糖，还拿出几碟脆生生的、圆圆的用油炸过的东西。水果糖我没吃上，有人递给我碟子里的一片东西，我一口吃下去，还没尝到任何味道，那东西便到肚子里了。那是多么好吃的东西呀！我曾一直回味那好吃的东西是什么。当时大人们说是海里捞起来的东西，十分昂贵，我便不敢再奢望了。后来上中学时，地理课上，老师讲海洋的面积占地球表面积的71%。这是怎样一个概念，我不清楚，只晓得一个县城是如此的大，走都走不完，何况海洋？可见在那么大的水里捞出东西有多不容易。后来长大了，见过大海，真正知道吃海里的东西不易。有一次在饭馆，别人点了那个让我念念不忘的菜，才晓得是油炸虾片。真不可思议，很便宜，一吃，没了从前的味道。

　　这样便晓得村子里的人为什么一辈一辈要把自己的子孙往城里扶持，他们并不是要享什么清福，并不希望儿孙们给自己带来什么。城市与村子的落差使他们明白，走进城里，站在公家门上，子孙后代的命运才会从此改变。起鸡叫睡半夜，顶风冒雪的"受苦"日子一去不复返。也就是说，这个对于他们来说巨大的火坑跳出来了，一个人才算真正过上了好日子。

　　在村子里"受苦"的日子，我最怕夏天太阳火辣辣的炙烤。临近中午时分，土地的表层烫人的脚，外露的皮肤被炙烤得从红到黑，一层一层的皮脱去，直到不再脱皮。我承受不了这种炙烤，总是在太阳还没有挂在当头顶时扛上锄头回家。庄稼人说，锄地留苗恰要在正中午，才能使锄掉的草和多余的苗立刻干枯死掉，不然偶遇雷雨，会立刻把倒下去的草和多余的苗子救活。它们半死不活地粘在土地上，长在庄稼丛中，所有的功夫便前功尽弃，这样一来，你又得去锄第二遍、第三遍。有的地块长满了根草，这种草根系发达而且很深，跟庄稼争水分争营养，要彻底铲除这些草实在不是容易的事。一个"受苦"的人，从庄稼幼苗出土到成长，需要精心去呵护，直到收割的日子，庄稼地里基本上没有杂草，庄稼才不受影响，村人一看便知道你是一把好手。他们说的做务好坏，看地里便知。庄稼就像小孩，务弄好了，没受节制，果实才能饱满。然而，这又能怎样呢？我把谷子、高粱、豆子、玉米、土豆等所有作物收回来，粮仓满满当当，尼龙编织袋装好粮食堆了一大堆。丰收了，像所有的"受苦人"一样，端详着这些丰收果实，除了安慰、喜悦、踏实，还有呢？秋深了，很快是冬，又是一个年关，粮食要换成钱，又得一个过程。没有一个村人晓得，自己辛辛苦苦一年后，真正有多少收入，来年的开支花销是否持平呢？

　　我不停地计算这些复杂的数学题。我把写好的小说寄出去，等待回音。当我在镇邮电所贴好邮票，小心翼翼把粘好的信封塞进邮筒时，心便随着那一沓稿子飞走了。邮电所的两个人已经认得我了，他们怀着好奇心问我，究竟往外面寄的什么。我不想说出自己心里的秘密，这些小说能否成功是个未知数，我只有微笑着暗含无数种玩味的意思，用十分空虚的话搪塞这个问题。在没有成功之前绝不会向世人袒露自己的内心与思想。在农村，人们最瞧不起好高骛远不切实际的人。每当遇到这问题，我尽力让自己淡定，想着自己就是一个普通的"受苦人"。在乡下，我和别人没有什么区别，只要伸出双手，看着厚厚的死茧，绝不会有人把我与写字联系在一起。然而，他们看着我把厚厚的一沓稿纸装进信封里，半信半疑地称着重量，按重量计算好贴多少邮票，然后看着信封上的地址说："杂志社编辑部都是弄甚的？你小子果然有出息。"就这样，我每次总是和他们说许多废话，而后回到家里等待消息。

　　我就如此耗费自己。年轻时，精力永远是旺盛的，这样的日子一直都没有停歇下来。种地收割、写作，只是希望。我自己已经感到时间紧迫，日子过得飞快，遥遥无期的希望会消磨掉我的精力，像在黄土地上掘地一样，只要坚持，不紧不慢也会翻过，同时下种子，它就会发芽、生长，生命就这样奇迹般地循环着。可我偏偏不甘心，看着山峁山梁山坡，心里颤抖得更厉害，它们激发和鼓励着我的力量和激情。村人的目光齐刷刷地落在我身上，我假装不知晓。自己在这世道中要弄出响动，弄成一个世事，在满山的孤寂和忧郁里点燃起一团熊熊大火，哪怕受尽委屈，哪怕让人说得一事无成，心中的大火还会燃烧。这样一来，我不像一个真正的"受苦人"，不是一个"受苦"的好把式。我是什么？我是谁？过日子没有一种强有力的支撑，我能一直往前走吗？

　　事实上，那段时间是我一生中刻骨铭心的生活体验。许多人一生中，留在记忆深处的情节并不多。当我实实在在地成为"受苦人"，没有人来怜悯，人们看着我就像看着人海中任何一副面孔那样，不屑一顾，瞬间便忘却了。当我在县上一次文学会上拿出自己在部队上曾经给我带来荣耀的铅字作品，县城里的一小部分人眼光里饱含着惊讶，这当然是幸运的。1985年秋天，我从众多的"受苦人"当中的一员，摇身一变为文学青年。在那个人人追捧文学的时代，文学青年是一种值得自豪的称谓，普天下男女青年都喜欢和热爱文学，都在这条并不宽阔的路上奋进，想当一名作家、诗人。我很冷静，一直没有体会到那种狂热或沸腾的心境。从那以后，我便住进了城里的某一角，成了县文化馆的雇员。也从那天起，我始终带着一颗谦卑的心，关注着这个突如其来而且负重的生活。我明白自己无法后退了，这是开始，仅仅把一只脚踩到了城里，稍不谨慎就会落水。所以，无论前面有什么，只有硬着头皮往前走了。

　　这是多么短暂的日子呀，又是多么长久的记忆！

　　时间越走越快了。我走着、存在着，还是如此的小，像村子里路边的一粒微尘。

那个小院让我直起腰看世界

院子只有三孔窑，以前是一家住户，后来人家修了新窑，单位上瞅着便宜，出了几千块钱买下来。大门口挂了牌子，三孔窑和这不大的院子便成了文化站，我一条腿迈进公家单位也就从此开始。我搬进来，像是公家人，堂堂正正成为共和国基层文化单位的"干部"。

我来那天，已是深秋，家里的庄稼收割得差不多了。我从县文化局正儿八经地开了一张两联介绍信，骑着自行车，走过十多里坚硬的柏油路面，而后拐进一条沟里，上坡下圪，翻过一座大山，车轮碾过近二十里的土路和石子路，忐忑不安地到了院里。院里很静，似乎没有人住，要不是大门前的那块牌子，任何人想象不出这院子是一个正式的单位。周围住了许多村民，有个别人探头探脑地用目光审视着我。当时已记不清是何种感觉，那种滋味无法用文字叙述。我来这个小院，与其说是报到上班，不如说是到了一个生疏的远方亲戚家。文化站刚刚成立，只是给上面检查摆摆样子，真实身份无人能说清楚。因为看似公家单位，又是干部模样，工资却没有纳入财政预算，几十块钱分几次发，文件是这么规定的，省上一点儿、地方一点儿，好像省上还算数，到了地方，财政吃紧没人认账，所以有些不伦不类。

我将在这里起航，不管条件怎样，我的心还是如此激动，因为目标比这里更远。

比我早两年到文化站的灵儿是个女生，因为早前认识，所以并不陌生。她十分热情地欢迎我的到来，很快把文化站的情况给我做了介绍。听完后，我脑袋里一片茫然，以后如何开展工作？我开始惶恐。无论是设施还是条件，都不能满足上面的要求，要发挥这个小单位的作用，比登天还难。况且，我们挣那么点儿工资，糊口都成问题。于是，我们俩相视而笑，都说尽力就是了。

事实上，每天孤寂单调的生活重复着，唯一的工作是给县新华书店代卖图书，偶尔来几个学生娃。这种机械的工作，看不到希望，内心的焦虑可想而知。灵儿比我更焦虑，她常常带着一大堆问题，不停地询问，不停地否定自己。很显然，她有些底气不足，特别是对爱情的怀疑。我之所以还能淡定，是因为我内心的丰富。20世纪80年代文学青年如雨后春笋，我也站在其队列里，于是随手写一点儿东西，有时一整晚趴在桌前，舒展我绷紧的心弦。那个没有多余物品的窑洞和那一盏灯，至今仍留在我的记忆里。

我和灵儿各自怀揣着心思，只讲述自己所知晓的事物，灵儿总是答非所问，回避我提到的问题。我知道，她和我一样尽力掩饰自己的卑微，并且在每个场合保持自己的纯真与完美。她渴望有一天能得到馈赠，或许梦中的一些奇遇能有一个醒目的印记。而我，总是在路上彷徨，老天永远不会把它看到的结局或者是生活中的戏法和套路告诉我们，也不会在夜深人静的时候、在我们熟睡时告诉我们，开阔的大路在哪一边。有时，我和灵儿交谈，那阵子年轻人还真的正儿八经地说理想、人生、未来，还有爱情。她总是把话题一转，有时就那么笑着，有时又哭着。这让我感到很失落，我们青春的年华，怎么没有任何值得炫耀的呢？

对于我来说，在文化站的荒凉日子里，锻炼了我敏锐如锋的心灵，每当别人的歧视让我心情低落的时候，我都能很好地控制自己的情绪。就这样工作，就这样内心安详无比地当"干部"。那种过多的虚荣和自负让我又十分不平衡，底气有些弱。所以，很多时候我喜欢独处，偶尔我愿意和灵儿说话，有时觉得我们俩俨然就是一家人，无比亲切，除了异性相吸的原因，还因为这温暖能映出我内心的孤独。灵儿也一样，她对孤独更为畏惧。

有一阵子我为吃饭发愁，灵儿不断从她家里带来蔬菜，我们就那样勉强填饱肚子。可日子久了，我觉得不好意思起来，一个大活人，而且是男子汉，我就这样白吃白喝算哪门子事？我想给灵儿付钱，灵儿似乎懂得我的心思，她说吃不好不要有怨气就行了，再有别的心思便是见外了。现在的年轻人也许体会不了我当时的心情，在他们看来，如今酒店饭馆无数，就是在乡镇，吃饭也不是问题，只要你掏钱。然而，我说过我们的处境，像我们这样的"干部"无论在政治上、生活上还是爱情上，都显得十分尴尬。很久以来，我一直以为普天下唯有我们最容易受伤。这样的生活，对于现在的年轻人来说是陌生的，我们还不如农民，经常面临着饥饿，正值青年，却缺乏足够的营养。

因为处境的尴尬，我和灵儿注定得不到爱情的滋润。我不善言辞，对别人老是有一种警惕，尤其是对那些有正式工作的女性。她们有工资，而且穿红戴绿，被许多人倾慕，而我却不敢有半点儿的杂念，那种距离感迫使我精神慌乱不堪，我卑微的状态时刻防备着她们设有圈套。即使有人对我很亲切，我也不会凑到那个纷繁的世界里。很多时候我习惯独处，看书、写作让我放松紧张的心情。我怕别人问我的家境，问我的工资，问我的未来。但我知道周围的人都十分关注这些，那种无形的东西密集地缠绕在我四周，它的存在会让人窒息，或者形成心理疾病，发展便会崩溃。

好在有灵儿，共同的命运把我们拴在一起，有空的时候，我们设计着未来，是各自的未来，当然包括婚姻。这种交谈使我们心情愉悦，因为设计的那种美好景象，让我们感受到瞬间的幸福，所有的委屈、所有的伤心，都在美好的想象中暂时遗忘。接下来，我会听到灵儿唱一首歌，我们的精神也能稍稍得到休息。

那段时间，别人都以为我们谈恋爱了，一个男的和女的在一起，不谈恋爱能做什么？在他们浅薄而幼稚的意识里，似乎男女在一起除了恋爱就不会有别的。也许别人是因为羡慕嫉妒还有恨，许多流言是针对灵儿的，因为她漂亮。人们对漂亮的女人有时会产生集体的鞭挞，却不认为这种侵害是不道德和没人性的。

院内空气清爽，我感到生活的气息就在这小院里弥漫，无论好与坏。我告诫自己：坚持或许能改变这种境遇。

不久灵儿恋爱了。她去城里学习的时候认识了许多人。于是，情书像雪片一样飞来，看得出来，灵儿处于极度的幸福之中。处于热恋中的少女是如此的美丽，如此光芒四射，她似乎一下子站在遥不可及的高处，有大好的前程。她一个劲儿地往城里跑，其实她是不是已经选择好了我也不是很清楚。比较清楚的是她有时会没来由地唱歌，有时又会突然间发出笑声。她的神情也仿佛沉浸在某种情景中。我以为爱的那种神秘能够使人神志错乱或空洞，可是，当我们迈向世界的宽广之后才感到莫名的恍惚，前一刻的充实又转为后来的空虚，理想与现实的距离莫名的深远。我愈来愈发现，自己目睹过的她们的爱怎么一点儿也不感人！灵儿有时无端端地问起，有爱情吗？我能回答出来吗？对很多男女青年来说，那就是一个玩笑，往往旁观者的意识是复杂的，我经常能听到人们对某个人、某个事件的议论，比如关于我和灵儿。他们十分好奇，或许身体的某个感官急需刺激。很多人本来是善良的，却将人性中最坏的一部分显露出来，让我们无处倾诉、心头恐慌。人生有时就是这样残酷。

我们需要彰显自己的存在。

于是，我和灵儿去村庄收集那些古老的即将失传的民歌和民间故事。我们编排小戏，排演秧歌，年年去县上参加汇报演出并得奖。这一切则证明我们两个年轻人还可以工作。我们想通过这样的工作表达我们对文化站工作的无限热爱，那种激情让我们振奋。回到小院，我们回味着这一切，仿佛穿越了一个人漫长的一生，先是笑，然后落泪。除了工作本身，更多的是五味杂陈，我不知道，自己怎么突然就不能控制自己。

时光流逝得惊人。灵儿调走的那年冬天，一场大雪几乎把整个世界都掩盖了。春节快到了，我依旧张罗着要排一折小戏。当我从城里回到小院里时，院里积雪依旧，一片的沉寂与圣洁。一行脚印把我带进窑洞，取来扫帚，准备扫雪，但一直未动。看着那一行直而深的脚印，我突然有一股强烈的冲动，觉得院里似乎少了什么。是因为灵儿？我体内似乎还残存着一丝感动的能力，灵儿仿佛还在窑里唱歌做饭，过去的宁静与欢乐似乎还在。我多少有些伤感，这世界有时就是如此阴差阳错，这么多年过去了，我想我的声音会被你们、他们听到，一个为着理想的青年，如今开始神志清明，坚持着走自己的路。

小院里有我的光荣与梦想，后来我站直了腰看世界的时候，那段孤独和寂寞、欢乐与幸福的日子清明、澄澈，我可以分享给你们阅读。

"一个真正从事心灵之业的人，随着时间的推移，会变得更加善良，也更加宽容。"这是一位作家的话。我的泪水涌出眼眶，淌到脸上。

我们一起听音乐的冬天

秋天还是那样从我身边走过。

从房子里向外看去,灰蒙蒙的,湿淋淋的,清冷冷的,寂静无声。远处正在修建的高楼上的窗户像满身的眼睛,和我的目光相遇。错综的房子横在面前,一下子显得世界并不宽阔。我在窗户里面一角,显得格外渺小。

房子里有些冷清,还没有供暖,太阳又照不到这个角落。我独自一人伏案策划着一个书法展的仪式。电脑就在前面,我不时地停住笔,去看电脑里弹出来的新闻,有时去凝望窗外的景色。电脑的音箱里依旧传出一首又一首的民乐,或低沉,或激昂。古筝与二胡的琴弦拨动着我的心。我突然觉得灵魂开始飘逸,在这狭小的空间里自由地升华。我把那些材料、文件、讲话稿都搁在一边,无限的遐想、无数的美丽立体地展现出来。

那是很久前的一个冬天,我在旧城小巷子的木楼里,夜深人静的时候也是这样听着音乐,只不过那时没有电脑,桌上放的是借来的录音机。那时,一个人的日子过得很清苦。好在年轻,是那台录音机还有音乐伴着我每天写作,陪我度过日日夜夜,让我孤独的心弦舒展,让我简单的生活充满力量。每天夜里,炉火正旺,整个屋子里随着音乐充盈着温馨。尽管屋子里没有任何奢侈品,但这个陋室足以在我的记忆中成为永恒。

旧城东街全是这样的格局，宽宽长长的街巷是用石板铺成的。雪天，街巷弥漫着幽静。即使有人走过，大雪覆盖下的房屋、店铺、街道也依旧显得萧瑟。一幅美丽的画面常常这样定格在我的记忆深处。我房子的隔壁，是几个俊美的女子，她们像小鸟似的整天叽叽喳喳叫个不停。那个有雪的夜晚，她们敲开我的门，探头探脑地走进来，一个个不好意思地说，只是想听听音乐。

　　我是那么渴望这样的生活。饥饿与孤独，连同小木楼古老的建筑，让我内心酝酿出的文字如此摇曳多姿。作为一个底层写作者，因为有这样充实的生活，最质朴，也最原始。无论社会如何变化，无论自己如何清贫，我知道，从那时开始，我写作的动力足以让自己内心得到安宁。

　　有一个雪夜，我和几个女孩从东街出来，沿着无定河畔行走。远离小城的万家灯火，河畔的那片树林显得十分幽静。河对面星星点点的灯光折射过来，被冰雪覆盖的无定河一片朦胧，河水冲刷冰层发出低沉的声音，就像千万个人在喘息。我们兴奋极了，雪花打在脸上，轻盈而又柔软，瞬间化作一小滴水，让人全身心浸泡在一个美妙的乐章里。于是，我们发自内心地喊叫，面对这样充盈着温馨的夜晚。在这白茫茫的天地中，我们几个年轻人把所有的烦恼与孤独、嘈杂与失落尽情地宣泄。山与水，雪与地，树林与草，还有我和她们连成一片，内心和外景都融为一体，脑子里的思绪伸向无限，城市的喧嚣早就模糊而去。这样的夜晚，在我们的生命中成为永恒的记忆。

　　这样欢乐的背景在若干年后变得那么疏淡。世界的千变万化模糊了我们的视线。我和我的几个邻居各自寻找自己的一片旷野或高地。我们认同了命运，认同了贫苦人家的孩子必须学会忍辱，认同了过分地追求浪漫不可以当饭吃。在深夜，我们依旧听着音乐，没有人再多说一句话，每个人心底空空落落似乎预测到未来是什么。那年长久的冰天雪地，往往在午夜零点后，我们才散开。把音乐装进胸中，哪怕后半夜做梦也心潮澎湃。然而，那个年龄也是一个最危险的时刻，就像一种鬼魅似的。我们的面前充满了陷阱，它的危险性就在于它的不确定性。生活可以吸纳我们，也可以吞没我们，它时时处处在养育我们又伤害我们，我们需要什么？那个年龄似乎很渺茫，现代社会的竞争令人恐惧。没有悲悯，没有对沉沦的拯救和爱。但有一点我相信，还是有一双慈爱的眼睛时刻注视着我们，鼓励我们前行，鼓励我们坚持，那便是亲人们的目光，永远地问你安好……

可是，我们没有把握住，有时把握得不好。那一年的冬天，听完音乐后，许多时候生活还是令人窒息的。有一个女孩与正常生活走得越来越远，她似乎与家人相处也很难，与他人相处也非常困难。每次她来找我的时候，要抽烟，要喝酒，我有些警惕，那是一种缺失。她的这种心态，注定把自己置身于黑夜和黑暗中。她突然牺牲自己的妙龄年华，把青春祭献于黑暗，让人觉得自己也彻底地消失在这个世界上。但我发现，怨言和尘俗在我们不成熟的心中汹涌，我们的灵魂不安地战栗，谁也感动不了谁，谁也救赎不了谁。我觉得我们这个群体中，坚定和不灭的东西太少了。我们懂得欣赏美，我们对未来充满幻想，我们青春焕发，我们豪情满怀，我们的幻想给我们带来愉悦，无拘无束地笑，天真烂漫地歌唱，情不自禁地流泪——我们用任何肢体或语言的内容表达我们在生活中的不缺席。可是，当万物暗寂的时候，我们等待，等待，等待那一刻，发现只剩下自己的肉体和躯壳的时候，所有的一切显得苍白。一大帮人都在黑暗中寻找事业、爱情，哪怕是可以依托的亲人。许多不相识的人，他们陷入连自己都不明白的痛苦之中，自杀或吸毒，给我们传递了可怕的清冷。像隔壁的女孩，她赌博，而后吸毒，接着自残。许多年后，她唯一的儿子和她一样，已经沉沦的灵魂无法拯救，悄无声息地自杀了，连她这个做母亲的都不知道。

此刻，我想起那年冬天的感觉，说出来有些凄凉，我们没能像听音乐那样，力求自己纯净、实在、自然地生活。那个年代生硬地将许多不幸拉扯在一起。有一次我碰到听音乐的另一个女孩，已为人妻为人母的她，一脸伤痛地告诉我那个不幸的女孩的悲惨命运时，眼含泪水对我说：假如那时候你和她好，后果不是这样的。

我说，有假如吗？那时候都为理想而困惑，人生如何去走，大家都寻找不准。还有爱情，那时懂爱情吗？

这是一种什么样的人生呢？

所有的一切都越来越苍白，我需要呼吸，还需要音乐。在伤感中我对自己说：只给沉沦的弱者拯救和爱是不够的，只有悲悯，才能让自己成长。因为这世界，一味地竞争是可怜的。因为到最后，是自己过不了自己的那个坎。

那个和我听音乐的女孩送过我咸菜，还有什么呢？

我记不起来了。有一种音乐，仿佛从天国传来，我从心里流出泪水，涌出眼眶，淌在脸上。我这时才明白，我一直要飞翔的姿势是如此不堪一击。

英雄与美女恒久的记忆

一

根据《米脂县志》记载，米脂在蒙古太祖二十一年（1226）设县，从元末起，准确的记载有贺洪、高庆拥兵抗元。于是，在冷兵器时代刀光剑影一刻也未曾停歇。不同的部落群、不同的民族、不同的生活和语言让这块土地备受创伤，战争与厮杀在岁月里彻底地震碎了人们安居乐业的美梦，历代英雄各展宏图。崇祯三年（1630），因借债被同乡人艾同知拷打而披枷跪街示众的黄来儿，片刻之后，被人救出城外而于县内西部号召造反，这就是举世闻名的大英雄李自成起义的开始，史称"著名的农民起义"。

也就是从这一响动开始，经过反复转战，李自成与将士同甘共苦十五载，驰骋中原，与明军进行生死较量，可以说血流成河，欲将大明江山翻个底朝天，这是历史上唯一一次将当朝皇帝送上西天的农民起义。永昌元年（1644）2月19日黎明，米脂人李自成率大军从德胜门直抵紫禁城，崇祯皇帝朱由检自缢，朱家王朝顷刻灰飞烟灭。

估计当初谁也没有料到，即使是李自成本人也不曾想过，崇祯十一年（1638）潼关一战，起义部队死伤数万，李自成仅率十八骑杀出重围，性命难保，形势急转直下，气氛一天比一天紧张。如此结果居然没能形成定论，李自成尽管头上悬了把剑，那种沉重心情我们能猜得出来。然而，英雄就是英雄，逆境中方知英雄本色，李自成以何等的英雄气概，提出自己的政治主张"均田免赋"。于是，中原大地上有一首歌谣传诵："杀牛羊，备酒浆，开了城门迎闯王，闯王来了不纳粮。"许多人一生想的是安居乐业，在如此有吸引力的号召下，从者如云。李自成的"闯"字大旗一时声威大振，群情汹涌的游民、农民，受苦受难的大众没有半点儿犹豫与含糊，拿起大刀长矛，冲锋陷阵，想着一路唱着歌谣的幸福日子不会久远了。

现在，有许多关于李自成英雄史的叙述，无论是语言的形式还是文字的描绘，大都给我们传递一段历史原境或历史复原的过程。米脂人所自豪的是一个英雄的历史，其更为深刻的是为当今经济大潮树立一个厚重的品牌。米脂县举世闻名，是因为一个地域文化的记忆不断延续不断被唤醒。一个地方没有深刻的历史记忆，没有深厚的文化底蕴，就是漂浮的，没有根基的，一个地方如果没有恒久的记忆也是看不到未来的。米脂有李自成，我们在当今如何理解和应用他的人文价值，用现代人的思维去重新审视逝去的历史？我们除了自豪与引以为荣之外，还要从历史的尘埃中阐释英雄而展现一个地方的优势，就像民众信仰庙宇里的神佛一样，用其敬畏感和他的神秘感去顶礼膜拜，促使我们奋发向上，这样英雄留下的财富才会享用不尽。

为什么我们没有把有关英雄的文章做好？这恐怕也是当今人心里一直嘀咕的问题。四百多年前惊天地、泣鬼神的场景，可以说一直影响着米脂这块土地上无数英雄的成长，无论成败，他们一个个锋芒毕露，驰骋疆场。还有从政为官的米脂人冯曰恕，他对当时的贪污腐败从不手软，人皆景仰。据记载，他在广东任惠州知府期间，得知该地盛产美酒佳酿，但半数酒税都被官吏中饱私囊，无人过问。这位能诗能文的米脂举人，竟然下令属官限期交出贪污银两。有些贪官心虚，去探听虚实，三番五次送礼求情，都被他拒绝并责令："税收是国库收入，做官者已有薪俸，为何还要假公济私？若有拒不交者，我将揭发其罪，参革其职！"何等的光明磊落、清正廉明！遗憾的是，他没有像李自成那样真刀真枪地和对手练过，他的对手更为狡猾奸诈；更为遗憾的是，他似乎没有意识到自己维护的是一个封建专治的王朝，这个王朝重大的缺陷便是诡异的政治游戏规则。他的反贪行动，在变幻莫测的世界里摸不着深浅。当冯曰恕一身英雄气概，不徇私情，发动一场革命的时候，一场阴谋正紧锣密鼓地筹划着，可以猜测，在权力的博弈中，正义往往是软弱的。米脂人冯曰恕始终未曾清晰地意识到，自己一身正气是影响不了别人的，而且也是解决不了问题的。巨大的危险向他一步步逼近，直到一天夜里，部下的贪污者们收买地痞流氓，将其杀害。这很像现代版的反腐故事，说明如此情景在中国根深蒂固，我们只能为英雄而泣。

米脂的后人们寻找这块土地上的英雄人物时，绝不会忽略有一个叫赵国祥的农民。他以苦力为生，谈不上什么叱咤风云，然而，穷困潦倒的他在当时做出了一个举措，令后人同样仰慕，一直视为榜样。那个时候已经到了清代，经过无数战乱与灾难的米脂人，为了生存，他们寄希望于神灵的保佑，以此克服心理上的不安与恐惧。就如尊敬英雄一样，他们需要寻找精神上的寄托与慰藉，大多数人一脉相承地崇信自己土地上站立起来的英雄。即使像赵国祥这样的草根，道德的规范与做人的贞守让米脂这块土地长久地闪烁着光芒。一份史料记载某年三月初八庙会，赵国祥捡到一个钱袋，内装白银百余两。当时无人发现，他等候失主来取，未见，回家后告知妻子。妻子虽是妇人，却说出惊人之语："分外之财不可取，应该找到失主！"于是，赵国祥写了一则启事贴于大街上。傍晚时分，山西的生意人心急火燎地从镇川赶回米脂，见启事，登门告失。赵国祥问明失落的经过和钱数，如数归还。失主感激不尽，分出些银两馈赠。赵国祥分文不受，说道："我爱钱，就都留下了，何要你酬谢！"这种高尚与平静，让人肃然起敬。也正如此，米脂的人文历史才能经得住时间百般磨砺的考验。

事实上，米脂的英雄层出不穷，在军事、政治、文化、经济等各个领域都独领风骚。特别是现代，会聚了一批才华不凡的英雄，诸如杜斌丞、李鼎铭、马明芳、刘澜涛、郭洪涛、杜聿明等。这一批人从米脂这块贫瘠的土地上大胆地跨出了门槛，投身革命，寻求民族的解放。当然杜聿明是革命的对象，但他最初也是一腔的热血，以报效祖国为己任，在与日本侵略者的无数次生死搏斗中，表现出了大无畏的的英雄气概。很长时间里，在陕北甚至在全国，米脂闻名遐迩，一个"英雄县"让世人刮目相看。事实证明，米脂人心中那英雄式的丰碑，就像标杆一样，激励着一代又一代人，同时也成为这个时代最强劲的音符。米脂人无不为之骄傲！

不论过多少年，米脂人都无法割舍这个情结。米脂的乡亲在回忆英雄的时候，绝不会忽略米脂婆姨这片美丽的风景，多少年来，"米脂的婆姨绥德的汉"让人们吟唱着、传诵着。对于米脂县来说，英雄县、美人县呈现出与过往历史神思的连接，我们能看到一个地方是如此的引人注目。而从这些辉煌的历史记忆中，我们品味与欣赏着米脂人一脉相承的英雄本色。杜焕卿是米脂小巷出生的女子，同尤祥斋、张惠敏等一批女同学宣传革命，散发传单，书写标语，并且变卖衣物首饰资助共产党活动，这是何等的气概！被捕后，不吐真情，刚毅坚定，又是何等的从容！艾静茹加入中国共产党后，是米脂妇女解放运动的骨干。一个农民之女奉命去北京，与当时的市委书记张友清以夫妻名义进行革命活动。由于叛徒出卖，她和张友清、刘澜涛、安子文被敌人逮捕，临危不惧，没有丝毫胆怯，为革命献出自己年仅二十四岁的生命。高东丽在唐山大地震来临之际的表现让人动容，作为一名报务员，她忠于职责，舍己为众，在大楼倾塌的一瞬间，她把十多个塞头插入交换机孔，接通各方面的联络。她的遗体被找到时，头戴耳机、臂搭交换机工作的情景让人肃然起敬。诸如此类的故事太多了，不善言辞的米脂人对于这些巾帼英雄的敬仰，只是相互说说而已。若干年之后，在李自成行宫内，文化人找到了几间空房，于是"米脂婆姨史迹展"零零星星地汇集了一些具有代表性的人物，算是一种彰显。奇怪的是，我在展览馆不知走了多少次，始终没有意识到这里的陈列还是有一种遗憾。盘龙山是一个英雄的象征，前面的无定河水奔流不息，米脂婆姨的面容映在水面上，或慷慨悲歌，或如水般柔情。提到米脂婆姨，外面大批的人蜂拥而至，他们寻找的是俊格蛋蛋的脸，所有人贫乏的想象几乎就是四大美女之一貂蝉的模样。许多关于美女的典故我们烂熟于心。我曾翻阅资料，虔诚地伫立在米脂婆姨面前，一个整体的群像，让我体会美的气势，可是美的底蕴为何迟迟进入不了世人的视野？

　　就像一个民族的历史那样，米脂的许多故事沉淀之后要有一批执着的人记载。这些故事的主人公已经隐退，在我们的记忆中开始模糊，如果我们没有英雄的豪气，没有美女的人气，后人翻阅这块土地的时候恐怕会有许许多多的缺憾。也许文人多愁善感，然而没有意识到遗忘历史或少了历史，那种酷烈之痛会让许多人无法瞑目。

　　当然，我终于明白，英雄与美人在不同的平台上，拱起一个地方光辉闪烁的文化，而这种文化的某个细节被人放大或疏漏，都会让后人无法释怀。一个地方的历史，三言两语无法确定它背后真实的一幕，但米脂这块土地上所发生的一切，时常缠绕在我的文字中间，我尽可能地叙述一个大家共同有所感悟的版本，通常也会在现在的经济大潮中被淹没。

　　现在，历史成了记忆，但这块生长英雄与美女的土壤在进入众多人的视线之后，巨大的商业规模诱惑吞没了历史的种种气息，没人注意在我们当今的生活中缺少什么。这阵子，脑子里所萦绕的，还是一批批倔强而灵敏的生灵。历史有的形成了文字，有的是空白，我们如果毫无历史感地走入生活，那我们也就没有颇为自得的礼赞，在这里——米脂，因为英雄与美女的记忆，让我的生命和历史靠近，因为都是惊心动魄，米脂才让世人感到如此震撼！

　　如果一个地方的文化发展失去了对本土历史的思考与依托，脱离了历史感，脱离了一个地方独特的文化底蕴，无异于缘木求鱼。这种文化建设是肤浅的，也是没有生命力的。这需要我们从客观理性的历史视角，独具匠心地建设经得起历史考验的大作，才能在对品牌的磨砺中，树立起一个经典的榜样，米脂才能在中华大地上更加赫赫有名。

　　英雄与美女留给我们太多的思考空间。

永不消失的家园（三篇）

家园之一

老家的模样渐渐生疏起来，离开家园在外的我们这些乡里人，正有模有样地活在城市中。

有一日，看见村子里满目疮痍的样子，昔日辉煌的、温馨的院子里，窑洞不堪重负，现在已疲惫了。我看见它，想了很多，很多……

城市中的人开始追求生活的质量，寻找不可思议的色彩。他们离自然越来越远了，偶来兴趣，背上相机，驾车去乡下找些刺激的、新鲜的已经埋藏了的故事。于是我明白，老家的那些抹不掉的记忆，宗教般让人们如此迷乱，家园哺育生命旺盛的一页，如此叫人魂牵梦萦……

生命是坚毅的、刚烈的、不屈不挠的。也是有一日，我拿着并不专业的照相机，记录了家园的窑洞、院落还有黄土山坡上孤零零的艳艳菜花。冬天刚过，山上还没有绿色，那一朵朵小花如此顽强地在凛凛寒风中挺拔、生长，带着希望，向阳、艳美、朝气、自信。我震撼了，这窑洞、院落、小花取代和覆盖了人们的所有生活，也是最为直接的生命精神的体现。

我还想，花为什么要叫艳艳菜呢？

家园之二

村庄显得有些破败，守望村庄的老人们心里亮堂堂的，晓得外面发生了什么样的变化。当村庄里所有的物件被遗弃，恬静飘逸里变成孤独已成事实。20世纪80年代，父辈们分到土地，那种狂喜足以让人彻夜不眠。村庄里鸡叫狗咬红红火火，修窑洞、抬碾子抬磨，置办一件件家具，铁锨、镢头、锄头，一个个被擦得锃亮。从这些原始的工具中，父辈们觉得自己多么幸福：儿子结婚，女儿出嫁，粮仓里满满当当不用多操什么心。然而，这一切都成为一种记忆，父辈们的那种姿态成为一种象征，而且到现在还表达出一种对生命和自然的感受。这种原本安逸的生活，说放弃便放弃了。进城打工甚至举家迁移，小孩上学从县城一直走到省城，父母陪着，只保留一个农民的身份。有一个重要的情况不能忽视：另一端的家园成为影子，让他们内心积蕴了对现实环境的疏远与偏离。

村庄被城市的文人们描绘成纪念碑式的崇高与美丽，一个并不完整的世界给许多孤寂的心少了抚慰。在乡间大道上、碥畔上总有张望者，他们企盼、希冀，十分无奈地睁着眼睛，一寸一寸地过滤：到底在哪里生活得更好？

那些满含悲喜的岁月流逝了，总是有一帮不安分的年轻人怀揣梦想。他们以勇敢者的姿态，走出村庄，挤进喧嚣的城市，只剩下村庄与城市的责任和忧伤……

家园之三

对于没有故乡的人来说，过去农村人那种顺从、守旧甚至麻木等表现，让所谓的城市人憎恶。然而，在一帮理想主义者，特别是许多没有故乡的文人笔下，家园呈现出了辽阔、宁静的姿态，还有乡村的和谐与勤劳善良的人们，也有不少人对家园的描述充满神秘色彩。然而，在寻找被岁月埋没的记忆中，有一种努力已经持续了几代人，那便是坚守着土地。陕北这种地理条件，沟壑丘陵地貌，坚守什么呢？

　　长久以来，农村的家园一直被城市的文明主流视为荒芜之地。在陕北的小县城里，过去随时可以听到嗤之以鼻的声音："乡下来的""山里人呀""乡棒子""后山圪崂的""后老套的人"……一个城里人管十个乡里人，城里人的那种优越感与满足感浸透到各个角落，包括语言、生活习惯与文化。从20世纪80年代开始，大批的乡下人拥进城市，几乎一夜之间，全国大小城市都挤满了许多陌生的面孔。于是，整个生活格局被打破了，以前所有的清规戒律也间接被这些"乡下人"所打破。整整一代人参与了城市的改革：宽阔的马路、高楼大厦、工厂、机器、电子产业等倾注了乡下人的心血，为这场延续了三十年的改革开放贡献力量。在社会前进的强势之下，家园里的人渴望在生活中找回自己的身份，多少年来一直折磨他们的"受苦人"身份突然间开始探问起来：我们是谁？我们和你们、他们都在一块土地上存活，身份为何要区分"非农"与"农业"？如今，家园被抛弃了、荒芜了，不再坚守了，我们要到哪里去？觉醒的声音、探问的声音、被压抑许久的声音发出来，可是，守望家园的那一部分，又是怎样一种境况呢？

　　在农村，父辈们建设家园的时候，有着火一般的热情。家园的一草一木、一砖一瓦都十分重视，特别看重用石头细錾摆门面、穿廊花篮子檐头，表现了发家致富的梦想。院子里左青龙（碾子）、右白虎（石磨），在内容、形式与传统观念之间做到平衡，并在此基础上倒座薄壳，楼门墙框天圆地方，做到所有空间合理配置，这种对家园完美的探寻，影响了一代一代的人。今天，许多人放弃了，窑洞家园成为一种象征。然而，我还是注意到，家园的存在和变化，在陕北的腹地米脂县也许还是最重要的，或最有知名度的，也可以说唯一引以为豪的，因为那种讲究遗传了先人们智慧的基因和多元开放的情怀。

　　时空错杂，家园让人久久陷入迷惘。

秋夜孤灯听落叶声

秋天，你说要把安妮宝贝的一本书送给我，其实对我来说，安妮宝贝是迷蒙的。朋友曾经说过，不希望生活被这样切割或者描写。可你不是这样，像你这样的年龄、这样的阅历，生命中的欢愉与精彩段落最大限度地在你身上被赋予主观性。安妮宝贝也恰恰把视野置于非经历中。我默然，面对你，我不知从何说起，一直以来不想与人细诉，是因为我不像安妮宝贝那样经常把视野的涵盖等同于交际，而她情欲的主体恰恰展现给社会一种混乱的状况。她所拥有的人生哲学是"退"还是"超越"，我不得而知，只有她自己懂得，或者你们愿意倾听。而我住在小县城的一座房子里，四周堵满了高楼，房子里的固定电话无人打过来，电视实在没有什么好节目，自己又不会使用网络，书架上的书似乎芳香四溢。灯下摊书，就是安妮宝贝，一个听起来让人动心的名字，可心境依旧迷蒙。

人生到某一个年纪，来不及计算过去，已经非常苍老了。多少年过去了，我写下那么多的文字，许多是为自己而写，并且催促自己老去。

是的，一个人就这么走过来了，其实很孤独。在特定的日子，我对书、对稿纸痴迷，轻盈盈的纸，轻飘飘地写，充满墨香的书，令人激情万丈。在我翻阅这些白纸黑字的时候，感觉有趣的事情竟然那么多。在特定的日子，幻想都是美丽如画的，那种耐心，简直不可思议。如今，我还在继续，还在翻阅这些白纸黑字。然而，那是你们的生活，那是你们的未来。手握鼠标点击生活，到处是五彩的世界。安妮宝贝就是这样走过来的，她眼睛里的人，都是被禁锢被挤压出来的。一个人的情欲被埋葬很可悲，于是，人们向她致敬。我突然觉得自己变得陌生了，也许什么也不存在了，可为什么还要等待呢？

在写《我活着的时候曾是好人》一文时，我有些悲壮。这些年就这么走过来，与世无争，生命中的沧桑就不多说了，想起来也没有头绪。年轻时充满了幻想，什么也不怕。然而生命里太多的东西注定让我忧郁。从农村到城市，一直漂泊不定，这些对你来说，是一个美丽的故事，就像安妮宝贝说："人若被世间遗忘，一定同时也在选择遗忘世间。"我不停地写作，在世间找到一席之地，也许成为生命的一个仪式和象征。这次年轻的安妮宝贝说对了："一个人不知道自己在此停留多久，不知道什么时候会离开，不知道如何才能走到世界的尽头。"

生活有时跟人拼命对抗。我喝酒以后，感觉从未有过的舒坦，但不知为什么，话语很少，在这个世界很难找到敞开心扉说话的人。我想过，有两个人，坐在一个无人烟的地方，面对面地喝酒，气氛如同山间幽幽雾气或缥缈的云朵，柔软、平静、自由，这样喝酒说话，生命才会暖烫、真诚，纯洁才会烧起火焰。但像你这样的年龄，没有经历太多，生活不断反复循环着一种模式，内心一旦陷落就会情绪失控，要填补又没那么容易。我们恍如隔世，但有语言可以沟通，只是自己有些乱章，一路跟跄。

那个秋天的早晨，就像一个听"古朝"故事的小女孩那样，你听我叙说一些没有韵律与节奏的故事。我讲的特别多，也特别乱，但你还是认真地听完，偶尔发出提问。这是榆阳杏树红叶开满山坡的季节，有些树叶已开始凋落，似乎在完成自己的使命之后得到了满足，自信而庄重地谢幕。

现在，回过头来再说安妮宝贝。她的成就在于她年轻，敢想敢干，她所有的一切体现在她的作品中，尤其最为强烈地表现在人性最原始的性欲当中，她自己陷入了情欲的迷乱之中。这种颠覆汉语言文化的叙述，以自我为轴的眼光去看待生活与世界，并且尝试着用不隐藏、不虚饰来破解这个谜题，用她自己的话来说，是"如同蒙上眼睛在一个空荡荡的宫殿里穿梭"，那种原始的纠缠揪斗，挑战人对痛苦和阴影有所体悟之后，"才能真正理解其所映衬的那一道纯洁自若的光"。安妮宝贝确实太年轻了，人世间的风风雨雨，有一种文化需要传承与尊重。我想，没有文化底蕴和宽阔的视野，去讲述一个自己的故事，触动我们灵魂的会是什么呢？我常说，要不就不要醒来，不要对这个世界感到失望。

秋天和文友去看杏树红叶，在满山遍野的壮阔中说起多少年前的往事，我好像没有恋爱，青春很短暂，刻骨铭心或海誓山盟的爱情故事很少了。我崇尚爱恋痴情和绵绵一生，朋友们说，一个人的遗憾就是缺少这些。我所有的遗憾随着秋风飘远，独自坚守着有关汉字的叙述，孤独是注定的，寂寞同样是注定的，但同自己倾诉也是注定的。在南山上的某一处，秋天后的草丛十分茂盛，有一只小鸟扑棱地从我脚下飞去，云彩带它飞高，带它远去。你到城市，在人流中穿梭，你坚信这个世界上朋友会深切盼望，能这样固执地把一本书送来，而且毫无顾忌地倾诉对生活的烦恼，探寻人生会不会再有一种可能。在早晨的城市里，到处有了声响，我们说了许多，至今我记不起说话内容。但我想这个早晨这种时刻我们拥有一个交流的空间，听你说安妮宝贝，内心一刻也没有歇息地想，我们对生活的认识究竟有多么遥远？

你心中有自己的前行标杆，生命中注定要追寻与坚持，没有退路可走，生命中有些情感不会彻彻底底的枯萎。我之所以写这么一段文字，不知是说安妮宝贝的书还是人，其实，我还是想对你说，不知你是否曾在意过，一个人一生面对一些人，就连名字都不值得一提。

秋深了，落叶开始飘下，亲吻土地后将化为尘埃。我欣赏它的从容、优雅。你呢，就这样自信从容地走着，把安妮宝贝轻轻地放下……我们在遥远的距离中，倾听落叶的声音。

米脂有这样一个村庄

高西沟是米脂县的一个村子。

人们早就听过高西沟,后来有人一见高西沟性子就变慢了。高西沟的山山水水都是耀眼的珠宝,高西沟人和蔼的笑脸让你停住了,一问,说的全是一种精神。在这仅有四平方公里的土地上,高西沟人创造了一个又一个奇迹。所以,高西沟村有历史的光芒撑着,像黄土地上的槐树,也像柳树,一轮轮惊心动魄之后,是永恒的超脱,不卑不亢,不挣扎不辩解,根扎得深,一拨一拨人护养着它。如今,这里不仅传承着一种精神,也有令人心旷神怡的自然风景。走近它,顿觉美丽如画。

高西沟村是陕北黄土高原治理的一面旗帜,更是生态保护的一个典型。

我来到高西沟村,脚踩着村庄的蜿蜒小路,走进一家一家的院子,在一瞬间接收到了熟悉而亲切的信号。几十年的治理,给这个村子带来了繁荣和生机。我认识他们,一群坚守故土的人。也因为他们,经过那一汪碧波荡漾的坝水,还有山上苍劲挺拔的松柏,还是那么晓人心意。我迎着蓬勃的新绿走近它,收获着一路的美丽与诗韵的礼赞。梯田坝地除了谷子绿豆玉米,山坡上的草地和台地上的果林各领风骚。站在庙梁山上,不由得心旷神怡,乃至流连忘返。

来高西沟的人很多,许多人慕名而来,他们也许和我一样怀着好奇心,这个小小的村庄,它的魅力到底在哪里?在干旱的黄土高原上,多少高西沟人凭着一种精神，使水不出沟，泥不下山。是一汪水对人的生命起到了至关重要的作用，还是他们对土地的敬畏给如此贫瘠的土地赋予了新的含义？时间久了，高西沟人与自然间有了一种默契。人们可以安然洞察天地万物，领悟其中蕴含的生命力。为了运用高西沟特有的元素，可以说与时俱进，高西沟的特色农业与兴起的农家休闲，更有了时代的感染力，让人觉得在四平方公里内的另一种情怀。所有的赞誉，直接描绘出来都会变得苍白。只有静下来，坐在高西沟的农家小院，品尝完地道的农家饭，仔细听主人的诉说，你才会觉得生命有一种依靠。

高西沟的松柏茁壮茂密，走进去半天出不来，林子很深，野兔会突然跳出来，吓你一跳。野鸡、山鸡，还有那些不知名的小鸟追逐嬉闹，它们的说话跳舞，我们是无法懂的。当你静静地看着它，就感到它天生的灵性和精神，即使被惊扰，它们扑棱棱飞起时会与你告别，不知是怨还是喜，更多的可能是嘲笑。人总是被自然界的万物捉弄，任何有生命的东西，其力量足以证明我们的渺小。

在松柏林子的另一边，是高西沟村的果园地。桃树、杏树、梨树，果树应有尽有。高西沟人说，这块地土壤好，阳光足，无论哪一种水果都是独一无二的。你无论采摘什么水果，样样都上口，滋心肺暖胸口。高西沟的水果是一种品牌，能让人吃出滋味，吃出乐趣。质朴与勤劳的高西沟人，多年来坚持着自己的"三三制"模式——粮、草、牧齐发展。他们把仅有的土地合理安排开来，以田园的芬芳与劳动的收获编织着独特的新农村丰韵。坝地里的葡萄架成荫，肥厚的叶下一串串葡萄如珍珠般诱人。看到此，口水忍不住多咽几下。山坡山洼上的树与沟里坝地的庄稼相互衬托。即使每天早晨挂在树叶草尖上的露珠，都十分优雅而有诗意地催促着新生。太阳出山头，到处闪着青色细碎的光点，让人眼花缭乱，产生种种幻想。风儿吹来，几声鸟鸣，整个山林在动，庄稼摇，叶子轻微响，这种缓缓的、低沉的、空灵的、瑟瑟的音响，是物与物之间的交流，还是在与我们人类细语？

这个村子的气场有些神秘，似乎隐藏着许多奇特的故事。

但是，我只是一个过客，我和许多人一样，匆匆来匆匆去，对这个村庄的过去、现在和未来只能是肤浅的感官上的认识。高西沟村的历史承载着太多的故事，还有那些属于他们的记忆。在城市，我们焦虑的思想和灵魂，对许多东西都麻木了，眼睛里甚至很少有色彩。而走近高西沟，你会感到有一股灵动清晰地存在于自己的精神世界里，对于这样一个村庄，有一种感情寄托。

其实我内心殷切期盼，期盼大自然生生不息的源泉中，如高西沟一样美丽的村庄，一直能保持并生发出蓬勃生机。

"一切景语皆情语。"秋天到了，收获的季节，对于高西沟要说的很多，我看到的和听到的一定比外人要多得多。

只有仰望着，人活的才是精神。

人在秋阳

我望着秋天。秋天看着我。

我曾经想去的地方是无定河西边的一片草地，每当从米脂出发经过鱼河再往北一点儿，无定河那边的沙漠、草地便吸引着我。多少年来，一直穿梭于城市之中，我突然想逃跑，而且远离生活一步的愿望竟如此强烈。210国道上从前是两排挺拔的白杨树，一到秋天，金黄的叶子被风吹得闪闪发光，仿佛给人传递着一种精神气质、个性与风格。人可以接受这种景色，舒适、飘逸，还有与大自然的融合，隐隐约约地让我期待一个充满温馨的世界。

现在，闭起眼睛，总能涌起无数的情景：漫山遍野的果实，色彩缤纷的花木，轻柔茂密的草，还有高空盘旋的鸽子和藏在草丛中的鸟儿。这个季节哟，农人沁润爱抚的土地，丰硕的果实伴随着信天游的歌声，四散飘溢的浓香与阵阵喜悦，在田地恭迎薄雾、露珠、甜润、幸福的时刻，我的村庄上火辣辣的阳光升起，吆喝毛驴声、打谷场上此起彼伏的连枷声、手摇扇车吱吱声，那么轻而易举地就可俘虏我的心，勾走我游荡的魂……

这又是一个丰收年呀！

对农人来说，收获的秋天是一种享受。一年下来，盼的就是这个季节。白天虽然劳累，但夜晚睡上一觉，醒来后天已大亮，推开门，秋风习习，鸟叫声声，望着满院子堆放的金黄色玉米，还有对面山上梯田里割倒的谷子，心中的那份惬意悄悄泛上来。土地给人以尊严，让人们除了敬畏之外，还有对它执着的情结，土地与人的关系，多少年来形成的可能正是那种复杂的面对和深沉的历史内涵。这种和谐的偏爱，没有矫情虚假。所有的植物一旦从土地上生根发芽，就再也不会因为环境的变化而终止它们的生存希望，那种冲动，在不知不觉中，总会在夜深人静的时候奋力向上，抽穗拔节，开花结果。当秋阳在明净的天空被一个硕大的晕圈笼罩时，阳光亲吻土地的痕迹留在山峁山坡上，山鸡成群结队地挺立在山头上，呼唤着岁月洗礼后飞扬的笑声。我总是不经意地想起生命中的欢愉与精彩段落，或者是秋天里杨树、杏树、槐树、柳树等各式各样树木改变的颜色，只有它们懂得或愿意倾听人世间飘落的身影载负的内涵。在农人含蓄的脸上，会看见责任，哪怕秋天一片落叶的声音，都会牵动他们似乎等了一个个世纪的思绪，田地里的谷子、高粱、玉米、豆子……百年的粮仓，都满满当当。

这是秋天，村头有一位不苟言笑的老人总是望着通向村外的大路尽头，看着汽车驶过，或三轮摩托车经过。他神情专注地坐在那儿，手里的拐杖不知何时跌落地上。事实上，他不缺少什么，秋天的气味混杂着幸福、土地与果实的气味，让他期盼的眼神更浓烈，让人难以捉摸。

无人去惊扰他。村里的乡亲们只会在你露出怀疑的神情时冲你一笑，他们说：只有他心里明白，秋天收成好了，在外面读博士的孙子才安心了。是这样吗？秋天里在乡村随处可见的城市人，挂着照相机寻觅秋色的美丽，这些人不知收获了什么，也许只是些画面而已，要读懂漫山遍野的心血与爱，恐怕不那么容易。

这是秋天，白天村人们忙完后，一家人坐在炕头说着今年的收成，窑洞的窗格子上透出的幸福，随时可成为一个美丽的故事。在这背景下，无论有过多少难堪、不幸或者悲伤，乡亲们只有一声叹息，全部的不顺畅随着叹息声倾吐出去。收获了，该干的还要继续，山里人哪个会轻言失败呢？

只有我们，除了对自己的出生有一点点的眷恋，在现实的生活中有时更多的是迷惘。在这收获的日子里，水泥路夹带着清愁，叩问自己：今年的收获呢？

我们依旧这么小，世界还是这么大。我们喝光了最后一瓶白酒，却永远也喝不下故乡那种挂满豆角、白菜、萝卜、辣椒的园子。直到现在，摇曳的几片叶子无法写成诗句，我们大都怅然若失在幻想的那份悲苦中，没有收获，心有些隐隐作痛。

有多少个秋天就这样来临又过去了。我把自己的历程计算了一下，从故乡走出来，那所有的日期都让人疼痛。既然有那么一个漫长的早晨，还有那么漫长的中午和黄昏，所有年月之后的秋天，竟是把两手空空不真实的自己裹进这个世界里。

也许有一天谁会想到我，想起一个从农村出来的孩子，曾在自己村口的大树下说"我活过"。秋天的风声漫过了一切，我还是把故乡的山山水水留在了身后……

人在秋阳里。

一条河的记忆

没有人能抓住时间，经过几千年的孤独之后，当人们寻找剩余的记忆，便会发现我们自己的悲哀。就像一条河用力走了这么多年，却没有人注意到，荒凉的黄土地里，这条河是多么的重要。

其实，这条河的撩人之处是她的名字，还有她一脸的严肃。她沉稳地从山间奔腾出来，即使有大川，她依然懂得如何让自己周身闪烁着神秘迷离的气息，让人心驰神往，欲罢不能。她鬼魅般的穿透力，洞察着世间万物的生长，还有人的命运。似乎她早就对这世间万物了如指掌，而且游刃有余。人常说，水是柔的，河都是百炼成钢的，是勇往直前的，是最容易找到路径的，也是最危险的。当人们面对她发出阵阵感慨、声声惊叹时，我总在想这条河最初的模样，她鲜活得动人，清澈得迷人，内心没有一丝的彷徨，也从来不绝望。她没有担忧过什么，觉得自己永远年轻，不会衰老，目光专注地盯着前方，冷眼旁观着人间起伏跌宕的生活……

然而，几千年就这么过去了，所有美丽的传说与人们想象的情景，压印在这条河的记忆里，她早已把所有的忧伤与悲怜冲刷得无影无踪。也许，在某一个星辰很亮的夜晚，她还怜悯着人类。我似乎曾看见过她的表情，可人们漠然的表情让她失落。接下来所有的时间里，她遭到人们无休止的欺凌，在她身上割裂出多少岔岔。人们从她身上汲取营养的同时，又在毁灭她，没一个人能听到她的喘息和悲恸的哭泣。几乎这条河边的人都以为这河是取之不尽、用之不竭的，即使有伤口，也会很快愈合。当一群群人把现代文明和工业化带到城市以及乡村时，悲恸的哭泣渐渐远去，人声越来越嘈杂，机器的轰鸣越来越响，这条河的记忆淡了下去，她开始挣扎着，仿佛把刻骨的记忆唤起。

我有些不信，一条河，整整一条河会如此终结？人类的伤痛会永无休止？那曾经汹涌澎湃、刚强不屈的河，会是这样面对世间吗？

我不信。

可是，一条河有着太多的负重、太多的承受、太多的责任，注定了自己死亡的命运。我们在水泥和沥青覆盖的路面上行走，我们在钢筋水泥里睡觉，闻着油漆味，听着热闹的轰鸣声和歌声时，本来属于我们自己的河被我们自己抛弃。

往往是离开原初的想象，我们从来没有这样一个意识。当死亡将至，一条河容纳了所有的记忆，变得面目全非了，即使我们想回忆一下，灵魂也会痛苦不堪的。

无定河，一条和我们一起亲密相伴的河。

这是我故土上的河，这是我家乡的河，这是陕北黄土高原上唯一蕴藏着厚重历史的河，她向我们伸出手：还记得吗，我曾是你们的一分子……

这呼喊让我心颤与恐惧。

我知道，记忆是需要生命的，当记忆被埋葬时，我们该诅咒什么？是我们自己。当历史进程中发生冲突时，和谐与一致显得多么重要！

自然其实不可抗拒。

我感受这一幕幕景象，从心灵深处唤起了对这条河的回忆——我坐木船在河面上摆渡，我走到冰封河面棒棒桥上的惊奇，我赤着身子渡过大河去的欣喜，但没有了慰藉。

一切都是平静的。

给自己一盏远观无味的茶

米脂古城东街是条窄窄长长的巷子。街道是用石板铺的,两旁商行店铺林立,可谓生意红火。就像我家乡仙佛洞沟一样,窄窄长长,两边高山耸立,沟中有戏台阁楼,青砖庙宇,每年香火不断,热闹非凡。我常常像这样把两个完全牵扯不上的地方往一块儿想,怀古的心情便有了几分惆怅。它们在我心中摇曳多姿,这一生与它们的缘分,无法割舍。稍有空闲,我便琢磨着它们吸引我的"门道",就犹如一个戏迷,除了看唱念做打的"功夫"和"门道"外,站在"戏外"从另一个视角去看,去感受,去体验,领悟和欣赏着戏。这景这物,萦绕心怀,我突然觉得,仙佛洞沟里走出来的我,特别在意家乡的山水草木、风土人情。小时候看着父亲一笔一画地写字,母亲一刀一剪地剪窗花,尤其在过年时,红红的对联,贴在窗子上的小鱼小鸟,阳光照着,一个个美丽的剪影,让人对生命的体悟更加深刻。那时候日子很穷,心是开阔的,梦是延续的。

我工作的第一站便在古城的东街,一条让人倾慕不已的街道,一条让人站在那里久久回味的街道,尽管它狭窄,但曲曲幽幽叫人心颤。街两边深处的窑洞四合院,青砖山墙,石砌台阶,高低错落,典雅大方。我住的是二层阁楼,打开临街的窗,赶集的人群尽收眼底。望着熙熙攘攘的人流,听着那悠长回荡的叫卖声,人与人萍水相逢,或擦肩而过,都置于这条街巷里。于是,丰富复杂的人生从此开始。如果没有这样的场景设置,人生所有的困惑与哲理,都在这瞬间发生翻天覆地的变化。这小的场景,让历史，也让个人的命运，都在改变。一个当时满怀憧憬的文学青年，有多少感怀、思考和忧虑。随着时代的变迁，东街承载着米脂文化的延续。尽管我曾精心装扮过的小木楼早已拆掉，东街的文庙、书院不见踪影，而当年早晨石板路响起的脚步声，依旧撞击着我的耳膜，一群一拨的学生，青涩天真的面孔，街道蕴含了希望，摹写着一个地方的传统。梦想的驿站，在古旧的街道上开启。那些日子，我觉得青春焕发，在方寸间看到世事乾坤。

现在，我在浓浓的乡愁中，开始体悟仙佛洞沟里的村庄为什么要变得冷清，古城东街热闹非凡的日子也一去不复返了。乡村与城市都在现代工艺品的"包装"下改造着人们，一切正在颠覆着传统文化，雅与俗考验着现代人的定力。我们所希望的一份"可遇不可求"的惊喜，已经荡然无存了。

古城东街承载着的勤劳与智慧，让我既爱又痴迷，这样静谧安详的街道，曾让我感动。我在这条古街上和一帮文学青年讨论人生理想，讨论未来，讨论文学的梦，在那个激情澎湃的岁月，饱含着对土地、故乡、街巷、历史、文化的挚爱。我曾领着一帮盲人，天天在那个属于我们自己的小木楼里说书。每晚一上灯，街坊邻居的大爷大妈，各自带着小板凳来这里坐好。没人吵闹，听着"盲人"说"古朝"、讲"历史"。偶尔有几个俊俏的女子，就那么静静地听着，一脸满足的样子，我是否也有安慰？

不记得哪天我搬出了东街，也不记得哪一天我喝上了酒，物是人非了。一个满怀志向的青年，在物欲横流的社会里，天天"须愁漏短，莫诉金杯满。遇酒且呵呵，人生能几何"，沉沦很可怕，就像村庄空落的无声无息，就像古城东街一样破败不堪，"如今俱是异乡人，相见更无因。"短信、微信等社交网络把人与人之间的感情淡化得没了根基，高楼的窗户让我们陌生，我们没了地气。我是否能把时间流逝的痕迹拾起来，还可以稳坐下来与这个世界分享每一次感动？

给自己一盏远观无味的茶，品尝这没有酒的醇香吧！

美丽叫人疼痛

　　一个在山崖处凸出的红胶土洞穴，一个十分虚空闭塞的地方。洞穴里面是什么？团团的迷雾，围绕在周围，人们不停地打量、讨论、研究。总有一个鲜活的灵魂散发出柔美的气息。当后人将这个洞穴包裹上华美的外衣时，像千万道光亮照入这个昏暗的洞穴。其实，广阔的天空虚幻无际，在美丽的衬托下，神话般传奇。呼之欲出的鲜花百鸟，千兽嬉戏的生动画面，现代人所能想象到的盛景，在那幽暗的洞穴中为之点亮。我们与千年的光阴缀成万般美丽，如珍珠般填充现代人平庸无聊的日子时，这种美或被肢解的痛楚，只有一个女人明白，那便是貂蝉。

　　围绕着貂蝉，人们设想了种种肯定与否定，传说中的古代四大美女之一，唯独貂蝉没有丰富的信息，如此这般值得让人玩味。千万个故事竟然造就了一个女子不同的归宿之谜。她的出生、恋爱、死亡，现在一无所知，然而她美丽、纯情、天真，而且对英雄式的人物吕布有浓烈的仰慕之情。她聪明伶俐，生性慈悲，歌舞俱佳，从她闭月到凤仪亭风波，足见一个弱女子静时文雅有余，行时风摆杨柳。当她成为权贵君臣你死我活斗争的工具时，她毅然做出了视死如归的大义之举。当那些故事作为一种文化象征或符号时，貂蝉所有的一切都体现了一种大爱、大恨、大美。她的弦歌之声，缥缈了一千多年让我们浮想联翩。这情形让我想起一首诗："西北有高楼，上与浮云齐。交疏结绮窗，阿阁三重阶。上有弦歌声，音响一何悲！谁能为此曲？无乃杞梁妻。清商随风发，中曲正徘徊。一弹再三叹，慷慨有余哀。不惜歌者苦，但伤知音稀。原为双鸿鹄，奋翅起高飞！"貂蝉同样有这样一颗滚烫的心，她对自己是否曾做过种种设定？可是，命运偏偏与她开了一个玩笑，在历史的风口浪尖，她甘愿牺牲自己，沦为风尘女子。利用美貌赢得男人神魂颠倒是不经推敲的，既没有可歌可泣的气节，也没有出淤泥而不染的品格。殊不知，东汉末年民不聊生，各地混战不断，当权者生活奢侈糜烂，朝廷内部矛盾重重，奸臣当道，为非作歹，貂蝉毛遂自荐，"万死不辞"，这是何等的勇气与胸怀？就这样一个举动，才使得动乱不堪的朝野稍有安宁之象。事情却不是我们想象的那样，即使在当下，有些事也有说不清道不明的，何况是一千多年，仅靠稀少的文字记录，能说明什么呢？当经受如此热烈的讨论之后，让我们的生活千变万化、不堪一击的时候，貂蝉却是那么异常的平静。

事情很简单，我们肩上的压力太重了。

可是我们依然无法阻挡历史的潮流，貂蝉千百年来在滚滚的历史潮流中不断被人们提起，不同的地方印证为她的故乡。女人的美丽是无法被拒绝的，她们的妩媚充满了诱惑，当她们戴上那光鲜亮丽的光环时，连同她们的脚步、姿态、神色都变得轻盈起来，连同那声音也变得如此柔美，目光如此水灵魅惑。没人能放弃对她们那样热烈的爱，对貂蝉也是。即使作为一个幻影，作为一种标准，作为一面镜子，人们也无法舍弃她。所以，米脂人把这种骄傲情绪一直蔓延着，并将心灵深处的东西都讲出来，让世人得出"米脂婆姨绥德汉"这样经典的定论。

神奇的陕北腹地只有米脂、绥德继承着历史文化丰富的神韵，一家一户的男耕女织充分展示了农耕文化的独特性，重教兴文的习俗正好说明这一地域的领先与创新。男人、女人在这一地域成为重要的品牌，引起世人关注。而远去的貂蝉，还有后来一大批的米脂女子，在举国上下引起轰动，米脂由此被称为"美人县"，让远方的人们虔诚地向往。就像一件华美的衣裳，并在传说中形成独特而优雅的女人气息。米脂被人们迷恋的时候，我家山峁下的貂蝉洞使人们更加有兴趣，正是有这样那样的离奇、玄妙甚至不可思议的故事构成了米脂文化的集体记忆。康熙时期《米脂县志》记载"无定河西有貂蝉洞"不是虚构，也许千年前，东汉末年的上郡独乐县就有那个女子，她的美丽模样永远地刻在一代一代人的记忆里。人一死就完全结束了，死后的细节根本无从谈起。但是，貂蝉，我的同乡，米脂女子前世的化身,她却成为人们崇拜的对象与叙说的标记。

我家艾好湾如今一眼荒寂,貂蝉洞还在那儿孤零零地被承认或不被理解,或被评价、消遣。她仅有的一点儿精神,便是让我尽可能地长久歌唱。这使得许多人大为惊叹,一个普普通通的农村后生,一个在官场混迹的平淡无奇的文学爱好者,一个平生离不开琐碎的事情又喝酒的我,还在家悠闲地临风倚栏,想入非非。花前月下的轻歌曼舞,或恍如隔世杂草丛生的村庄,人世间的大喜大悲都与我有关,故乡的土地,不止貂蝉洞埋藏着惊世的秘密,在人们揣测貂蝉的痕迹时,我突然觉得有必要多说些她。因为,即使她没有出生于此,我与这片土地也一块儿生长。

所以我不由得贴近这位美丽的女子,心中的那些花一朵一朵地开着,长大、成熟、丰满,幸福地包裹着我的身体与灵魂,想到此我常常会有一丝的微微颤动和眩晕,貂蝉搅扰得我心潮澎湃。

米脂的女人就这样将古今贯通起来。显然是许多的细节被遗失或疏略了。可我找到根源回归时,她们崭新的姿态,脸上荡漾着秋波,舒展而美丽地在柔韧的土地上行走……

就这样吧,我会异常清醒地看着你。尽管时间与空间的隔阂,我将变老,一种疼痛美的感觉,永不更改。

面对老城的乡愁

　　米脂县与其他具有历史文化底蕴的县一样，改革开放三十多年以来，随着城镇化的推进，县城的发展可以说日新月异。然而，当人们从老城的城墙里跳出来，把一大片的菜地变为建筑物时，都不曾想到城市的发展面临着如何规划的问题。特别是20世纪80年代，人们乱拆乱建，许多旧房改造，把好端端的一座古城变了模样，先是没了东门、南门，后是城墙。北门川一大片新式的"两上两下"或"二顶三"平房拔地而起。那时候，没有人能认识到城市的扩大和发展，要把民生的需求和文化保护加以区分。老城一下子开始面目全非，老式的四合院，经典的窑洞楼阁，古老的街道，商号店铺，能改的全改，清一色的白瓷砖贴面，在古城内外十分醒目。无论是谁，都没有清醒地认识到，一个城市的老城往往负载着一个地方的重要历史文化。现在，我们回过头来，太多的遗憾与叹息让米脂人觉得愧对祖先。我们面对老城，心中忐忑不安。因为，我们在发展过程中，没有经得起历史考量。所以，我们如果真正尊重文化，尊重历史，尊重民众感情，更体现出政府的担当与责任，从现在做起，老城的保护已迫在眉睫。

　　老城的保护或改造要注重它的内涵，要从历史文化着手，过去沉痛的教训让我们苦不堪言。20世纪80年代突飞猛进的城市建设，从改善居民生活条件到90年代后期以房地产开发为主的提高城市经济效益，我们的规划明显滞后，大家争先恐后地修楼盖房子，占用着每一寸土地。如今，城市的公共设施成了最头疼的事,学校、医院、绿地的供水问题常常显得突出,幼儿园和活动场所的公厕问题更显突出。而在这个过程中,大量的历史文化景观消失在人们的视线里。旧衙门,女子学校,圁川书院,城墙、城门,见旧便拆,许多人文景观遭到毁坏。米脂老城是全县最宝贵的文化资源,作为历史文化遗产不可复制,作为米脂文化的象征更不可再生。为此,米脂开始把保护老城提到议事日程当中,并且经过不懈努力,成功地申报米脂县为"千年古县"。关于老城,专门成立机构,从城市文化历史的考量入手,把老城的风貌重新展现给世人,使之更和谐地融合到现代城市的发展之中。

米脂的老城,在许多人看来有一种气度,是真正的文化景观。米脂人崇尚自然、超然物外、率真纯朴的人生观与审美观体现于老城的设计。它依山傍水,极为讲究。特别是老城里的窑洞,更令人惊叹,在中国建筑史上留下了浓重的一笔。这些独一无二的建筑,以及精巧的设计,富有个性和人情味的街巷,都是对自然和生命的一种留恋与希望。最早的圁川书院,一字排开,与银河对面的文屏山上所建的文昌阁同在一条轴线上,文庙与阁遥相呼应,相互衬托。红日东升,文屏钟响,学子们恭读经书,龙章凤姿,文脉传承,人才辈出,令后人感慨万千,向往不已。正因为这样,米脂县上下形成了一个共识,无论是传统村落还是城市历史街区,保护与抢救同行,而这一措施不只停留在孤立的文物遗迹或建筑保护上,要用大的气魄、大的手笔关注城市文化的生态,注重城市整体风貌。

米脂老城建筑大量建于明清、民国和新中国成立后的不同时期,作为边关的小城,它除了防御功能外,更多的是历史上的重要商贸区。它被历代文人墨客描绘为有风韵故可撼物的地方,也被名士政客赞叹为气象非凡的风水宝地。这其中体现了老城的历史和文化肌理,也展示了老城四周的山水一体风貌。所以如何保留好一个城市的记忆和文脉,是我们现代人应当认真思考的问题。因为,历史文化的遗存不只是图片与文字,也不只是博物馆的藏品,更重要的是矗立在我们眼前实实在在的历史景观。

走进米脂老城,无论是谁,都会发现呈现的景物如此珍贵和经典。事实也确如此,既然米脂的先辈们重教兴文,那么他们衣食住行所表现的也就集中在文化上,并且从审美的角度和艺术视野上,从来都是充满了和谐、阳光、温暖的吸纳与包容,各种文化因素,结合得如此完美。窑洞四合院建筑的内外面貌、体量、形式、材料、装饰等，都美轮美奂。另一种是心灵所受到的内在冲击，老城的印象，哪怕是对一个异乡人来说，也足以觉得震撼。除了新鲜，还有比都市大同小异的风光更为细致别样的视觉之美。老城无论人物还是建筑，总给人无比深远的感觉。杜斌丞、马健翎、李健侯、杜焕卿、艾静茹等仁人志士，无论是华严寺、张高祠堂、状元楼，还是一棵几百年的树，近景也好，远景也罢，深远中除了有那种精准和细致的美外，还有难以言说的伤感笼罩其中。老城体现的美不单是视觉之美，还有在美后面的那些人文故事，让人体悟到美的深沉和复杂。因而我们在老城赏心悦目之余，又会突然感到莫名的伤感，似乎整个老城在历史的进程当中，不知不觉地变成需要人来应付的事。这种沉重让现代人无端涌起乡愁，以及许多个为什么。当无定河两岸高楼林立时，我们是否感觉到老城在回忆诉说什么，但老城从不诉说，它拥有的树、窑洞、砖瓦、小草、小巷都像从遗忘里出现，哪怕一缕阳光下的一位老人、一只家猫，房檐上的一只麻雀，也像被人遗忘了很久，再也不会有人来叩问他们。因而我们面对老城的时候，所有的一切变成无边无际的冷清与孤独，尤其是那些已经倒塌的或正在倒塌的房间，更让人觉得，那些风景在很久以前拥有过什么，但现在失去那些拥有后，它们只在默默等待。

老城具有丰富多彩的本土历史文化，又有过近现代史中的人文情愫，家族血脉、情感寄托，像历史钩沉的文化符号。它是在日常生活中依然能够听到、看到、摸到的历史。作为一个地方的历史传统根基，老城承载的是我们的精神，它有属于自己独特的历史文化记忆，在融入现代化进程时，是对先民生活的尊重，不单单是给外人看的风景，也不单单是对旧址的保护，而是对先人们这份遗产背后的历史文化信息的保护。老城里的百姓家风祖训、生产生活习俗得以保护传承，老城积淀的生机、灵气和乡愁将与现代文明相互适应，相互融合。因为，勾不起乡愁的地方，不是真正的故乡；找不出痕迹的地方，也不会是文化的沃土。

米脂老城，有这样的境界。

这样的老城，被岁月塑造成我们内心无法抹掉的精神，交错的街巷，支撑着老城的风骨，一砖一瓦永恒地沉淀在那里。各式各样的大门、照壁、砖雕、石刻、木窗像浓墨一样，一撇一捺、一竖一横，字方天圆。杜斌丞、马健翎、李健侯……许多仁人志士从门里走出，从窄窄的巷子走出，他们走远了。大门前的石鼓被人摸了又摸，表层变得油腻光亮。人们念叨过去，还有那些人们的风韵、平和、舒畅和砖瓦的气味。有时大门半掩着，露出一张俊俏的笑脸。米脂女子从不用脂粉，素面朝天，却赢得千万人回望。或许，还会露出一张童稚的小脸，他张望着巷子里的一切，外面说话的人变了又变，阳光大片大片洒下来，苍苔暗生，巷子里光耀着翻不完的历史。

现在，对于搬出老城的人们来说，更多的是怀念，他们在老城住了十几年甚至几十年，那种感情一言难尽。他们被那种安逸、平静的生活所影响，邻居相互的照应，街巷台阶上拉家常，那种亲切感没有了。好多时候我去老城，走进任何一个院落，看到的是破败的门槛，倒塌的房屋，一个个租房者用异样的眼光看着我。他们说窑洞的主人只是有时回来看一看，收了房租基本不回来了。老城看得人很心酸，走出去的住在高楼大厦里也憋屈，心里空落落的，特别是上了年龄的人，子女上班后，十分孤独，没人交流。新居很宽敞，也安全，但整栋楼房失去了邻里亲情，况且有的建筑没有城市文化价值和城市特色。而老城的遗存背后承载着无形的民风民俗，它所蕴含的原型力量和文化精神是我们这一代人无法忽略的"乡愁"。

面对老城，有我们所有米脂人对沧海桑田的无尽缅怀，它唤起我们难以自禁的荣耀、感动、挚爱、忧思、伤感。我们生存在此，仰望先人们的智慧，我的乡愁正在老城外诞生和延伸……

独对美丽

在米脂,看到的美景让人无法入眠。同样是陕北黄土高原,竟然有许多壮观的自然景象,还有无数的人文历史景观呈现在我面前。一座座山被切割成美丽的故事,同时成了一道美丽的风景。窑洞承载着民俗风情、审美情趣,其包含的内容更为宏大深刻,无论是美丽的县城,还是小溪薄雾的乡村,浓郁和醇厚让人休养生息,使人活力永存。

我独对这份美丽。

貂蝉是我的同乡。凡米脂女人走在我面前,我都觉得她们的神态、语言、动作是一种美丽。就像我的同乡一样,一千多年后依旧风姿绰约、楚楚动人。她们的柔和、自然与纯朴和没有距离感让人觉得如此的亲近。典雅的文学符号背后,隐藏着怎样一个从容而坚韧的生命,以一种渴望、一种孤独、一种期许,情所寄,执着之所在。尝世间苦味,深知爱之珍贵的人一样对所有善意均有一种敬意,这是米脂的女人。

如今所有来米脂的人,都在寻找这份美丽,就像进行一道必不可少的程序一样,举目四望,石板街的每一个巷口,都会闪过一个俊美的女子。手擎照相机——对于挚爱美丽的人而言,已无法按动快门,这一生一世,用语言无法描述的美丽就在米脂。而伴随着米脂历史与文化的发展,今天的米脂婆姨们,其内涵和形式也愈发丰富,人们都在问,这个小地方,女人为何如此的有魅力?从远古的貂蝉说起,不管世事如何更迭变化,米脂女人的美丽与世人的生活息息相关,这个"品牌"在全国乃至世界成为一种话题,无论是平常的生活中,还是在高雅的品论里,让文人墨客赋诗寄情的意趣中,只要知道米脂,就绝不会忘记惦念这份美丽。无论是米脂本地居住的人,还是来这里旅游的人,对与美丽女人相关的一切津津乐道,哪个没有感慨,美丽在米脂女人身上体现得果然有深意。

矗立在米脂北门外饮马河边的李自成行宫是美丽的。尽管沧桑变迁,高高的楼阁似乎带着历史的遗憾,孤立无助地望着四百年前的尘烟,尽任那訇訇的无定河之水在那弯曲的河床上湍急奔流,或静静孤闷。一个硬汉英雄让世人常常怀揣疑惑,看似很普通,本与我等同宗同祖,出自一脉,然撑起劳苦大众朗朗的乾坤,历史与现实的磨合,被风雨浸泡之后,成为硬质的基石。米脂李自成行宫令人悲怜的美丽,就像水石相激、潮汐澎湃。

我为这种美丽而叹息,上中学时我独自到盘龙山游玩。那年百废待兴,李自成行宫也在其中,"文攻武卫"的日子把盘龙山打得粉碎,仅剩的骨架令人觉得窒息。也许是众多良心的发现,人们决定恢复它的本来面目,常常是一份牵之挂之的心,米脂一部分文化人的心就寄托在这美景之中。当一抹淡淡的彩霞出现,盘龙山绵延起伏的朦胧印在城之巅,米脂的钟声敲响。我曾在盘龙山最高处享受着浓郁香醇的空气,享受着古木古瓦的纯粹,享受着淡雅小城无边的画景,在这静谧时空中和历史对话,我竟然睡着了,缥缈的烟云,李自成抚摸着我的头,第一次看见他流泪了。

初衷夭折,我听着他的诉求。

无论如何评判,我站在盘龙山常想,这座山中无论是人还是物,那种遥远的美丽一刻也没停息对米脂人的护佑,就像太阳刚升起的时候,照射出万道光芒,盘龙山李自成行宫的墙壁上,嵌刻着风水宝地的辉煌。

这美丽,我敬仰。

在米脂,我几乎去过每一个村庄。我曾经不停地说起村庄,因为她的美丽,还有厚重,充满了宗教的色彩。当我们在水泥覆盖的城市里,寻找土地与草木间的那种美丽痕迹时,心中不免有一种阵痛。村庄的颓废,就像落日的余晖,这种余晖下的宁静悲怆且疼。人欢马叫的一页翻过去了,舍弃村庄是一种因果。城市里有救命的稻草,只要你抓住不放,一道法门就在眼前。然而我对面的杨家沟扶风寨庄院、姜氏庄园,还有许多的院落,仍然那么具有魅力地将我的视角、观念更新,心中的矛盾和冲突,时刻在撕裂着我，一直不宁。这种美丽，供世人瞻仰，供后人喋喋不休地去讲述，而精神的缅怀和灵魂的重建，一下子看不到了。今天，人们醉眼看浮世，这些建筑像玩物，我们总是把美丽活生生地分成两半。很久以来，当人们习以为常地看到一座座高楼拔地而起填补了从前的空白，城市的生活因这些高楼而改变，但我在生活节奏里一直以为旧城的窑洞、四合院、小木楼，还有那几个名气挺大的庄院是我发现的独有私产。特别是杨家沟新院的建筑，汲取了欧、日建筑特点，结合陕北窑洞的传统风格，形成了世界上独一无二的建筑，厚重的房檐，关于龙的传说，装饰得十分精美与讲究。远远看去，梁、柱、檐、窗分外显明，浑然一体镶在黄土山腰，美轮美奂，耀眼迷人，与自然拼贴成一幅瑰丽的画卷。那种感觉真正建起来的是与心灵的契约关系，我爱它们，它们的美丽温暖照映着我内心的孤独。我是农村长大的，也因记忆中的美丽，是我精神构建的东西，看不见，摸不着，就在我心中，所以对我来说独自面对美丽，也足矣。不像许多人总是习惯高高在上，对什么事物都一清二楚，包括审美，他们觉得自己很重要，随意打动这些庄园，其实就像打落的牙齿吞到肚子里，我无话可说。

我不忍心看到别人破坏这种美丽，看到后自己就会心寒。然而，我没办法阻止，所以我独对的美丽也正在消失。人们忙着，永远忙着。有时，我怀疑自己，怎么在这世界上就像一个废物。

从我老家到县城要经过一条窄窄长长的沟，两面的山直立，沟便显得越窄越长。这里有一片风景，那便是寨山下面的佛家庙与娘娘庙。太阳出来的时候总是有一股雾气升起，河槽两边一片翠色，雾气弥漫在山谷间，有时罩住了两边的高山，氤氲飘浮在山腰间，弄得人分不清东西南北。娘娘庙旁的石崖上，总是有叮咚的泉水滴下。佛家庙跨河的桥，人们走过去便有本能的敬畏、感激和超越；重要的是每年农历四月初四，举行着各种仪式，仿佛人们沐浴洗礼后，最丰富的含义和象征都在古老朴素的行为中得以体现。神是万能的，是死亡与生命的合体，是救星也是灾星，人们这样的顶礼膜拜，是亘古的接纳，也是一种美丽的祈盼。仙佛洞之所以有二十多个村子共同办庙会，是有它独特意义的。石崖一到冬季，挂满了冰雕，像一幅幅被钉在墙壁上的油画，还有献给诸神的香火、食品，挂着的灯笼，张贴的对联。创造与毁灭永远如此熠熠，并无声无息变为尘埃。

后来，我去了高西沟。庙梁山对面的一片翠色，还有山脚下的一湖清水，一下子觉得江南景色如此美丽地呈现在陕北，定格在米脂的土地上，不知何处是故乡，何处是家！高西沟的名气让你觉得震撼，它的景色就像一个悠久的梦那样迷蒙。你站在那里，顿时感到山、树、草、人、水都成了一个美丽的化身，一个孤独的我，有些茫然地对着这美丽，不知是幻觉，还是在空虚中。

有一阵风吹过，松林像波浪般翻滚。那山，那树，还有那水，连着一群一群的游人，都如同李自成行宫楼阁上有人拨琴弄弦一样，轻妙的旋律，起伏的乐章，呈现出来无与伦比的美。你坐在农家小院里，闻着泥土的芳香，喝着小米酿的美酒，香醇的甘露只有在乡村才能尝到的。这时你才会惊觉，原来高西沟人几十年奋斗的精神，竟然就是一种宗教，诗的意境，今天才如此美丽。

瞬间，你会有被洗涤的快乐，人们往往是被洗涤后才能神清气爽地往前走。

一个不到四平方公里的地方，凭借人们不懈的努力，如此有魅力地把芸芸众生征服。从这里可以感受到乡村如此美丽如画，相比之下，不少村庄的败落、荒凉，让人莫名的忧伤。高西沟成了村庄的榜样，也是今天绝难见得到的村庄，在黄土地沟壑交错的深处，愈显得鲜艳夺目。

在米脂，皆是美丽，举目所及，尽是氤氲。我常常这样想，一个出美人与英雄的地方，每一处都叫人流连忘返；人文历史的浓郁醇厚，只要你驻足，就让你想上一辈子。

我独对美丽，不知是否有人要分享。

我独对美丽，今夜醉去。

第二辑 乡恋

你出门久了,说话的基音变了,你会说外面那个不属于你的方言,而别人听不懂你的,有时学别人的成了"笑话",我十分在意这些……

桃镇十日

2012年3月5日

今天，全县千名干部下基层活动拉开了序幕，在貂蝉广场上，人头攒动、红旗招展，尽管风很大，但即将下乡的干部个个精神抖擞、斗志昂扬。因为，这种场面很多年不见了。

我是在农村长大、从农村走出来的，我当初拼命挤进城市里，和许多人一样决绝。可后来，随着年龄的增长，我一直想回老家看看，或者去村庄里转转，与老人们拉家常，说年成好坏，日月如何。但总是抽不出时间，城市里乱七八糟的事让人筋疲力尽，在家乡人面前一下子又找不到话语的开头。村庄在变，开始陌生；我在变，不像农村长大的孩子。

其实现在许多干部不知该怎么到基层与农民相处。这么多年来，下乡成为一种走马观花的形式。面对脆弱的农村，我们往往束手无策，有时不切合实际的治理、改造，或者是个别领导的一己浅见，造成农村遗留至今的许多问题。要修复干群关系，我们真的还要静下来深思。农民想要做的事与祈求其实很简单。家乡的人来城里办点儿事还是小心翼翼的，有不少从小一起玩耍的朋友、同学，无论以前情谊怎样不浅，但他们从不来城里打扰我的生活，即使有，也是万不得已。但现实生活是谁都帮不上谁，那种情感一直在梦中。

当天就到桃镇村。这次下乡要和农民朋友们多待待、多接触，城里无聊寂静的生活应该有一个新开始。尽管过去的生活是回不去的，但在农村，那美好的记忆是鲜活的。

我开始和他们攀谈，看着他们的脸，还有他们的皮肤，甚至他们的一举一动，突然想起鲁迅先生的一句话："无穷的远方，无数的人们，都与我有关。"

这个村子不是故乡，但我觉得所有农村没什么两样，那种亲切，让我开始觉得自己更切实了。

2012年3月6日

坐在我对面的村支部书记李志林说得十分详细了，一旁的会计李志光还不时地补充，两名干部都已近六十岁，看上去十分精神，也十分老到。他们对全村三百二十多户的情况可以说了如指掌。从人说到生产，说到收入，再说到支出，他们说国家政策好了，而且一再强调，对农民来说，祖宗八辈都赶不上现在的形势，唯一遗憾的是日月还是过得艰难，大多数人家经不起丝毫的折腾，要是有个病病灾灾，那就麻烦了。我这才插了一句，不是都参加合作医疗了吗？他们都笑，很勉强，看得出来，合作医疗仅能补济一部分，大部分需要农民自己拿。种地本没有多少收入，更不用说有结余，硬要掏出成千上万的钱，他们肯定无能为力了。

农民依旧温驯纯朴。他们还是缺少文化，这不是他们的过错，一个以农民为基础的大国，很难做到人人都进高等学府，这让我们感到悲怜。正是这样，他们依然相信"命"，他们对于福祸悲喜，幸或厄都归于"天注定的"。所以，无论他们怎样被生活肆意地捉弄，心里还是坦荡荡地面对，总是怀揣着希望，一步步前行着度日。

其实，农村许多的事太复杂、太深奥了，我们没能力讨论清楚。假如我们真用承担责任的角度去阐释，那么对苦难也是一种怜悯，像歌中唱的"充满爱"，那么，人与人之间的一切不再显得那么灰暗，心情便会轻松一些。

2012年3月7日

今天开始走访农户，村书记说他不便去了，因为村子要换届，他怕落"上门去拉选票"嫌疑。我领会了他的意思，独自去，希望这样能了解点儿实情。

桃镇村人们也称桃花峁，据说过去这里漫山遍野都是桃树，一到春季，桃花盛开，粉红色的世界让人目不暇接，流连忘返。许多年过去了，在人们心中，桃镇是一个美丽的地方。这里曾出过不少响当当的人物，其中李鼎铭先生便是一位。这位出生在桃镇的民主人士，以"精兵简政"的建议，获得毛泽东的高度评价，而他自己也担任了陕甘宁边区政府的副主席。在桃镇，李氏家族十分庞大，他们都称是太安二甲李，与李自成是一脉相承。然而，自豪辉煌之后，剩下的农耕社会、村庄、窑洞、河流及土地给这里的人留下了太多的惆怅，他们一辈一辈平静如水地学会了忍耐与承受。他们靠着土地与河流重复着耕作，甚至掠夺。大自然未能自我修复，河流干涸了，土地在化肥和农药的作用下，渐渐崩溃。而今天，种粮的时代又过去了，一些人铤而走险，离开了土地，跟城市的无产者一样构成了一股庞大的农民工体系。这种放弃，使许多村庄荒废。于是，一个悲怆而严峻的事实摆在我们面前：留守在村庄里的人们，在他们风烛残年的日子里，内心的孤独和忧愁，像泥泞一样堆积起来，无人理解，也无人搬得动。

我的心很沉重，不知别人如何？

2012年3月8日

昨晚与几个队干部喝了点儿酒，本来不愿添这种麻烦，村子穷，哪有心思搞这。然而，农民的淳朴与执着，叫人不得不软下心来。他们说就是自家家里来了客人，也得招待一下，何况当今社会这样好，人们缺什么也不缺一顿酒，我只好听从。

饭桌上大家七嘴八舌议论身边的事，村主任李长胜出门回来，第一次和我见面，他的话少，看起来也实在，只是一个劲儿地给我劝酒。我知道，尽管镇子上这饭馆与城里比起来很低档，但他们营造出这样的氛围十分温暖。

我是谁？我问自己。

他们劝酒时叫领导、叫主任叫部长什么的，让人觉得还是有一种隔膜与距离。一个农民的儿子在县城里当了干部就成了父辈兄弟姐弟们的领导，这样的称谓让我觉得有一种罪恶感。人通过与他人的处境比较，才感到那么的不平等，是幸福还是不幸？然而，我们的领导干部们平日里说的或做的感慨而动情的事是什么？在中国，随口说"良知"的人很多，上至官员，下至百姓，在权力面前，百姓永远是弱者，我们的干部甚至不给他们尊严。

说着话时间已很晚了，我还是回到县城的家。3月8日，妇女同胞的节日，我答应去看城里女人是如何过节的。

下午2点多，我去新二中看节目，真的大吃一惊。米脂婆姨走秀让我从昨晚的真实回到了梦境，身着各色艳丽旗袍与怪异服饰的靓妹俊姐们，运用十分精彩、独特而且富有创意的诗情画意，吸引着大家的眼球。这种展示女人魅力的表演，不可谓不亲切，不可谓不浪漫，这个信息或符号包含了许多情绪，透过它可以看到城乡之间的距离，触及到心灵深处，就像一个矛盾的综合体，包含文化、娱乐、欣赏、雅致、欲望，等等。农村缺少的太多太多了，而贯穿其中的，正是这样复杂沧桑的情感。

被人们称之为世外桃源的田园牧歌乡村早已不见了踪影。

陕北这样的丘陵沟壑地貌，在大自然一次又一次撕裂之后，农村人在工业文明到来之际，从这个社会的底层走出去，赚钱是头等大事，其余的都不那么重要了。

2012年3月9日

早上说有雪有雨，其实什么也没有。上班走在路上，车水马龙，与昨天没什么两样。昨晚想了一个题目，叫《有空，去村庄里看看》，瞬间看到过去的人，好像都是些熟人。以前觉得米脂城很小，这阵子发展了，可以说突飞猛进，上了年岁的人，还没见过楼可以盖得这么高。可许多农村进来随儿女居住的父辈们还是说接不上地气，容易生病。也是，进了家门，等于关进一个设置好的笼子里。天是窗口看见的天，地也是窗口看见的地，喧闹多了，还是缺少灵气。遇集日能碰见从村子里来赶集的人，他干什么，日子过得如何，或是在城市里某一个角落，都不知道，只晓得他家住在村里的某处很阳光的地方，三孔或五孔石窑洞，院子有果树。上庄住些谁，下庄住些谁，名字很朴实，平娃、狗旦、毛旦、琴娃、梅娃、蝉娃，有的叫不上来了；他们的下一代更叫不起名字，有时根本不认识，再看一眼便认识了。瞬间是他们躲过我的目光，还是我躲过了他们的目光？不愿打招呼，怕有难缠的事，大都这样，过去那样憨愣愣地往一块儿凑，如今被现实磨炼得都很实际，即使你是干部，能管什么用呢？

心情很郁闷，写文章也慢，我是否老在惊扰村里的一切呢，也包括尘埃。

2012年3月10日

这两天有点儿乱，天气还好。是的，走基层活动又使我更加深刻地认识了农村，过去农村人软弱、胆怯，有时又愚昧。那种质朴、率真、厚道加在一起是世界上独一无二的。在他们面前，城里、乡里的干部可以恶毒地骂还可无故地撒野，因为他们个个手中有"掌握生死"的大权。长久以来，农民像蝼蚁，没办法逃出"这些人"的巨掌，他们欣赏吃公家饭的人，崇拜这些人手中的"权"。有时，他们也恨得咬牙切齿，然而常常被恫吓和侮辱慢慢化为"良民"。但我知道农民的狡猾，即使显得神智蒙昧精神混浊的人，他们的眼力也很非凡，一下子便能敏锐如锋地看穿你的心灵，谁好谁坏，他们最清楚。

就这样，在当今物欲横流的时代，对干部们来说这是一种陌生的生活，一个陌生的群体。这种陌生，有时无从想象。

我们这些人自己说是"农民的儿子，农民是我们的衣食父母"，乍一听，农民会感动，而且想把许多无奈之事倾诉给你，之后会倍感安慰，然而，我们谁又做到了呢？

罗素曾概括人生的理由："三种单纯然而极其强烈的激情支配着我的一生。那就是对于爱情的渴望，对知识的追求，以及对于人类苦难痛彻肺腑的怜悯。"

那么，对于他们——农民来说，我们不需要做别的，只要在苦难怜悯的同时再帮上一把就足够了。

可是，我们干部说现在的农民没法管理了。

都是人，谁管理谁呢！

2012年3月11日

晴空万里，天气越来越暖和了。在桃镇村，我只走了几十户人家，或许还了解不够。有时，看到院墙上有一整堆的金黄色玉米，我便知道这是户种地好手。走进院子，两孔方口的土窑洞顿觉心口变紧。一只小狗叫着，从窑洞里走出一位妇女，她没有任何表情地问我是干什么的。我说明来意后，她推开门让我进去。窑里实在太小太挤窄了，炕上有一老头正看电视，见我进来，一脸的茫然。我坐在炕边，说明来意，老头这才有所释然地关掉摆在炕桌上的十四寸黑白电视机。他叫李长来，快六十岁，窑洞里的杂乱陈设让主人觉得不好意思。谈话中我知道他们是两口子，种了十五亩地，除了精心耕种外，他还有梨树、枣树，虽样样都有收入，但就是变不成现金。果园是旧果园，秋收后只有自己吃点儿，其余的都烂掉了。他们说粮食看起来不少，可折算下来连辛苦钱也不够。一年下来，人均只有两千五百多元，可开春化肥农药等支出大约一千五百元，另外加上人情门户、打针吃药等零碎支出，基本只能解决温饱。多少年来，都不买一件新衣服，也不去米脂城里走一趟。本来扎得一手好扫帚，都堆在一孔烂窑里，也变不成钱。我说，在城里，一把扫帚可贵哩。他们摇头说，不好摆弄，进城又不方便，也就放弃了。

我没有种地，不能体会种地者的心情。在他们看来，一年四季的辛劳只要有点儿回报就该知足了，要不，这样的山区，老天给不给饭吃还是个未知数。

李长来老汉有儿有女，他们都选择了离开，远在新疆，几年了，只靠通电话维系着亲情。李长来老汉的婆姨说，其实儿女那边不容易，在新疆挣钱容易些，可花销也大，所以顾不得寄钱回来。我从他们两口子的眼神里看出一种孤独与无奈。当他们颤巍巍上不了山，连地也种不了的时候，这颗寂寞的心谁来抚慰？父母与儿女互相思念的面容日渐模糊，双重的痛苦和失望靠谁来修复？所以，我们每一级政府，乃至整个国家，要承担的恐怕更多。

大家想的更多的是对乡村的改造，增长农民收入，有时还不停地做田园牧歌式的生活吟唱。可如今，在陕北大部分的农村，最年轻的劳力都是近五十岁的人，这意味着什么？

我只记得文人们的描述，置身于农村，清风徐来，鸟啾泉鸣。除此之外，我真的记不起什么了。

2012年4月18日

好长时间了，按照安排，我必须写一份调研报告，并且给桃镇村做一份三年规划的蓝图。

城市正日新月异地改变着,大家争先恐后创建卫生城市。街道、商店、树木、河槽能看到的,都面目一新。汽车、人流一排一排地挤在街道上,喇叭声以及各种噪声都拥进耳朵,震得耳膜一直发响。这种生活时间久了,你才会习惯,喧闹是城市活力的一部分,也是你的一部分。所以一部分人喜欢农村的清静与空气,比如在山头上高喊,比如到大树下乘凉。在我们所有的生活经历里,像我这样举动的人很少,疯狂地热爱土地,拼命地回忆村庄。但我知道自己像一个毫无用处的废物一样,不能给村庄以及村庄的人们有任何帮助。现在,来到桃镇村,怎么也找不到过去在村庄里的那种气息。

调研报告写了一整晚,我不会用电脑,用手写很艰难。黑夜里我在电灯下感觉眩晕,一个人独自在幽深处呼吸,文字很乱,没有按文本格式去写。一个村庄上千号人,我去叩响他们家门的时候,有多少是一把铁锁挂着,记不清了。我觉得恐慌渗入到我的血液里,因为自己置身于这个天地里,迷迷糊糊不知究竟可以干成什么。尽管自己完全融化在农村的这种安静气场里了。

接下来,我要再去桃镇,和村干部们商量,征求村民的意见,关于桃镇村未来三年怎么去规划。

农村的事让人挂心、担心、忧心,也揪心。

2012年4月20日

预想今天完成规划。上桃镇村两座大山的路很窄,站在山顶上往远处看,一望无际的黄土山,山上赤裸裸的有些凄凉,果树之类的经济林早已退化枯死,杂树柴草在崖畔上蓬勃生长。村干部说,按理应该改造果园地,引进新品种,可过去这些梯田太窄,要重新修复。还有这生产道路,眼看要坏完了。对于整个村庄来说,要发展离不开政府的帮助,以前实施了些项目,比如农村饮水、口粮田的改造,可缺水是一个严峻的事实,要做许多事,钱从哪儿来呢?

我不知道如何回答。

本来土地的质量与农民的富裕是分不开的,而土地的死亡和农民的贫困也成正比的。农民无法向土地索取能成就富裕之梦的东西,工业机器隆隆响起时，有谁愿意留恋这个穷山村呢？所以，像许多农村一样，没有人关心土地、河流、山坡的死活。农民多少年做梦就想着逃离，只是没希望了，才守候着土地。现在，连农民自己也不爱惜了，大家说要改变它，能行吗？

说着有关的资金，靠农民自己是拿不出来的，就是出劳出力，万众也不齐心了，错综复杂的关系，无法受到有效教育的农民各怀心思，卑微的生活让他们有满肚子的积怨与愤恨。目标是什么，他们不知道，也不闻不问，他们只艳羡那些走出去发了横财的人，还有那些高高在上的官员。

你看人家。他们经常这么说，也没什么理由，他们便忌恨。

这是一个极不对称的"拼杀"年代，贫富差距让农民心理变态。

我对他们说，至少我们没有因为贫穷而放弃努力，从心里或行为对下一代有长远的影响，所以赖以生存的土地极为重要，我们唯一的生活资源如何修复，这是一种责任。

他们感慨：你手里没权，又没钱，靠什么？你的说教、意志，还是精神？我诧异，无语。

但是，我还是坚信，尽力而为能使他们生发出一种伟力，一种信心。

我们下乡，怎么才能使他们有存在感、生活感、切实感？必须从点点滴滴做起。

因为我见过，城里不少部门对远道来办事的农民吹胡子瞪眼，不屑一顾。

我必须告诫自己："和我有关"的人和事，只要自己在乎他们。

2012年4月26日

气温急剧升高，时不时刮起一阵阵的风，偶尔有一天下了雨，陕北的春天呀！

千名干部下基层活动还在进行，各种消息、报告、规划、表格汇集起来，各种方法、经验都总结起来，报纸、电视描绘着干部下基层活动中可歌可泣的事，机关的工作人员纷纷慷慨解囊，捐钱捐物——这场面，令我眼花缭乱。我不知道，我们每个人的生活观念与对生命的感知，是在近距离接触之后根据形象的提炼，还是短暂的怜悯之后的一阵燥热？我们的视野越过群山之域，在宽广的大地上真正看见背后的贫瘠消失和面前丰富的出现，我们的心才会平稳地跳动。

走基层前一刻的空虚和后一刻的充实，村庄和庄里的人给我一种诠释：人活着，必须有活着的意义，尽管很平凡，而且纠缠于很凡俗的感情上……

我为自己找到一个理由，下基层的收获，认识桃镇村的人，还有他们对我的认识，便让我心安。

我注定做不出什么惊天动地的事。假如我为父老乡亲们做上一点点的事，哪怕给他们一些温暖的话，得到他们的赞誉，就是老天对我最好的回报。

我十分愧疚。

我们应懂得，什么叫作厚道。

桃镇村的规划，只在他们心中。

我相信他们。

这天与贫困无关

——写在米脂信用社资助大学生之后

2010年,我和信用社几位领导跑了十几个村,看了许多贫困家庭的大学生。眨眼间两年过去了,二十名被资助的大学生经过大学的磨炼,带回来许多好消息:学习成绩优秀,被评为班级模范……有了这些,信用社的领导放心了。于是,理事长张志军一再给我打电话,让我继续联系这二十名大学生,要兑现他们的承诺,把资助进行到底,而且他还叮咛我,今年再资助十名新考上的本科生,一个也不能少。

我的心突然开始澎湃,过去两年秋天的情景再次浮现,跳荡强劲的声音在耳边萦绕着,一个"爱"字,我虚空的内心被奇妙激扬的情绪吸引着,满脑子全是感人落泪的画面。信合人的那种执着、豁达、坚持,提醒我不能有丝毫的怠慢。于是,我打电话联系学校,一个一个开始寻找那些确实需要帮助的学生,让他们尽快得到资助,无后顾之忧地进大学校门,也让这些家庭更有信心战胜贫困,憧憬着走向未来……

现在,许多人与贫困无关,都活得与无聊空寂有关。当我们每天面对"日子"怎样过时,很少想到偏僻农村的一角,还有一部分人面对"日子"那种捉襟见肘的无奈。疾病、灾难、死亡,足够让一个家庭垮塌,想不到的很多意外使本来就十分脆弱的家庭摇摇欲坠,他们的眼睛是那么的迷茫、混浊,似乎没了一丝希望。然而,他们在负债累累、被生活将要压垮的日子里,还是咬着牙让儿女学习,不愿放弃,这便是仅存的希望。我们在城市里很难看到或体验到这种生存困境,我们毫无困难地走在街上,琳琅满目的商品与灯红酒绿的街道,宛如一幅画卷超出人想象的富足。面对许许多多的诱惑，有人迷乱彷徨，失去人生方向，甚至失去自我，更别说想到他人，想到大众，就是自己至死也明白不了生命的含义。可想而知，一个没有爱心的人，是多么的可悲！

记得刚开始我联系贫困大学生时，在农村走了一圈，那种触目惊心的贫困让人思维停顿。农村只有几个上了年纪的人，还有妇女忙碌的身影，我们深感于人们所说的现在有许多村子废了，没有人气，只剩下七老八十的、动弹不了的留守着，青壮年都出外打工挣钱去了。每家人的穿衣吃饭、孩子上学、医病治伤，全寄托在打工者身上了。我问，能挣多少？回答说万八千不等，有时工钱要不全，一年"直受死"。

我们为这些乡亲感到难过，所有的贫困家庭大都相同，这些蕴含在现实生活中的内容往往被我们忽略，不会太关注。许多时候我们做做样子，以表一种道德规范或爱心，随着时光的不断流逝，我们会发现原来许多行为那么脆弱，我们当中有多少人曾为一些与己不相干的事而忙碌奔波？

是因为我们把对别人的爱隐藏起来不去表达吗？显然不是，不可预测的灾难证明，对陌生人的态度，在于我们胸怀是否坦荡。

所以，信用社作为社会庞大机器的一分子，他们尽职尽责的同时，珍惜自己今天拥有的一切。于是，他们坚定地选择了一个目标，在一定程度上，他们每次的善举都引发出人的激情，或使人产生一种持久的动力，同时也使许多家庭、还有那些学生改变命运，让人们尊重荣誉，理解博爱，让我们的社会有道德的平衡。

正因为如此，我们发现这个世界充满了爱。王乐主任说，他们的理事长张志军在工作中总是激情饱满，视野开阔，为人坦率爽快，富有同情心……其实这就够了，当看到信合人把一张张人民币投进捐助箱的时候，一股暖流透遍我全身，我看见那一双双迷茫、混浊的眼睛里，露出了希望的光亮……

这是一次精神的享受，我们勾画未来美好乐园的时候，心与心沟通显得多么的重要！

很平淡，没有豪言壮语，三十名大学生踏上了去往校园的路程，他们难以言表的神情，让我知道了上苍赐予我们的时光中，不仅有贫穷富有、快乐和忧伤，更多的是一种温暖与爱……

我们拥有了，生命才如此鲜活。

看见杏树红叶的那一刻

秋天,与众文友一同受邀来榆阳。我是带着一种敬意,怀着一丝探寻,走进这色彩如画的世界的。

这种带有浪漫情怀的"杏树红叶文化节",不可谓不亲切。毫无疑问,有了榆阳区决策者们的精心设计,这个节日将成为彰显榆阳区文化的象征,也将成为一个文化符号。这种内涵集智慧、艺术、崇尚、和谐,在游玩与观赏中,娱乐与幻想、艺术与情操都混为一体,心灵得到净化,人与自然才真正没有了界限。透过漫山遍野的杏树红叶,还有郁郁葱葱的松柏,以及震天的锣鼓,委婉的小调,都能与游人进行情绪互动和交流。来自民间的、非专业的舞蹈和演唱,淳朴明快的肢体动作,将广大劳动人民内在的快乐与喜悦充分表达出来。所有的一切都像一扇窗,透过它可以看到榆阳区近年来在发展经济的同时,利用自己独特的位置,独特的资源,狠抓文化产业,这样精密周全而且组织严谨的一个文化节,不能不令人叹服。

按照组委会的安排,在榆阳区的两天里,我们参加了古塔乡黄家圪崂文化广场举行的"杏花红叶文化节"开幕仪式。王霞告诉我们,在国家退耕还林的政策下,榆阳南部山区的生态建设取得了骄人的成绩。我们边走边看,自然生态美景加上熙攘人流,感受着秋天收获的景象。一字溜摆开的农副产品叫人目不暇接,硕大的南瓜让许多来客驻足。人们三个一群,五个一堆,交谈或询问,兴致未尽地不放过一点儿细节。对于陕北这个黄土丘陵区来说，生态农业与特色农产品的发展让我等深思，当这种合理和真实的想象变成现实时，我们确实惊呆了，全都折服了。这个昔日荒山荒坡、人烟稀少且水土流失严重的地方，如今草木丛生，满眼是植物群落，粮油杂交田，温棚瓜菜。山上红叶遍地，翠绿尽染，各有风姿。榆阳区打造的自然生态、人文历史、休闲体验的三条发展愿景，在短时间内彻底颠覆了我对过去一些"景点"的惯性认知。

当我们参观完几处景点后，确实感到了惊奇——在这个五彩缤纷的世界里，汇集了民歌演唱、特色农业成果、乡村美食文化等多种活动与展出，整个山与川、天与地、人与自然形成了和谐。色彩各异的树叶，让我们领略了塞上格外妖娆的风情。草丛中间一两只小鸟飞出，掠过蔚蓝的天空。这种景观，让你感觉到大山的心跳，而且能听到杏树红叶的呼吸。我的心，已经为这色彩缤纷的大自然而折服。说真的，榆阳区首届杏树红叶文化节是一个值得欣赏和回味的浪漫节日，而且从它的文化内涵中，让人感到时代进步到今天，我们崇尚自然、诠释美好生活的愿望，已经成了最生动的画面。

在杏树红叶文化节里匆匆来去，我感到它触动了我的每一根神经，有一种湿润在感动着我，让我在生命的旅途上稍有歇息，静静地思考：人的生存多么需要这样的景观！

酒道 人品 写作

几天前喝酒，有些多，朋友开车送回家，没控制住，轻飘飘地摔了一跤。这一下，脸面朝地，亲吻水泥路面，没有头破血流，面部有几处擦痕。在街上，恰好夜晚，没多少人看见或认得。急匆匆回家，一照镜子，样子可怕，有些狰狞，我心想几十年酒场江湖，一世英名毁于一旦，心情自然很坏。这酒无论是好是坏，越来越拿不住了，早知如此，打死也不会喝那么多，更不用说在酒场上会有那样的洒脱劲。

从小父母教自己要做一个好孩子，一个唯父母和老师之命是从的孩子，自己最大的愿望是每天能得到众人的夸奖，时时刻刻都盘算着领一张奖状回家。这样的奢望一年一年如愿以偿，我领来一张张大小不一的奖状，捧在手中，有一种成就、妥帖，甚至是幸福的感觉。那些奖状贴在窑洞里，常常让来人赞誉一番。我自己的荣耀与自豪，在青涩与单纯中成长，犹如昨天。初中毕业，家里倾全力让我出外念书，我第一次朦朦胧胧坐上汽车出了门，离开家乡的山水，到一个完全陌生的地方开始青春的旅程。一个人要建立一个新天地，我需要熟悉它、靠近它，所以不再是"让向右看绝不敢向左看"的孩子了。当我融入那个环境中眼睛时刻注意周围的动静，有一种按捺不住的冲动常让我出现偏差，我常感到自己稚嫩，不成熟。但唯一叫我欣慰的是，自己从一个好孩子走过来，心底是如此的真诚、善良，我能如此坦然地面对尘世上的一切，走过五味杂陈的人生，一直到老，还认得自己。骨子里的本色没变，也挺好，我还是自己。

就这样，我学会了喝酒。用高粱、玉米、小麦酿造而成或者食用酒精勾兑的，不明白这样的化学品会有什么危害。从古到今，哪个文人墨客、英雄才子，不与酒有着不解之缘。君子坦荡荡，一碗酒下去，豪情满怀，才华飞扬，一杯酒下去，友情万古，心底透亮。古人以智慧独创的酒文化，让人与人之间的情谊道不完叙不尽。真诚的人，正直的人，有豪侠义气的人，醉也不怪，从醉意里抽离出另一个自己。他的血肉和骨骼慢慢成为人类社会群体里最真实的一部分人，与心机无关，与功利无关，他们知道友情，知道不虚假，知道不灰暗，人性不猥琐。

高中毕业，没考上大学，一脸无光。参军几年，挣来不少荣誉，从来都是努力向上，积极进步。复员后来到县城文化部门做临时工，除了听话干活外循规蹈矩，坚持写小说散文之类的作品拿出去发表，别人说好说坏我都一如既往地平静。也许经历了那些人生磨炼，对世事看得如此平淡，我自己的人生价值取向不需要那么多的条条框框，更不需要先前那么多的顾虑，人一生总是被名声所累，放下了也就不那么煎熬。有人说喝酒是消愁，也有人说是嗜好，不管怎样，和写作一样，以前多半还有争强好胜的心态，而今天，到了如此年龄，只做一种自在的抒发，把人生的诸多感慨倾诉出来，或与能在酒场上真诚相待的朋友们，一块儿醉、一块儿乐，开心畅饮几杯有益于世道人心，为何不醉呢？

但凡事总有个度，喝酒无度成了"酒鬼"，很可怕，这样你的人生会很苍白。如果写作是件快乐的事，喝酒、唱歌，自己快乐吧，也许给别人能带来愉悦，哪怕同声相应的朋友很少，只要坦诚便是。我不再抱怨生活与命运，不再挑剔自己生命里的过失……

我是在宽慰自己吧，这样的心态，光明自由，有点儿"本色"，为自己，也为他人。

这两天在家，一直盘算暴雨应该过去，我的颜面恢复，写点儿东西，再喝点儿酒，这次千万不能贪杯了，因为文学有人在关注你。

喝酒有道，体现人之品行，有酒品方可认真写作。

冬天，修改沉浮的千种结局

面对冬，春夏秋的一切一切都成了一种记忆。前面空旷、寒冷，或许还有少量的阳光。寂静的黄土山头，杂草交错，有时从山的这头蔓延到山的那头，已经枯朽的叶子，梦游般地倾诉着曾经在蔚蓝的天空下，不断展示过一件比一件新鲜多彩的衣裳。冬天啊，究竟还有什么样的障碍叫你如此凛冽，似乎十分无情地使人们总是畏缩起来，总是盼望黎明前山头那边的光亮，看到太阳那火红的边沿。

这是冬天，陕北的冬天。

如此荒凉的景色，让人突然间觉得奇怪，有时一个人很孤单，思绪纷乱，自己总是望不远。冬天的黄土山仿佛失去了生机，好像总是在申辩着：春天的生命，夏天的成长，秋天的果实，其余的，和土地不相干。

而土地上所有的生命，所有的植物，听到土地断裂的声音，早已觉得毫无意义了。在冬天，一切是那么的顺其自然，没有人注意到，自己身边那条无定河的水忽然加速，好像一眨眼，整个河流便过去了。陕北的冬天是一个漫长的季节，一年的酸甜苦辣、喜怒悲哀都在冬天里定格了，大家围着炉火，说着收成，说着世事，说着有关生计的话题。究竟是什么，让人们把日子过得这样沉重？是土地、石头、灾难。在担当社会任何一个角色的时候，心中总是有搬不动、移不开的东西，我们身上，没有终极的答案，从失衡到平衡，生命的坐标总是望不远，身上只有环境遗弃的废物缠着，恶习使人变得不认识自己，这跟季节变化有什么关系呢？

冬天的土地是沉默的，它把万物之情隐藏在自己的深处，那上面肯定还能长出绿色的草丛和挺拔的树，还会有开放的鲜花让人开开眼界，这些土地其实在修复着生命。虽然冰结的冬天会成为一些小生命或弱者的棺材，草木潦倒被山风吹得剥光了叶片，山野里空空落落的样子总难免让人心酸，仿佛大地已经安然入睡，除了几只不知趣的鸟儿在草丛中跳跃，或抬头张望，被风掰开的籽实，成了它们心中的安慰。人却不一样，无法触摸的心事满怀的离愁，春天信口许下的诺言，一直到冬天还未能实现。

　　这年的冬天我在西安，一点儿也感觉不到冬天的样子，好些朋友说圣诞节到了，发来短信祝福。还有省城的朋友说那天夜里要去狂欢，去钟楼，一夜不睡。我没有去，一个人待在房间里，一圈一圈的画面，竟然是在那个寒冷的冬天，天天盼望着的过年的日子终于来临，村里的所有孩子，提着筐子、拿着斧头去河滩打冰块。年三十的夜晚，满院子的冰块与炭块意味着什么？后来我才明白家家户户把这种仪式虔诚地做一遍，希望的是下一年天地、水火融融，人口平安财运亨通。接着把灯笼点着，鞭炮放过，大人们把愿望与祈盼揣进自己怀里，那望不尽头的黄土山似乎开始熠熠发光。

　　自己的节日都过不好了，洋节又会是什么呢？我就这样无休止地问自己，这个冬天这个年不能忽视张张疲惫的脸，也许冬天过后，一切世俗都荡然无存了。时间，会把美好送给你。

　　小时候常听父母讲寒号鸟的故事，如今慢慢走回到自己的内心。一个不勤劳的鸟儿，春天里见到太阳便幻想着未来，天地这么辽阔哪儿都可以落脚，哪儿都是家。它啾啾地叫着，整个春天和夏天都在树上嘲笑那些四处奔波的鸟儿；当秋风来临，它还是不慌不忙地歪着脑袋看着那些筑巢的鸟儿，固执地在那儿一动不动。好心的鸟儿劝它说：赶快筑巢吧，冬天快到了。鸟儿争先恐后地寻找最好的材料，一刻不停地筑巢。寒号鸟说：早着呢，太阳还是这么暖和呀。于是，向阳的地方被别的鸟儿占了，避风的地方也占了，树林草丛茂密的地方也被占了，鸟儿们都有自己的窝，一边粮仓饱满，一边有精心雕琢过的窝。大风来了，秋雨来了，霜冻来了，冬天来了，寒号鸟畏缩着身体，不停地乞求着：太阳太阳快出来，明天就去垒个窝。太阳终于出来了，寒号鸟又懒得去筑巢了。这样下去，直到有一天夜里，鸟儿们再也听不到寒号鸟的喊叫。当别的鸟儿在阳光下整理羽毛，寒号鸟悲喜全无地冻死在瑟瑟的草丛中。很可惜，它永远被定格在那里，尸体一点一点剥落，四处飘零。冬天的夜里，有多少这样的鸟儿一直哭下去？直到今天，我仍然不知道。

冬天，是多么希望有一场大雪，飘飘的雪花带着我的思绪，轻柔的雪花打在脸上，融化成一缕乡愁流淌进心中，那种舒坦与惬意，让我灵魂飘逸。雪落地上是那样的晶莹，那样的洁白、柔软，使人不忍心用脚踩上去。而我晓得，雪下面的一层是我的脚印。是啊，我的脚印重重叠叠，大的盖住了小的，一层一层地充盈在故乡的小道上。现在，突然间走进城市里，踩不到一寸黄土，也就没了脚印，只有那足音把每天的分秒异常枯燥地沉没在北风的呼叫声中，污浊的气流在这些本就冷冰的楼层上空。雪呀，下着，似乎成了一种哭泣。满街的行人、汽车，辗轧过去后一片狼藉，我自己胸中的悲吟，神经质地感到躯体里忍受着无尽的荒凉和震惊。一个乡下的孩子，已面目全非地站在不属于自己的地方。冻土下面即使有发芽的种子，也不可能冲破坚硬的水泥层和蔽天覆地的高楼大厦。我常常寻找一个开始，等待银装素裹的山河里燃烧的温暖，或许在家乡的窑洞里，炉火通红，土炕已烧暖，几个人围坐在一起，一壶哪怕是廉价的烈酒，推杯换盏，好一阵缱绻啊！有时幸福，有时也痛苦，人世间的事神不知鬼不觉地发生，我们叙说什么？时间早已把人磨得疲惫不堪了。

如果我在冬天停下来，我还站在某一个地方张望，寂寂空中，我苍老了许多，两鬓的白发酷似白茅草，一颗困倦的心显得多么慵懒。我家乡出外打工的兄弟姐妹回来了，我周围的同事哥们儿一身酒气默诵着心中的苦哀，死死地盯着高楼大厦，不知哪个窗口为自己亮着灯。我觉得在这样的冬天里，自己瘦弱、苍白，在陕北的一座小城中焦灼地想着往事，对生活的成败，开始自己的解说……

冬天准备好酒吧，有足够的时间，我们卸下复杂的心思，哪怕空手还乡。冬天是否孤独，酒醉之后，我解释那年那月的相遇，生命中的细节，忽视了什么？天荒地老的豪言，人间少了些卑鄙的阴险，我在这个冬季里走进一个陌生的驿站，与谁失之交臂，是时间，还是人？

谁给一个理由？

就像从春天开始一样，我从意气风发到像冬天一般忧郁。也曾为老家的土地叹息，在气象万千的世界里拒绝酒醉后的醒来。不知为什么，越走近冬天，走近年关，我回头也罢，朝前望去也好，心又疼了一次。三十年的时间，我却无法分辨自己是谁。

我知道，我的故乡同样被摧毁，那个心中的童话世界不存在了，只有心底成为我的精神寄托。诗人海子说过："有些你熟悉的东西再也找不到了……你在家乡完全成了陌生人。"当心灵的撞击越来越多，你还会浮躁、自我感觉良好吗？这是时代的尴尬和痛痒。有时我会提醒自己尽量专注于自己的事，然而活生生的人，在这个社会的熔炉里，要不成钢，要不成渣。任何人都不可能把自私、偏见，还有那些世俗的观念消除掉，无论成钢成渣，人们都会用充沛的精力去设计、去描绘、去期待，在幻想中磨损灵魂，直到破灭。

姹紫嫣红也有千种厌倦，面对冬天怀想温暖，泪水盈盈。

冬天，修改沉浮的千种结局。

春天心绪

去年的冬天,无雪。从家中向外看去,视线立刻被楼房挡住了。春天的节日是沸腾的,爆竹或锣鼓声偶尔从远处传来。过年了,没一丝的寒意,到处张灯结彩。我没出街,但也知道街道依旧拥堵着走亲拜年的车辆。我的窗外,在灰天白地中显得格外寂静。

好久没有动笔了,那些错综复杂的事情让人无法清静。腊月二十八回了趟老家,村子的变化让我感受到前所未有的失落,暖阳让村子更显寂静。这让我的心里觉得有些萧瑟,思绪开始游移,灵魂仿佛在飘荡。这样的村子,她至极的华丽,儿孙们一代一代成长后,她突然凋零,展现给我的是仅剩的苍白。

小时候在村子,一直享受着冬天被大雪覆盖的那特殊时光。我和小伙伴们可以打雪仗,可以扣麻雀,并舒展地等待过年的那一刻。那是简朴而没有过多奢望的年月,那时心里没有任何杂念,村子是我独对的风景。过年,穿身新衣裳;过年,能吃上比往日好百倍的东西;过年,走亲戚,问强健。那种温馨,已深入我的生命中。村子的人和事以及点滴的生活画面,还有窑洞里听大人讲"古朝"和讨论过好日子的愿望,都很朦胧,很梦幻。我就这样与村子的窑洞、树木、小河连成一片,内心与外景融为一体。后来,我长大了,我弄明白了要过好日子的真正含义。于是,我们一代一代人拼命地往城市里挤,尽力逃脱村子,多少年的根一下子被撕裂折断。农耕社会形成的年俗,成了一种文化记忆,在喧嚣的物质世界中,渐行渐远。从前逛庙会，许多孩子骑在父亲肩上的剪影，还有无杂质的笑语，纯净、自然、优雅、亲切，具有大自然醇厚的气息，于是，无论我怎样行走，在社会担任何种角色，这都成了我剪不断的忧伤。在城市，我发现很多人缺失了内在的世界；受周围环境影响，追求权力与名誉成了大众浮躁的特征。随时随地在山头听到与我共通心音的信天游，那种可以感受到土地的节奏和律动的声音变得遥远而陌生了。我一直以来无法向世人炫耀自己的家乡，开初还因为自己的出身而万般羞愧。然而多年后，家乡所有的一切成了我的财富，成了我的精神支柱与归宿。我与世界相处越来越困难，内心挣扎着要面对自己、面对他人，这很难，对于一个执着于写作的人来说，似乎拥有一份寂静就足够了。

现在，用任何语言形容有关村子的事，都会显得渺小与无力、悲凉与无望。

我独自在家，空想着在村子的山头漫游。一个人，对着山那边大声吼叫，"崖娃娃"是否还会回应我呢？这种无助，时常在我的梦中出现。老家、村子，每道梁、每道坡、每条小路，还有崖畔上的酸枣树，仿佛在微笑，刹那间，我忍不住战栗，眼前的村子还是从前的那个吗？

我不能相信。

是的，我总是恋恋不舍、唠唠叨叨传递着这份感情，在寂静时珍惜与欣赏。我发现，只有这样，村子在广阔的天空下才能无比清晰，她的纯粹成了一种象征，具有神性，没人玷污。尽管如今无人喝彩，但在我心中，永远如珍珠般洁净。

我将视线从窗外收回，这春天孕育着生机，我把我的寂静，伸向无限，好让自己呼吸到来自故乡的空气。

走过时间，村子倒映在我的一壶酒中，我微醉，村子还认识。这时候，外面突然下起了许久未见的雪，纯洁、无垠，让人愉悦。

寂静走着

春节，我又回到了村子。

村子很小，几道黄土褶皱中有三两窑洞，一条窄窄长长的河沟没了水流，河槽野草丛生，仿佛跟两旁的树木争高比低。村子十分宁静，太阳安抚着窑洞、羊圈、驴棚、猪窝，偶尔有一两只鸽子飞过村子上空。由山与沟组成的重重阴影，裹在黑色、黄色、棕色的团团野草中，围绕着村前的那条路，偶尔有一辆汽车或摩托车驰过，很快消失在山的那边。多少年过去，我回到村子仍莫名地惆怅、抑郁，恍惚其间。村子的气息，散落在风里，跟随而来的是我满眼的悲悯。村子给我的尊严与荣耀，蜷缩在我的肉体里。无论城市人怎样打量她、窥探她、评价她，甚至嘲笑歪曲她，我的体内，仍流淌着她的血。即使无言，我也晓得村子古老而神秘的灵魂，从不疲怠地支撑着我，悄无声息地替我擦拭着伤口。让我在夜间，看到一张张慈祥的脸，充满善意与温和的脸，父亲、母亲、叔父、叔婶、嫂子、兄弟、姐妹用乡音方言告诉我，要记得回家的路。

现在，村子呈现给我的败落、荒凉，已经让我无法依偎，我发觉自己身后除了孤单还有许多的愧疚。我在离开村子之前，星星的油灯光亮从窗格子映出，无论日月星辰怎样更替变幻，无论每天的劳作怎样煎熬身体，无论我感到多么空虚与失落、悲观与绝望，都是村子将我拥抱，用她固有的温暖，用她虔诚而纯洁的感情让我在劳累之后享用甜美。我小憩片刻，抓住亲人们有些哆嗦的手，发誓不辜负他们的希冀，向文学的崇高之路前行。然而，我没能报答，在我努力披荆斩棘宣示着某种悲愁与喜悦时，父辈们渐渐老去，村子灌满风霜雨雪，烟火散尽的阳光从黄土坡上掠过，我却茫然不知。村子就这样变得瘦弱不堪，萎靡了。

　　我回到村子，地里生长的野草，无人喝彩的寂静，几个人勉强挤出的一丝苦笑，让我心肝破碎。仅有的两位老人抓住我的手，注视着我，他们说什么都不重要，他们动不了啦，把生活咀嚼得稀烂，人啊，一辈子，就这么过来了。我再也体悟不到土炕的暖意，看着几个长辈呆呆的目光，含混、焦虑、不宁，有些叫人捉摸不定。他们的言语，无论怎样都阐释不清。我突然觉得，这些老弱病残的主体，一下子使村子变得空白与虚无。看着他们满是褶皱的、有些松垮垮的皮肤，透过时间和空间，村子把那些旺盛的生命精力消耗成一副骸骨。一个让许多人思念的村子，一个让人千百次吟咏的故乡，多少年儿孙满堂的接力就这样即将变得子虚乌有了。

　　我开始心痛，所有关于村子的故事都被深厚的黄土承载着，有关生命的教育就此戛然而止，茂盛的地气依然生长。而我，没有你们，还能用怎样的姿势联系那些气脉呢？

　　我在村子被城市悄无声息地覆盖之后，心里产生了从未有过的空虚。所有人生活在别处，曾经蕴含着多少美好岁月的村子，让我热泪盈眶。

　　无论如何，一切都无法从我心中抹杀村子的人和事，沉淀之后将变成一片绚丽的圣土，我将捧着，尽心传递。

　　安静下来，深呼吸，美丽、宁静、温暖的村子就在眼前……

独 歌

我在西大，一个人走着。

从萃园宾馆到北门，一条直线。这个冬季闪光的事与物，在胸中漾出无限的美丽。一年该梳理的东西，浮现出来的都是参差不齐的碎片。留不住的时光，生活折磨过的灵魂，都变得如此平静。

我来这里参加培训，学的是有关领导的艺术。十分吃力地听讲且记着笔记的我，与教授们一道分析领导与领导、领导与下属、领导与普通群众之间的关系时，我出生的那个年代，那个有担当有责任的背景和舞台消失了。如今的信息社会，市场的杠杆把人们搅得神魂颠倒，没了方向感，天地间弥漫着权与钱、名与利、腐败的阴影。这时，一个人显得多么微不足道！看着院里来往的学子们，除了羡慕他们年轻，实际上还在担心着自己，隔代的人无法融到一起了。新概念、新名词、新着装，都让我眼花缭乱，哪怕是一个细胞，都在他们身上充满了张力，还有无忧的快乐。

我知道自己回不去了，轻轻地叹息。校园的梧桐树开始落叶，无声地、悄悄地与地接吻，一切将成为灰烬，它们当然知道。

我在这所名牌大学里，不可避免地觉得孤独。有时在心灵的深处，漂浮起简单又可笑的念头，想过另一种纯粹的生活。我把所有的屈辱、痛苦抛弃，清晰地听见云飘过的声音。哪怕做一个庸人，只要快乐。那么，在这浮躁当中，少了我，一个要扮演角色的人，最终不可避免生存的尴尬。

远方有谁，还在走远？我走过许多沼泽地之后突然有些力不从心了。

大学校园里荡漾着青春，充满了活力，他们中有谁拥有了爱情？又有谁拥有没有功利主义的那种爱情？

宾馆大厅里每天都更换一些招牌，各种培训班、辅导班、研究班。形形色色的人，短暂而新鲜的活动，既真实又虚无。致命的在于大学校园成了一个批发市场，教授们说自己的知识与技巧传给了别人，他们一个课时只赚点儿小钱。商品社会意味着各种人物不同地分裂自己，信仰像游丝一样，谁又会来倾听？

时间飞逝，我有气无力。

本来学习是提高自己，把时间挤满是最好不过的事了。然而，晚饭后独自一个人还是觉得空落，寻思见熟人朋友，脑子翻了几页所有在西安的人名，又觉不便打扰。恰好作协子白兄约见，几个文人朋友，有酒，便无犹豫去了建国路。饭局人少，作家方英文谈笑风生，一会儿西安市作协主席吴克敬到来，大家微醉，无所顾忌，心情极好。最后我只记得英文兄一句：麻雀朋友多，老虎只一个。我暗叹不已，这是一种境界，我顿觉独歌有律有韵，只有人生无定、生活无常，这便是世事。离开西大时是夜晚，下着雨，树叶拼命地落，我学到了什么？心里有一种呼唤，人生的意义在于让自己不断重生，那种精彩，被许多人重复着，我是否成为其中一个？更多的时候，我想家乡被大雪覆盖过的景象，冬天了嘛，一片洁白、干净，悄无声息地留一行脚印……

从米脂古城品文化

米脂从开初的寨子经过千年的变迁长盛不衰，繁衍成一个由几大家族的窑洞四合院组成的古城。经过千年的变迁，街道逐渐形成。于是，商行店铺林立，生意日渐红火。这里是农耕文化与草原文化结合的一个缩影，也是汉文化与少数民族文化的融汇点。正因为如此，古城的一切，包括如今的残垣旧宅，依然非常扎实、温暖、动人，让后人始终穿行在温情脉脉之中。古城里的故事更多地体现了它的原始意义，它强调和谐、谦恭、礼仪、品行。这种文化产生的激励作用，不可估量，延续至今。

米脂乃陕北腹地，这里在历史上是兵家必争之地，从战国时晋国用兵向翟人夺取这块土地起，魏、秦、汉、隋、唐先后驻兵占领。北方游牧民族经常沿无定河川南下掳掠，所以征战厮杀屡见不鲜。唐诗"可怜无定河边骨，犹是春闺梦里人"便是这里的真实写照。在宋时，米脂"控山险扼冲要，屏蔽延州，为兵家必争"。历史上，许多朝代更替的故事，许多著名的战役战斗，都与这个兵家要地密切相关。比如，元丰五年（1082）的永乐战役，明末的李自成起义，解放战争时期的沙家店战役。因此，米脂古城以外，还有大大小小的各种寨子，毕家寨、浮图寨、土门寨等几十处的建筑上，多多少少记录着米脂波澜壮阔的历史，也留下了少数民族文化与中原文化融合交汇的历史印记。所以，米脂古城的城墙和大大小小的寨子、烽火台，包括许多的崖窑，以及古城错落有致的窑洞、街巷，成了数不清的化石，留住了数千年的历史。米脂人记忆里的三座城门、城楼、瓮城、华严寺院的宝塔、圁川书院文庙、衙署、捧圣楼、店铺、牌坊犹如一部读不完的大书,承载了米脂古城的兴衰。米脂据说是全国唯一用谷物命名的县,农耕文化的丰厚底蕴可见一斑。然而它又与边塞、游牧文化相融汇,形成当地固有的陕北文化,其特色可圈可点,就像古城东街小学院内那棵香椿古树,老态龙钟但又熠熠生辉。一个地方的文化正在延续,我们今天读它,便有了不同寻常的意义。

  2014年,米脂古城因其独特的建筑和悠久的历史被评为陕北地区唯一的"千年古县"。从民俗、建筑等文化的多个方面,说明这个特殊地域包含了多民族文化的不同特色。作为一个多元文化汇集地,它凸显了汉文化和草原文化的融合、磨炼,呈现出许多经典。这样的经典让后人取之不尽、用之不完。正因为如此,我们寻找关于民情风俗方面的历史故事,挖掘整理各类建筑风格、民俗文化的演变过程等。我们有责任传承,吸取其营养,哪怕一砖一瓦、一草一木,只要你去触摸它,就会感到有温度、有热量,如饮甘泉,使人们加深对米脂的认知。

  作为一名写作者,我们必须去研究一个地方的历史文化、人文地理、风物人情;作为一名文史工作者,我们不可能不用到历史上的研究成果。但是,我们要写米脂的古城与窑洞,内容宽泛且涵盖量很大。不仅仅需要对有关资料汇编与整理,还需要在研究吸取前人成果的基础上,有我们自己独到的领悟与见解,更重要的是有新的发现,比如米脂古城的沿革、名人故居的故事、古城的起源、四合院窑洞的特点等。我们必须遵照历史资料的有关记载,并且在此基础上要有独特的发现,更重要的是,我们需要把古城的历史研究、建筑文化、民俗、故事等融合在一起,从而为"千年古县"注入更有价值的内涵。事实上,米脂古城在演变的过程中,除了抵御外敌以外,还逐渐形成了具有地域文化标志的意义,成为陕北文化的一个标杆。它不仅仅具有守边的功能,还有学校、书院、庙宇、集市、贸易等,这就使米脂古城在生活中成了陕北地区的中心。这样一个独特的地方,历史上曾是军民联防的坚不可摧的边境城市。其实,米脂古城的意义不仅在于它是特殊的军事要塞,更重要的是它的文化。这便使其有了特别的意义,同时也超越了一般的古城功能。从元开始,在城内修建学宫、文庙、讲堂、书院,清明两代,米脂县考中进士二十四人,举人一百零五人,贡生及读书出仕者五百五十七人。米脂人一直以文运久远为傲,古城也因此有了中原文化与草原文化交流的功能。关于米脂古城，传说与故事很多，我们把这些鲜为人知的内容加以考证、记录下来的意义在于研究过去先人们留下的丰富遗产，传承文脉继而发扬光大，这具有现实和深远的意义。

一个地方的历史是一部永远读不完的书，我们如何去挖掘、梳理，才能读到自己生于斯长于斯的痕迹？古城里的人和物，让我们回味无穷，还有许多来自民间的故事，更让我们对古城充满敬意，一种自豪感油然而生。

如今，古城经历沧桑，物是人非。但是，我们回到现实，要有一种情怀，从浮躁中回到起点。对保护和修复古城，应再现历史，把我们对历史的敬畏奉献给后代，使米脂的文化一直闪耀照人，光彩艳丽。

米脂需要这样亘古不变的生命活力。

走进吴堡

许久了,我没动笔,时间在百无聊赖中消失。有时,我打开电脑,翻来覆去地倾听一些忧伤的歌,在那份低沉的情绪里,我觉得如此状态,是不可能写出任何故事来的。

很早的时候,我和榆林一伙文人去吴堡,本想写一些文字,那儿有许多让我心生灵感的场景与画面,但始终没有动笔,写不出来也不知为什么。小县城的一切如故,我懒洋洋地参加许多应酬。我一直提醒自己坐下来,把那些烦琐事撂在一边,关于吴堡,无论如何要写一篇文章。走一个地方,特别是值得人回味的地方,一个写作者应该留下文字作为纪念。

我企盼朋友们从网上发过来在吴堡的有关照片,也许看完照片,在夜深人静的时候,回味起吴堡秋高气爽的画面,风貌万千的山水,还有浓浓的人文情怀,我能心生灵感。一种朴素单纯的品格与一种挚爱本土的精神,始终荡漾在吴堡人脸上。黄土地上的丘陵、窑洞、梯田、山峁、植物都是那么灵动,让人忘记了自己,有的又好像与人有一样的性情。事实上,这些年来,走过风景如画的地方太多,让人思考与回味的地方太少。吴堡,近在咫尺,我却长时间不识它的真面目。现在,一种冲动让我心潮澎湃,带着深秋的快乐和秋风的凉爽,我从低沉中走出来。还有那次黄河边上在微醉的迷蒙中听的文友朱合作的歌声,朋友们的笑声,一齐袭上来,吴堡石城厚实的城堡还有柳青的故里,都让我今夜无眠,一个人独自陶醉……

吴堡是美丽的，它和山西隔河相望，奔流不息的黄河水从遥远的地方一路过来，在这里显得平静多了。不到吴堡，很难想象这么小的一个地方，在河滩或石岸边，人们是如何千方百计寻找自己的一块生息之地的，各种建筑在这块弹丸之地凸现。两边是一望无际的山，纵深的沟，深深地切割下去。这一座座土岭夹杂石头的山不像榆林其他县的地貌那样，底层都稳稳地坐着石头，按着地壳的变化，层次分明地一直排到半山腰。山高沟深，山顶刚收割过庄稼，更多的是枣树，不少红艳艳的枣儿还挂在树上，引得我们这帮文人墨客一阵嘴馋，停下车摘几颗红枣吃。崖畔上酸枣也红着，从榆林来的城里女子稀罕，跑到崖畔，有些奋不顾身地采摘。放在口里，甜格溜溜酸，一分惬意，一分享受，一分自在，还有一分悠闲，那轻松不经意地写在她们的脸上。望着这秋天的美景美色，还有沟底细细干净的流水，有人唱起了动人的情歌："对坝坝那个圪梁梁上那是一个谁，那就是那个要命的二妹妹……"简单质朴，直指人心，回旋的韵味，凄婉哀怜，没有卖弄，更没有装饰。此刻，你会忘记时间，忘记工作，忘记自己。走在蜿蜒的山路上，感受着两旁的枣树、草丛，还有时不时飞出的小鸟、蝴蝶，那是大自然别致的图画。远处的风从山坡上刮过，暖和的阳光拂面舒适。赶着牛羊的老汉，开着三轮车的后生，抱着娃娃的婆姨，笑容都是那么纯真和踏实。

在吴堡，走进被称为"华夏第一石城"的金鸡岭，残垣断壁，石头遍地。石城的轮廓清晰可见，巷道、窑洞、文庙、城隍庙、商铺让人想象出一千多年前的繁华。有时会有一分疼痛，祖先们的聪明智慧，巧妙的建筑设计让这座石城历经战火风雨，千年来屹立不倒。石城最能见证历史的是两位老人，他们守着一分宁静，似乎越到老了才越懂得什么叫厮守一辈子，不离不弃。就像石城，那种沧桑总让人依依不舍地回望。每道门，每一个院落，甚至枣树，都让我们敬畏。有一种遗憾，还有不满足，使我们一帮人把城市里闷热的日子撂下。看着这石城，看着那对白发苍苍的老人，瞬间，在秋阳下，眼眶一阵胀痛。

是的，古朴的民宅，沧桑的城墙，悠长的街巷，残破的遗迹，浓郁的草丛，一对老人质朴的笑脸像一棵棵苍老的古树，让我仿佛置身于远久的时间里。嶙峋的山峰，对于石城，稍不留神你就会乱了方寸，希望有朝一日，我能自如地勾勒出一个完整的想象，掌握每一个生命瞬间，真正去领悟人世间难能可贵的真诚和爱。

　　如果说吴堡石城是震撼人心的，那柳青先生的故里就是刺穿你心脏的。一个从沟大山深的地方走出去的吴堡人，这几孔不起眼的窑洞赋予了他侠骨柔情。柳青故里十分简单，然而他笔下的人物却能轻而易举地虏走你的心，他的故事会勾走你的魂。一个"大写的人"，始终那个模样，浓眉大眼，绝顶聪明，大智大仁。对于我等后辈而言，除了敬仰，更惊喜于能有缘来到这位"巨人"故里。大家一番感慨之后，更多的是对柳青义无反顾地投身写作，直到耗尽全部心血的一生的感慨与钦佩。

　　或许是因为岁月的风雨，或许是因为我们习惯了平日在城市里舒适的生活，当我们仰望天空的晴朗时有一种企盼。对于一个写作者，柳青故居院内躺着的那两根门柱，字迹模糊地隐藏在荒芜的杂草丛中，多少显得苍凉。听着他人的介绍，看着窑洞里简单的陈设，大伙久久伫立，怅然若失在柳青那份苦难的心情里。一个文人的遭遇，叫人心里隐隐作痛。

　　我就这样离开了吴堡。一座石城一位作家成为历史，成为人存在的方式，剩下许许多多不安的灵魂。其实吴堡离我住的地方很近，可这么些日子我有一种遥远的感觉。这个夜晚没有酒，外面刮着北风说要降温了，一个人睡不着总有一种呼应，如果不是因为吴堡而想这些细节，我此时很难有这种感觉。此刻有无尽的话语，与电脑里面的歌声无关，但写出来的终归是一种旋律。

　　走进吴堡，懂得时间与历史，生命的声音会变得更加优美。

喝酒的意韵

舒婷说:"不会喝酒的人,通常是没什么资格说酒的。"可是,往往在现实生活中,不涉及有关领域的人,恰恰可以评头论足。关于酒,古人已经嬉笑怒骂挥斥方遒了。现在,我之所以想起写酒,是因为自己大半生与酒为伴,不是贪酒,而是喜欢那种情境,那种喝到恰当时眩晕的快乐。更重要的是朋友知己赤真的倾诉——无论是哭是笑,或狂或癫,就那么淋漓尽致地成了江湖的一种姿势,使生活充满激情。

数年前,米脂有了自己的酒厂,然而,由于种种原因,几上几下,最终关闭。但是,米脂张家沟有一个传说,说那里的水酿造出来的酒,芳香四溢。缘于喝酒,我一直对美酒的酿造有一种神秘的向往,心里总是想,是什么使那一泓水与粮食交混在一起,变成了另一种精华,如此诱惑人?因此,和我一样喜欢酒的白飞先生,重新掌控酒厂,自己倾注资金,在驰誉天下以"地有米脂水,沃壤宜粟,米汁淅之如脂"的米脂,以创新的魅力,再次把白酒的酿造推向了极致。据说张家沟那泓水,换了任何一个地方,用同一个配方酿出的都不会是"闯府""窑洞"的味道。走进米脂张家沟酒厂,空气里都弥散着酒香,水流里点点滴滴都是甘醇。

转年,米脂宏远酒业有限公司的"老窑洞"系列与"闯府"系列隆重上市,它以纯粮食为原料制曲,经过发酵、堆积、蒸酒等工艺,取酒,密封储存。在这个过程中,曲折与发展,声名与趣闻,故事与传说,像涓涓流水。白飞先生倾心尽力,付出心血,终于圆了自己创业的梦。此后，每逢约酒，我们三五人一起，坐在小酒馆或是农村的土炕上，几样小菜，来一壶"闯府宴"或"老窑洞"，边吃边喝，借着酒温，说爱情——"红酥手，黄藤酒"，说胆量——"三碗不过冈"，说孔乙己、阿Q，也说伟人、哲人，还说王羲之的《兰亭集序》、诸葛亮的《出师表》，心窗洞开。社会见闻，职场际遇，生活趣事，人生旅途，前世今生，娓娓道来……高兴之处畅饮三杯五杯不多，悲愤之处干上几杯嫌少，即便泪流满面，也没人能抵御这致命的诱惑。酒后，一个人回家，走在空旷的街巷，飘飘然，脑子里产生许多奇思幻想，酒劲温暖身体，催生血液，一种想呐喊的感觉跃跃欲试。这酒呀，把内心压抑久的沉重释放出来，即使说话有些梦呓或反反复复，也没人计较。于是，米脂酒在米脂这块得天独厚的土地上，生根、发芽，造就了独一无二的神话。在恰到好处的地理位置，气候适宜的无定河畔，用充足阳光晒够的优质玉米、高粱，择选上等的小麦，以及张家沟那股清澈天然之水，白飞和他的同事们用奉献精神和聪明才智，加上企业的诚信，酿造而成的白酒系列产品，让米脂人感到自豪。有朋自远方来，不亦乐乎，温上一壶米脂酒，品尝几口，又忍不住多喝几杯，它成了一种仪式。

　　喝酒是一种境界，酒的文化是一种看不见摸不着的力量。那种快乐是充分的、满足的，更多的是一种珍惜。喝酒的人，对酒的优劣，一眼便瞧得出来，闻其香、观其色、品其味，朋友们在一起有说有笑，对酒的鉴别有着各自的看家本领，这种场景异常和谐与亲近。难怪，从古到今，一起吃过饭的比不上一起喝过酒的。即使醉了，相逢时还是千杯少，别有一番滋味，是哥们儿了，是姐们儿了，是亲人了。

　　喝酒的人必须有量，且酒风正，无论碰见或遇到什么人什么事，飘然中要有淡定，醉八分也要有担当。朋友亲人聚一块儿难得融洽，尤其酒桌上的笑声令人难忘。要知道，这一生，无论在何处相见，都会因酒变得亲切。那发自内心的笑，还有慷慨激昂的肺腑之言，即使有什么豪言壮语，或是悲而绝望的哭泣，都让人觉得真实，没有虚假，没有掩饰。这世界呀，在这酒场上可以浓烈地尝到人生的欢快与爱恋，幸福着，梦游着……

　　几日前县作协成立，我去酒厂与白飞先生商量，想搞一次"闯府酒香飘四海"的征文大赛，白飞先生欣然应允，并一再强调支持文学事业的发展。我知道，他是一个企业家，更是一个喜欢文学的人。之前几次在一块儿小聚,我与他说到关于文学的话题,当然少不了喝他一手酿造的酒。我们三杯垫底,把酒喝下去,相视一笑,心里似乎有了许多默契。平日里忙,大家相聚少,在米脂、榆林,"闯府"系列和"老窑洞"系列白酒开始占一席之地,受到消费者好评。白飞对社会的承诺和责任,就像酒香甘醇,值得我用虔诚之心去赞美。那天,白飞先生特意赠送"闯府宴"酒,米脂的文学朋友开怀畅饮,没人能抵得住酒香的诱惑,大家微醉着,都说家乡的酒,说家乡的人与事,不知不觉中,几十瓶空了。大家频频举杯,所有的话语都在酒中,个个留下精彩的意韵……

喝自己家的酒,讲自家的故事,写自家的土地与人,的确是非常惬意的事。

夜里无眠。我还想,人生几何,快乐的时候喝酒,失意的时候也要喝。哪怕知己少,饮酒也有情趣,那才不负造酒者的一番苦心。

有时,对于酿造出的好酒,我怀着一种敬畏。

寻找一个人

许多年以来，一个人常常困惑着我。

这个人在历史上名扬天下，四百多年前在我的故乡，像一颗流星划过。有关他的传说，他的生死，有关他的一切故事都让后人争论。

李自成，我的米脂同乡，明朝末年一个具有英雄传奇色彩的人物。他的人生，注定要在陕北这块贫瘠的土地上赌一把。没人能想到，这里藏龙卧虎英才无数，有志者众多。一时间，米脂这块风水宝地成了人们研考的对象，这里所有的民间传说都成了久负盛名的标签。可以像珍珠那样任意串起或填充各种不同的人文符号，没人怀疑它的真实性。如流传很广的一首民谣说的那样，米脂被赋予另一种神秘：

远照银州一座城
近看银州无西门
盘龙山上栽旗杆
西门压了九条龙
有一年来发大水
西城楼下冲开了洞
出了个龙就是李自成

银州便是米脂。李自成一开始从深不可测的政治竞技中获得声誉，这足够说明一个朝代在摇摇欲坠的险境中无法自拔，任何有回天之术的人都无法挽救了。所以，米脂人李自成成了朱由检的克星，大明王朝土崩瓦解只是个时间问题了。

我的另一位同乡李健侯先生的《永昌演义》一书的自序中曾写道："李自成本一走卒耳，崛起草泽，战必胜、攻必克，十余年间覆明社稷，南西而王天下。虽其运祚不长，兴亡转瞬，而其雄才大略，殊足以远继汉、明，以视魏、晋，六朝之窃弄权柄，要挟国君，狐媚以取天下者，其贤不肖之相去为何如哉？况其人不贪财、不好色，光明磊落，有古豪杰风，若释丘从周戮张国绅等事，不贤而能之乎？虽《明史》固掩其长，而野乘多存其实，未可以成败而概论之也。"

四百多年过去了，很漫长。

在那个黑暗的时代里，李自成的族人都经历了大饥荒、流行病、战争，有的因此而毙命。明王朝的凋萎、冷漠还有恐怖缠绕在一起，民不聊生，大面积的死亡都与朝廷有关。他们修陵墓，荒淫无度，谁还顾得上天下百姓？那种腐朽，至今令人震骇。李自成本是一个诚实的人、正直的人、守规矩的人，可他血气充沛，在他必须为自己或为乡亲们说话的时候站了出来，居然一出来就使权臣贵族心惊胆战，最后致其统制瓦解，令天下百姓拥护称快。

现在看来，李自成的理想并不是统一天下，在众人的簇拥下他不得不站在风口浪尖，自我迷幻中成为侠义英雄。像所有劳苦大众一样，卑屈的灵魂一旦得到释放，便开始一面瓦解传统一面复制传统。他两次登基称帝并且一再与崇祯皇帝商议各统半壁江山，内心的怯懦和侥幸可想而知。当李自成一呼百应冲进北京城的时候，金銮宝殿仿佛就像他梦中的景物一样，他坐上去，很虚，似乎还听到一些诅咒和锐利的嘲笑。

显然，李自成没有准备好。然而，他的家乡，关于他的种种传说故事我都是怀着敬畏，怀着一种情感去接近的，这种在故乡人脸上溢出的难以言表的叙述，让世界更多地了解李自成，恢复部分失传的记忆。因为历史已经包含了每个生命的全部秘密，有时消失也是必然的。有关李自成的种种研究、考证，对故乡人来说非比寻常，因为我们发掘的是一个真实的人。我们也可以从中分享真实的历史、活的历史。

有自行车的年月

　　去山西介休火车站取自行车的那天，我和本村两位兄长步行到米脂县城，在车站等了大半天，才买了三张去绥德县的车票。米脂到绥德，不算远，路却曲里拐弯，也不平坦。车子颠簸晃荡，全身都在响，三十公里的路程走了两个多小时。天已黑，一位兄长在那儿有亲戚，好歹住了一宿并吃了饭，第二天天黑乎乎的时候便去绥德汽车站排队买票。三个年轻后生，不带行李，走起来不拖泥带水。到了车站，好家伙，候车室满满当当全是人。男男女女，扛行李的、提包的、站队的、就地而蹲的，吵闹声此起彼伏，我们顾不上细端详，直奔问事处询问哪个窗口卖介休的票。

　　排了好一阵队，总算拿到三张票，当时还沾沾自喜。稍一会儿，便有工作人员喊，去往介休的班车要开了。进了站，上车寻到座位，这才松了口气。

　　那是1979年的事。

　　往介休的路上，我们一直兴奋不已，车窗外的风景不断地变化，我们就像从未见过世面的小孩一样，每过一处，两位兄长便不停地询问，说着这回出远门的感想。我知道，在这之前，他俩顶多是从村里到过县城，也没有坐过汽车，所以他们对一切都感到新鲜稀奇。我算幸运，曾经坐汽车坐火车到过几个大城市。在汽车上坐了三个多小时后，从黄河桥上过去，便是山西省了。我的两位兄长感觉像出国了一样。关于黄河，他们十分遗憾地说这水太平静太小了，比想象中的黄河差得多了。岂不知，三十多年过后，黄河比那时候更平静更小了。整整一天，我感觉浑身每个细胞都灌进了沙尘、土粒。山西这边有好几段正修路，我们说是"油漆马路"。汽车必须绕道行驶，坑洼不平的路，黄尘四起，左摇右晃，这让我们又感觉到一阵的失望，全没了开初的兴奋。只盘算，回来时几百公里路程，骑自行车回家是否能行。

到介休很晚了，我们草草吃了饭，登记好旅店，本想痛痛快快地洗一把，没料到旅店的水是在外面的一个瓮里，我拿脸盆盛水时，店里的伙计说省着点儿用。我本想说一个大城市，连我们村里都不如，洗脸能用多少水？何况，我走过的几个大城市都是用白花花的自来水，想说又咽了下去，两位兄长说出门在外，就得乖点儿。

事实上，后来才晓得，介休不是一个大城市，山西靠黄河沿岸的地形地貌也属黄土高原丘陵沟壑区。那时介休的小旅店并没有接上自来水，瓮里的水全靠伙计到外面去挑。以后每当想起这件事，我心中还难以释然。水的珍贵、稀缺不仅波及城市，也包括农村，令人担忧，我们村里的那股泉水早已干涸，停止了它的脉动。心想，过去的人们从未想到过水会比油贵呀！

从介休火车站库房里取出三辆崭新的飞鸽牌自行车。我们顾不上吃饭，仔细检查了一下自行车，轮胎有气没气都得检查，要上长路了，这些简单的故障要靠自己解决。事前，我们带了扳手、钳子、改锥等工具，以防路上自行车出问题。就这样，我们轻装简车上了路，那种有了新自行车的感觉，况且是名牌的飞鸽，自豪、满足、惬意充满心头。

在渐渐升起的霞光里，我们兴高采烈地与偶尔呼啸而过的汽车同行。天彻底亮了，一切都在复苏，不少鸟儿在空中自由地飞翔，就像年轻的我们一样，朝气蓬勃、活力四射，所有的艰难困苦，都不在话下。我们也知道，几百公里的路程靠双腿与全身的力量骑回去，依旧困难重重，但我们有潜在的能量、使不完的劲。

1979年的天是艳阳天，中国大地正悄悄涌动着一股洪流，改革开放已拉开了序幕，人们都在期盼着。黄土山的褶皱被明媚的阳光照得一览无余，树木在返青、在发育，有一种抑制不住的蓬勃。那个年代的独特生息与魅力，让人觉得无比从容。

那个年代是计划经济，许多商品紧缺凭票供应。而南方，已悄悄开始让寂落的市场变得喧哗。这三辆品牌自行车在我们县上是买不到的，当时就是找熟人"走后门"也买不到这些紧俏商品，领导的条子绝不会批给一个乡下的农民。正因为如此，我们不得不托在部队服役的姐夫从遥远的福建买来三辆自行车，然后用火车托运到介休。只能如此。收到运货通知后，我们也只能用如此方法骑着自行车回家。因为拥有一辆崭新自行车的兴奋，我们将做出一件令人惊叹的事情，那种苦累我们都不屑一顾。也就这样，我们翻山越岭到米脂县城后几乎耗尽了所有体能，两条腿已经机械地下不了地，惯性的蹬车姿势在我记忆中成了一种永恒。

如今，拥有自行车不再是什么新鲜事了，城市里拥挤不堪的汽车开始让人无法喘息。即使在农村，年轻人结婚时女方也会毫不犹豫地开出一个单子来，那里面便有车。无论汽车的价位高低，拥有一辆自己的车是多么的荣耀！大街小巷，乡村道路，随时随地奔跑的、停放的汽车，让我感慨万千。人们在炫耀展示的时候，一路的拥堵，一路的事故，一路的孤独，精神世界是否还依然丰富？我突然想起骑自行车的日子，那种关于精神、意志、飞翔和梦一般的生活，人们的愿望是如此的平静，不曾有太多的奢求。至于开上汽车，简直是痴心妄想的事。

现在，人们不断地在点燃自己的欲望，汽车满载着人们游移的灵魂躁动着。我总想，没有自行车的日子同时失去了什么？在家乡的山里，几个老人看着太阳，眼神充满迷茫，年轻人都是开着汽车奔跑，一个劲地在外面奔跑，在与生活博弈，自我激励，希望有朝一日成为另一类人，住楼房，开名车。然而，没有实现愿望的时候，更多的是在城市拥堵着的狭窄的空间里窒息着。

是的，这些年交通工具日益发达，五花八门。如今，骑自行车的人越来越少了，一切都在突飞猛进地变化着，许多东西走出了我们的生活。然而，我们这一代人，对于自行车的记忆并没有消退，虽然我解释不了什么，可是，思绪的缝隙中闪耀着的是我年轻灿烂的样子，那么励志，那么有毅力，那么有力量。

一眨眼，竟然三十多年过去了。

夏天是支撑着我们活下去的理由

太阳挂在山顶上不动了。

我春天做梦醒来的时候，夏天已早早地把村子里的门和窗晒得嘎嘎作响。天空依旧那么神秘，河床开始发热，一股溪流十分艰难地前行，有的干涸了，变成热气，一点一点地消失殆尽。

夏天对于城市来说是享受的季节，满街花红的裙子，飘飘然的姿态，各式各样的伞打开，透明、薄软。公园里杨柳、鲜花、喷泉，无休止的嬉戏与愉悦的笑声和生活的韵律联系在一起。这个夏天，听到蝉鸣的日子。自来水、冰淇淋、空调、电风扇、飙车、夜总会，是日常生活。尘烟与垃圾，污水与电线杆上的小广告，这些都与城市格格不入，然而最终却与城市命运融为一体。高楼玻璃窗折射出来的阳光，更刺眼、更耀目，水泥墙是热的，永不停歇地散放着能量。于是，一个巨大的蒸笼诞生了，人们费尽脑汁地想办法。夏天呀，在人们脸上挤出汗水，使每个人都具有一种油彩感的表情。

夏天原来属于远离城市的地方。

故乡的土地开始烫得灼人。夏天里父辈们赤着脚扛着锄头，山坡山洼上，梯田台地里，只要有庄稼的地方，就有一个单薄的身影，顶着烈日，始终保持着一个姿势，如同城市公园里的雕塑那样，弯着腰，弓着腿，两手紧握着锄头朝前。锄头左右上下飞舞，就像女人们纳鞋垫的针法一样，布局合理，间距匀称，这靠的是眼力，靠的是手上功夫。农村人都知道，看你是不是好"受苦的",只要看地里的做务便知晓了。陕北的夏天雨水太少了,庄稼苗在炽热的阳光下发抖,叶子卷曲成类似筒状的细尖,叶片的底面翻转上来,变成白灰色摇晃着支撑着。蝉在树上没完没了地鸣叫,土地仿佛冒着白烟,所有的植物、庄稼蜷缩着等待雨水浇灌,那种等待与期盼,从父辈们的眼中流露。春天的脸色成了全部的生活。有时,坝地里干得无法下种,眼巴巴过了季节,全家老少用驴驮用人担水浇灌下种。这是眼下的救命粮,坝地里长玉米,没有什么庄稼能比得上玉米抗旱了。浇水播种是一种希望,等到玉米种子发芽的时候,也许,有一场好雨,把黄土地的温度调整一下,玉米便会破土而出,苗壮成长。还有山里正"翻白眼"的谷子、糜子、豆子会很细心地打扮自己,单一的毛根开始滋生出千头万绪,它们拼命地扎入土壤,站稳脚跟后又吃力地生长。要晓得,一株禾苗从下种发芽开始,它要走的历程是多么的艰难,一场大风、一场暴雨、一场冷子(冰雹)都会置它于死地。还有无数的害虫沉潜在土地里、叶尖上,甚至钻到主干里,有时连人都觉得猝不及防。没有谁比生长在土地上的植物更顽强。但其中的一株或一片,在风雨摇曳的气候变化中凝成标本,使它的生命终结后具有一种启示,让人类的伤感永远像一团迷雾笼罩在心……

夏天,我曾这样走进去,从一个只会背诵"锄禾日当午,汗滴禾下土。谁知盘中餐,粒粒皆辛苦"的学生娃,到从真正意义上体悟夏天所有的一切,简单的生活节奏与造型蕴藏了原始的隐含元素。此后回望,并且在城市的某一角依旧含情脉脉,竭力表现自己的优雅。

夏天闷热的天气让我们打开窗子,总希望有凉的风吹进来。人们承受着酷暑,汗流浃背并不意味着秋天一定有收获。在城市,人们挑着拣着说农产品涨价带来的忧虑,然而这些东西春天孕育、夏天生长、秋天结果的所有细节,早早被这些人遗忘了,有的甚至根本不会明白。也许因为城市飞速发展的缘故,城市挤占农村,侵吞土地、楼房街道,有了一部分人的安生,而另一部分人定然无法忘却脑袋中千古的祖训:种地的人没了土地等于没了后路。在那将衰竭的身体和回忆里,有没有哪个人还铭记着夏天的某一次灾难,洪水冲走了田地里编织好的图画,淹没了坝地的秧苗,父辈们的身体就像被挖空了一样,掺杂着女人和孩子们的哭泣。

那个夏天似乎还萦绕在心头。看着茁壮成长的庄稼，我和父辈们一样，深藏在心中的喜悦露在脸上：今年是个好年头。我能听到庄稼拔节的声响，也能听到它们交头接耳的歌唱，那只有一个真正的农人才能感觉得到。我去坝地，绿油油的玉米苗早晨还挂着水珠，四五片对称的叶子平展而舒坦地展现着自己的风姿，从它筒状的躯干里又卷出嫩黄的新叶，只要见到太阳，它一天就变了样，土地充足的养料，滋养着它们。

那年夏天有雷雨，很大，也来得迅猛，人们猝不及防。风卷着雨水，霎时间土地开始震颤、扭曲，坡圿碥畔终于承受不住，开始塌陷，咆哮的山洪顷刻间裹挟着柴草、泥土、庄稼，疾驰着从沟里冲刷而过，像脱缰的野马，无人能制服。老天爷有时就是这样，翻脸不认人，庄稼汉对老天爷放声呼喊：停下吧，要不都完了！一家人围拢在门口，透过雨幕看着对面山上的洪流，就像没办法逃离的一场梦魇。夏天，当正午的阳光躲走以后，冷不防的暴雨会酝酿一场无法停顿的悲伤。

看着裸露的山体，我的父老乡亲只有沉默。他们拿着铁锨、镢头、锄头在稀薄和破裂的土地上修补。这种修补十分艰难，好好的一幅图画，被暴雨洗刷得没了层次，乱了颜色。山洪过后的情景，我现在回忆起来都觉得惊心动魄。一是土地的断裂流失，泥浆一样的洪水肆无忌惮地横冲直撞，那种无视所有的傲慢，近乎绝情的冷漠，随时随地可以侵吞一切，包括生命。二是肥壮的土地顷刻间支离破碎，树木杂草连同庄稼东倒西歪没了模样，维持生命的根系全露出来，白的红的根须在许多个褶皱里，生命被挤压得奄奄一息。那次暴雨后，村民们不停地穿梭在山与沟之间，扶助、救起每一株苗子，自始至终，谁也没一点儿怨声，只要让剩余的苗子重新站起来，秋收的希望还是有的，这也是支撑起我，还有父辈们活下去的理由。

这个夏天除了太阳释放着能量，还有突如其来的暴雨让人暗怀恐惧。坝地里的玉米被泥浆吞没得不见了踪影，于是，满滩的人开始挖，用手，用锄头，用一切可以用的工具……是的，我们需要减轻这些灾难，让玉米露出头来重新生长。因为大家都知道，时间过长，玉米就会窒息而死，变成一株株腐烂叶子。我第一次这样恐惧——玉米是最基本的口粮，如果绝收，那将意味着什么？那年的生活没有童话与诗意，农村人时刻受着大自然变化的威胁。我们只有这样，不停地挖，不能等到日晒后滚烫的水汽把玉米烧死。漫长的等待中，我体内释放出来活着的理由——那些庄稼苗抖动着泥土，根须一天天扎深站稳，发出天籁。

也许因为这个，我的父辈们一直在守候。作为与土地相依为命的他们，从没有放弃对祖先的承诺。对于沟槽石头下的泉水，对于悠悠的树梢，对于那些不知姓名的婉转鸣叫的鸟，还有黄土、石头、草木、牛羊，哪怕一只老狗与睡在炕头打呼噜的猫，父辈们轻轻的一声咳嗽，都能触动它们的心脏。那种熟悉、亲热、和谐、自然，像漫山遍野随处可见的打碗碗花点缀着人与自然的佳话。我知道赞美乡村是灵魂深处的需要。当在城市里所踏上的生活之路突然觉得孤单时，故乡的夏天竟如此温暖。在夜晚，大地的余热散尽，一家人坐在窑外的石床上，吃完饭，清朗的夜空与繁星，硷畔下小河里的青蛙，都和我们一起谈论今天的话题，玉米、高粱、谷子、糜子、豆子、山馒……快快生长，有一个好的收成，让我们呼吸到阵阵香味。

这便成了父辈们的选择，他们勇敢面对，从未怯懦。整个夏天庄稼生长的过程中，没人能体会一个农民以不能回头的方式去关照每一株庄稼，他们将生命的全部用于掩饰与隐藏。我知道他们很疼、很无奈，但他们从春天播种开始，便认定了夏天将会酷热。父辈们都知道，大自然承载着人类与其他所有的生命，已经是够仁慈的了。

就从那个夏天开始吧，我在乡里与城里之间不停地奔跑，一辆破旧的自行车满负荷地被使用。这个夏天我学会了修自行车，但终究我还是一事无成。我差点儿被父辈们认成是"乡里的丢了城里的也没有"的那种"二流子"。我没有像他们那样去坚守。我在那个夏天过后的秋收时候才猛然醒悟，他们对庄稼视若珍宝，能够如此精心宠爱，是因为那是全家人越过冬天到另一个夏天的全部希望。人活着这个理由构成了隐隐约约的幸福，而这种幸福是愚痴般的坚持……

这个夏天很快便过去了，秋天里掰玉米觉得是那么沉重。劳作中的村人们，都感慨不已地说当初山洪淹没时，简直没了希望。还好，老天总会给人留下一条活路。人与自然，是一种公正公平的生存方式，只有这样，才会有安全感，生命才能延续。

我在城里无所事事地溜达着，像许多人一样，记不得那个夏天的事情了。我的内心一直游移不定，眼睛空蒙蒙的什么也辨别不清。在城市，似乎支撑我活下去的理由很多，但却是那么脆弱。当许多人说起往事，充满了调侃与嬉戏，我却一下子沉浸在那个夏天里，心随坝地里的玉米一同寻找存活在这个世界上的理由……

那个夏天很短暂，在所有年数里，天恩成了一种希望，生命延续下去执守着亘古的承诺。

万籁俱寂，故乡的明月高悬夜空。

一条河与海

有一年几乎每个下午，我都会愣愣地坐在离县城不远的无定河畔的树林里。裸露的河岸，倒伏的野草，连片的泥沙，不时有几只小鸟跳跃着觅食。河的对面是庄稼和村庄。我从小村子走出来，受雇于一家文化单位，工作之余，一直迷恋这片树林和这条河两岸的风景。我知道，每个从乡村走出去的人，都这样迷茫过，无论怎么想，也想不清自己未来会怎样，只觉得想要离喧闹的街道远一点儿，让自己静一静，似乎只有这样，才会把未来想出些道道来……

这是很多年前的事了，那时我很年轻，对着这样悠远的记忆，湿了眼底。一个人要离开自己的村庄，离开生长的土地，像这河一样，用汹涌澎湃的激情抗拒所有阻拦。河流到了什么地方？会不会消失？就像尘世间的所有事物一样，在一切喧嚣停止后，都会随着时间化为尘埃？这时候，我年轻的心一阵疼痛，偶尔会将我的追求撕裂。故乡给予我的力量不足，在城市，我没有了熟悉、亲切、享受，以至喜悦，反而多了这么多的伤感、喟叹……

此时，我有了感动。河水起伏着，急速而浑浊，它在震荡与喧嚣之后，十分孤独地走向远方。它面对两岸沉默的山，一次次告别，不知它们是否有痛苦和忧伤？没有任何东西能挡住它，将一切收揽在它激情澎湃的胸怀里。土地是根，河流是命。我明白，街市、谄媚、冷漠，还有许多无聊的话题占据的时光里，只有河流才能如此雍容淡定。

河流行走的姿态和乡村一样成了我的人生。后来像河流一样走到海边，我才发现，大海的宽阔让我回到了真实。原来，像家乡一样的千万条河流都归入了大海，大海则用无言恒久的目光看着所有生命的结局。人们只能目瞪口呆。海的湛蓝、清澈、深博让我的迷茫消失。眼前，浪花无数，生命的韵律将苦涩融合。面对海，所有的一切都远远地躲到身后了，前面只有千变万化的美。我这才想，一条河千里跋涉之后，做了什么，才使大海如此永不干涸？

那些年都离我远了，但我时常这样想起，一个懵懂的乡下孩子，走出村庄，与河流一样流淌，用一种朴素的仪式，与怨天尤人的日子告别。

仙佛洞，在我心中停留

和仙佛洞紧挨着的村庄是我的家乡，每次回去，都会有一些回忆，还有村庄里丢失的诗意的疼痛。泛水泉，泛泉水，泛出甘甜水，喝了长得肥，流出仙佛洞，走得很平稳，不知道流到哪儿——当年我家硷畔底的河床上就有一股泛水泉，它一个劲地往出冒水，不分白天黑夜，即使是寒冷的冬季，它冒出的一圈又一圈的水永远也结不上冰。泉水是从很深的地下冒出来的，它带着地温，带着能量，带着一股勇往直前的气息。我们的童谣，儿时自编的歌，还有祖辈们借水说情，见山说事，许多情与事便成了美丽的故事，信天游便成了千古绝句，有的故事与儿歌成了经典。我便是在这样的环境中长大。可是，长大了，我在外面的世界不停地奔波，似乎离家乡越来越远，家乡的影子也越发模糊。在那沟壑纵横的黄土坡下面，在那荒旱苦裂的山沟里，为什么总有一种声音在我生命里萦绕，我的血液里是否仍然流淌着那股泛水泉？

我的家乡因为貂蝉出名。现在，貂蝉与仙佛洞到底哪个重要？对于我来说，触动心弦的是一汪清澈的水养育着一群美丽的女子。更重要的是，从此以后，一代代的人知道了仙佛洞，也认定貂蝉曾经就是一户邻家的女子，所以我们才感受到仙佛洞的神奇，将一个美丽的故事埋到了心底。

慢慢靠近仙佛洞，静静地听，满眼的石头满眼的草，潺潺的流水，痴迷的音律。毫不夸张地说，仙佛洞在我童年的记忆里是雨雾缠绕的，万木相争的，山鸣谷应的，神、仙、道、法、佛、人都在一起翩翩起舞，一起应和，让人彻底敬畏。仙佛洞是有灵气的，多少年来，它懂得虚与实、得与舍。几百年，也许上千年来，它的三孔窑，还有横架在小河上面的桥，我们称作"三碾窑"的地方，戏台上都会有一个青衣，把心尖尖上的思念和向往，唱得整个山沟飞扬激荡。长辈们说，夏天正午时分，就你一个人，屏住呼吸，不要惊动她，于是，鼓乐齐鸣，一段撕心裂肺的唱腔，从戏台周围升起，对面石崖上影影绰绰，一会儿又是婉转悠扬。古人痴烈的情、深沉的意，使仙佛洞有了温暖，保佑着这一方人的坚守与希望……

我后来慢慢品味着，仙佛洞对于村里人来说，它有着神与人、天与地合一的意义。这种意义塑造了人们的整个道德生命。随着年龄的增长，我越来越觉得血液里流淌着那三孔窑来自远古的却又非常近的慈善情怀。"神明自得，圣心备焉"，忽然记起荀子的话，一个人对万事万物的追寻，必须是终生追求的道德理想。这样一想，仙佛洞是那么的亲切，是那么的叫人难以忘怀。像我家硷畔底下那股泉水，永不枯竭，它就是我的家乡，它就是我无论走多远都割舍不掉且魂牵梦绕的土地。

一个小地方，一个仙佛洞，蕴藏了多少文化，古老的传说是这个地方的历史吗？没有洞又何以得名？是因为三孔窑洞还是那横跨河沟的桥洞？总之，一个"洞"字的丰富内涵，把许多与仙佛洞无关的事物聚集过来，仙家和佛家一块儿护佑芸芸众生，哪个不虔诚，又有哪个不敬畏！

其实，香烟缭绕的日子早已过去了，我没有必要严谨地考证今天的仙佛洞和过去有什么关联，我也不清楚山峁下那么多的土窑里发生过什么，但我知道，米脂河西十五公里处的仙佛洞，从前的每一个细节，都让我觉得无论走多远都扯不断。那是根呀，浓郁的乡情，充满神秘的风韵，用它的厚重把你我拉近。仙佛洞最红火的日子，香客远远而来，锣鼓喧天，彩旗飘舞，夜里灯笼火把排成长龙，照得整个山沟通明。神接纳了人，人心中有了神，民疾、民苦、天灾、地难统统驱除。每当路过此，我便心生崇拜和敬畏。

如今，仙佛洞面目全非了。从前风调雨顺的村庄没有几户人家，空洞洞的窑洞没了张望，我不由得想，仙佛洞曾经的气魄，突然间怎么没了？

人只有索取与贪求，城市挤压得一帮又一帮人喘息的机会都没有了。我还是一个劲地做梦，享受着仙佛洞的清凉、红火、纯净，还有缥缥缈缈的一缕香烟。童年的歌谣在耳边响起：泛水泉，泛泉水，泛出甘甜水，喝了长得肥……

　　真的长大了，一批又一批。可是，老有一种难以诉说的滋味在心头萦绕。是啊，一路走过来，走出了仙佛洞沟，还能走多远……

　　仙佛洞，在我心中留下生命中至关重要的东西。

过年是灼人的温暖与疼痛

不知不觉,又是一年。桌子上的台历刚放下的时候还觉得厚厚一沓有些日子要翻,然而一天一天地翻着,竟然已经把日子和青春翻过去堆成记忆了。由于生命与生活的距离如此之近,因而生生死死与喜怒哀乐,无不把你我牵扯进去,有时撞击着甚至切割着我们敏感而脆弱的心灵。作为写作者,我紧绷的神经适应生活的时候,内心极为复杂的情感在纠结,为人悲、为人哭、为人乐、为人喜,总是被感动得眼含泪水,爱悯与宽恕,让我无法入眠。生活的意蕴常常在反复咀嚼后,才能体悟到情感的分量。人活在世上,经历苦涩与甘甜之后,心灵与人格才会得到完善。

台历又翻了许多页,新的一年又开始了。童年乡村的春节成了记忆,当许多期盼春节到来的人们围坐在电视机前,或者通过互联网看着春晚时,我的窗外静静地下起了雪。无论爆竹声多么震荡轰鸣,雪花飘着,轻轻落在地上,一部分变为水,滋润着土地,一部分变成了积雪,皑皑的白雪在大年三十灯火辉煌的夜幕下,有一种不舍的眷恋。几十年过去了,春节,是岁月挥之不去的印记。今夜,我开始记录,从自己生命与情感的源头,把这个耐人寻味的日子,真实地还原。一个人,对生活如此惦记与牵念,是否能代为生命里异香的花朵,献给你们——我爱的人们。

关于过年

小时候过年,家里不太富裕,腊月二十五是米脂街最后一天遇集,父母背上小米、黄米、豆子之类的东西,摆在街上去卖。整整一天,从清晨等到夜晚,直到听见沟底路上有人说话,是村里赶集的人回来了。

我就这样一整天等着父母回来,临近年关了,家里和许多农村人一样,变卖了粮食,然后置办些年货,买几斤猪肉,买些糊窗子的麻纸,上坟用的香纸,一张写对子的红纸。有时称上二三斤羊油,再加上几斤大盐或小盐,这算丰盛的。

我很小的那阵子,在家里贵气,父母会给我买一个干炉或油饼回来。

这才有了过年的气氛,推磨滚碾子,压糕蒸黄馍馍,有条件的推一升豆子做豆腐,用绿豆生豆芽,纯天然。那时没有添加剂,吃起来怪香,恨不得撑破肚皮。

这就是过年前的准备,村里人忙而不乱,件件事做得有条不紊。许多孩子有新衣裳穿。

过年,对孩子们来说,肯定是世界上最好的一件事,无论过去,还是现在。

闹秧歌

十岁前,我没进过县城,只到过乡上。乡上是干部待的地方,吃公家饭的,还拿工资,我打心眼里羡慕。每到过年时间,乡上就有好几班秧歌在拜年,政府的人拿出瓜子、水果糖,还有香烟分给闹秧歌的男男女女,我十分向往自己将来能成为一名闹秧歌的队员。可惜,这一愿望至今没能实现。

闹秧歌不是村村都闹得起,乡上几个大一点儿的村子有这个实力。人多,锣鼓大镲一响,有点儿文艺细胞的人齐刷刷地站成两行,大家图个快活,也图个吉祥,村子里更显得有年的气氛,村子里的人们管这叫"闹红火"。正月里反正没农活,大家好不容易闲着,这一"闹",期盼新的一年里风调雨顺,五谷丰登,平平安安。"闹"的中间,有伞头吟唱,全是吉庆的词。我十分佩服领唱的伞头,见景见物见人都能顺口编出一溜的词来,看的人心里都暖洋洋的,笑得合不拢嘴。

后来，我当兵走了，听说我们村里一女子闹秧歌当了伞头，她的表情、穿戴、扭起来的动作、一颦一笑，还有俊个蛋蛋的眉脸，都赞叹艾好湾不愧是出俊女子的地方。想一想貂蝉就在村子隔壁，女子能不倾乡倾城吗？

我没看上村里的秧歌，后来我晓得那女子是我小学同学。

有时，在梦里看见那女同学扭着秧歌，回头朝我笑。

再以后，城里的秧歌没法看了。

年味

还没有进城之前，在村里过年是安谧温馨的。如今，农村冷清了，少了红火热闹，而城市，种种流光溢彩与变幻新奇的东西让我觉得喧嚣与浮躁。烟花爆竹如枪炮一般铺天盖地，各种扩音设备使尽浑身气力，大街小巷雷鸣般地响着，这种环境让人觉得不踏实，一种虚无缥缈的感觉。城市的年味淡了下来，许多传统的仪式没有了，人们匆匆忙忙，从超市买来各种礼品，各种食物，过年只是一种形式。人们神经一直在紧张着，要拜望领导，要朋友聚会，要寻找另一种刺激，这都要钱。这样吃任何东西都不香，也许还有几分惆怅，几分凄楚。

每到腊月三十，我们说月尽，也是一年最后一天，人们早晨起来很早，去水井往瓮里担满水，接着清扫院子。家里已经开始炸油糕了，还有前一天晚上捏好的糕夹、炸炸，准备大年初一给孩子们问强健用，一锅烩面叶用油泼辣子冲下，窑洞里热气腾腾，满院子香味飘荡。吃过饭，父亲便开始准备上坟用的香纸、献品、奠酒（大都用水代替，不过要放一些小米）。20世纪80年代才开始有鞭炮，十几岁前总是父亲领着，后来长大了，一个人独自去祖坟烧香磕头，祭拜祖宗。月尽去祖坟烧纸是件极其重要的事，我常常感到神秘。先人们在土地里，静静地等候这一刻的到来，与他们对话，交流收成好坏，生活的顺畅与不如意，天堂与人间，两重生活。但活着的人知道，那边也需要有人问候、关爱。于是，这种仪式除了缅怀之情外，还有一种祈愿，有一种无形的力量，尽管抓不住，但自己很坦然。烧纸、点香、献上食品、倒酒、虔诚地磕头，最后放鞭炮，青烟袅袅，空旷的山谷此起彼伏回荡着另一个世界的声音。接下来的静默，我全身温热滚烫。心想，有朝一日，应该给先人们立一块碑。

年味越来越浓了,从祖坟回来,全家人忙个不停。糨糊打好了,我在父亲的指导下贴对联。这对联是父亲写的,他识字不少,毛笔字写得特别工整,好多年村里的对联都是父亲写的。那时候,看着别人拿走一份份写好的对联,我对父亲充满了敬意,心想长大了一定像父亲这样,做一个受人尊重和敬仰的人。

贴好对联,父亲开始糊灯笼。一个四棱四角用木条制成的灯笼,四面糊上麻纸,灯笼底部的十字木条间放着一个不大的油碗,油是老麻油,灯捻是用棉花搓卷而成的。这老麻油点着,燃烧时间长。村里人祖祖辈辈就这样,用简单而淳朴的方式,为过年营造一种独有的温情和别样的喜庆。灯笼是吊在住人窑洞正中间的。爬上垴畔,用一根长棍,一头系上麻绳落在院中吊灯笼,另一头用石块压在垴畔上面。一切准备就绪,就等到了晚上把灯捻点着,然后小心翼翼放进灯笼里,用麻绳稳稳吊起,整个院子通明。村里到处欢呼雀跃,孩子们成群结队,走东家串西家,看谁家灯笼明亮。一会儿鞭炮响起,年夜饭开了,大人们呼喊着各家的孩子回家吃饭。于是,年夜的灯笼都亮了起来,年味四香飘溢,在山间更加浓了。

月尽临近年夜的时候,孩子们还有许多事要做。各家的孩子提上筐子,去河沟的冰滩上打冰。有时不小心会掉进冰水里,好在沟里的水不深,最多弄湿衣裳。冰打回来后,在大人的指点下分别放在窑码头前,白虎(磨)与青龙(碾子)前,一起放的还有炭,表示来年财源滚滚、风调雨顺。所有的一切都布置停当之后,吃年夜饭可算是最享受的一件事了。以前穷,就那么几斤猪肉,做出来不要说吃,就是锅里散出的气味都让人口水止不住地咽。猪肉熟了,有一两根骨头当然给家里最贵气的孩子吃,这样的优待与享受,让人记忆深刻,终生难忘。接下来,孩子们翘首以盼的肉出锅了,几乎没哪家人家会放开吃肉的,都是留了大部分,用在正月里待客。锅里剩一点儿猪肉和腥汤,另外加上白菜、山馒片,还有自个儿压的粉条,满满一锅,全家人才开始吃了。那时,没有大米,村里人见都没见过,只吃黄米捞饭,拌上有猪肉味的烩菜,香得让人吃到嘴里咽都咽不及。这样的年味,持续了许久。我们从苦难中走过来,从饥饿中走过来,对于年味,都永远刻在记忆里了,那种近乎狼吞虎咽的吃相,留到现在是多么珍贵啊!

如今许多人说没有自己喜欢吃的食物了,包括过年,都感叹与平时的日子有什么区别呢？

月尽的年饭过后，一年的安生、静谧使你屏住呼吸。接着是给天神、土神、灶君各路神仙烧纸上香磕头，大人们从灶火里取出几块烧红的蓝炭，放到勺中，洒上几滴醋，通常叫"打醋坛"。一股灵气飞腾，各路神仙都能闻到。偶尔还有远山近邻响起一阵鞭炮声，这年味还未散尽，一切都沉浸在深山的安谧之中，有长者上山去"品山"了，他们看天色，品气候，新年实实在在的光景便重新开始了。

问"强健"

大年初一早早地穿戴好，准备挨家挨户去拜年问"强健"了。那是童年最神圣最美好的记忆。冬季的黄土地，看上去一片萧条，早晨的冷风钻进脖子里、衣袖里、裤腿里，那几声鸡鸣狗叫，还有院子里跳跃的麻雀，都在呼唤着我们。有时一家子有几个兄妹姐弟，大的拉小的，嫌走得慢，不停地埋怨，有更小的流着鼻涕，被清早的冷风吹得哇哇直哭。这是一个流动的早晨，一个有韵味的早晨，一个充满温暖的早晨。每去一家，问完"强健"，我们会拿到一些礼品。大男孩要一支香烟，女孩大都拿了水果、红枣、炸炸、瓜子，反正五花八门，每家给的物品都不一样。我们去的时候便准备一个塑料袋，所有的物品装进去统收。长辈们高兴，图个吉祥，孩子们兴奋，把这个传统当作一件神圣的事去做。这些更能凸显农村人教育孩子从小尊敬长辈，也是体现一种浓浓的亲情。在农村的大年初一，每年都是如此，问"强健"是必不可少的礼仪。

如今，一批一批的孩子长大了，都走出村子，每逢新年来临，几个留守的长辈说，孩子们开车回来一回，屁股都坐不热便要走了。这让人听得十分酸楚，年俗都成了一种形式，这种形式简单得让人心中有着灼人的疼痛，过去的热闹与温暖，只是提醒着我们找回家的路。

走亲戚

在老家，走亲戚同样是一件重要的事。从初二开始，与自家有血缘关系的舅舅、姑姑、姨姨等亲戚都要走一遍。很小的时候是父母领着去，后来是姐姐们领着去，再后来是自己去。过去的年月，还是因为日子过得紧巴，加上食物匮乏，我们走亲戚时竹篮里只带两包挂面，挂面贴上小方块的红纸，显得吉庆。另外便是八个馍馍，黄馍馍四个，白面和玉米面蒸的馍馍四个，不过在馍馍上面点了红点。就这么简单，去了问"强健"，吃饭。路远处住一晚，回来时拿去的礼物交换了一下，几乎是照着样子又拿回来。这样的年过了不知多久，后来自己工作了，城乡的食物丰富起来，我给亲戚们带饮料、带饼干，有时放点儿钱。然而，这样的年没有多久，姑姑们都走了，姨姨们也走了。不久，便陆续传来口信，许多亲戚去世了。我去磕头的时候，有一种难以诉说的滋味在心头萦绕。是啊，在城市里，上班下班，应酬差事，整天朋友弟兄，许多美好的东西渐疏渐远，我们丢了些什么？

有时静下来，心是空落的，哪儿也不想去。

关于这个年

从前是什么已不是那么重要了。但我老觉得，是不是有个地方有些人有些事在等待我？这个年自己长了一岁，外面不知何时下起了雨或是雪，半生的欢乐和愉悦、悲苦和忧伤，都在提醒我还要走很长的路。这夜，酒是热的，窗外是亮的，此起彼伏的花炮声都似曾相识，手机里传过来四面八方朋友的问候，我的灵魂有些游离，回复，走神。城市里浓重的汽油味，还有各种烈酒的混合味，地下污水发出的酸腐味都飘在上空。想到家乡的年呀，清澈、温暖、明亮的一张张脸，那么熟悉！

我已经写了很多关于故乡的话，这样不厌其烦地去描述，是因为在城市永远也没有自己的根。许多年前，我与酒沾上了边，年年"春来日渐长，醉客喜年光"，有时"眼看人尽醉，何忍独为醒"。王绩一生如此执着不变，而我在这个年里，从疲惫中醒来，一直心无杂念，开始做自己的事。

已经初五了，小年，这天过后，我会在上班的路上。

一个男人是停不下来的。

骆道桃源一地彩

汽车穿越过秦岭大大小小的隧道，到达洋县已是下午3点。车站门外，一溜的出租车排在马路边，来往客人少，显得街道冷清，没有我想象中的繁华。马路很宽，两边绿化带的树木油绿葱茏，鲜花盛开，空气很清新，没有一丝灰尘飞扬。洋县，这个属于汉中的县城，自古就有小江南的美誉。因为有汉江经过，地肥土沃，人长水灵，民风淳朴，我的第一感觉是生态很美丽，且以独特的地理优势，欣欣向荣的人文景观而蓄势待发。

这是一个清洁的年轻城市。

到了宾馆，站在门前四处张望，前面的广场上有不少人在锻炼。湿润清爽的空气沁入肺中，将我在黄土高原干燥的尘浊涤荡。没来洋县之前，我知道我国造纸鼻祖蔡伦出生在这里，后来知道我国秦岭四宝朱鹮、大熊猫、金丝猴、羚牛，都在此繁衍栖身。所以，我对洋县的理解是，在这个工业化进程的大环境中，发展容易，繁华也容易，原生态不容易，清洁更不容易，要使这些珍稀动物存活必须要具备后者。人与自然，人与动物如此亲近和谐，在铺天盖地的污染环境里，洋县因自然保护、生态建设而如同一个世外桃源。它给人们发出一个小小的声音，就是人类心底的一种自觉呼唤，这是从自然到自觉的过程中，细微的声音如此明朗。从蔡伦墓到华阳傥骆古镇，都有一种肃静与飞扬，这是一种神韵，带着我在大地上游荡。忽儿的雨、忽儿的风、飘浮的雾海云波，紧紧和树木草丛河流相依相靠。我仿佛听见，草木低语，溪水叙说，花儿歌唱，古老的栈道与古老的故事，都在这个古老的小镇上与我、与你、与所有的人失之交臂……

　　一座城镇，会集人群，吸引人们停下来感受它的沉稳和温暖。有时，游人驻足留下来的惬意总有一种归属感。9月的华阳小镇，虽然游人甚少，但清晨或傍晚，错落有致的石板街上，三五成群的人指指点点沿着傥河穿梭。当地人坐在商铺门前，悠闲自在地聊天或招呼游人进去看看。他们不像其他景区的商贩们那样，口若悬河地推销货物、不休止地涨价砍价，只是小本生意挣个顺心钱。看着店主有些笨拙僵硬的数钱动作，以及女孩子们有着几分腼腆的羞涩笑容，你会突然想起城市里四溢弥漫的乐曲里，一张张冷漠的脸，眼睛绿了似的盯着钱，有一种与生俱来的悲哀。而在此，那种悲哀如风消散，听他们娓娓述说着古镇的风土人情，我们的心情平坦而舒缓，自己浑身的每一个细胞刹那间拥有了活力。也许是因为洋县人这种豁达坦荡的胸怀，让我执着于对洋县的情结。山、水、动物、人，都有自己的个性、自己的精神。汉江深邃，傥河晶莹，古栈道神秘的幽静，都有着复杂而深沉的历史内涵，这让我排遣着孤独，心潮澎湃地找回另一种顽强和自信。

　　去洋县的第二天，在县委宣传部长路建侠等一班人的陪同下，我们参观了"纸圣"蔡伦的墓祠。许是为了展示自己独特的文化，头一天晚上我们观看了洋县艺术团自编自演的《汉龙亭侯蔡伦》，剧中关于发明造纸术的演艺，是否显得夸张？当我们走近古木掩映的蔡伦墓后，想象中的远古造纸术活生生地展现在众人面前：公元105年，蔡伦成功地用树皮、麻头、破布、破渔网等为原料，经过一次次的失败，终于造出了纸。那一天，虽说下着毛毛雨，但我们进入蔡侯祠后情绪徒然生出敬畏与悲凉。蔡伦虽为太监，发明如此震撼世界的技术，并被封侯，印证朝廷赏识其才能。然而，宫廷之争不幸地牵扯到蔡伦身上，在当时君叫臣死、臣不得不死的社会里，蔡伦当了替罪羊。在我的想象中，一时觉得人生无常，仿佛中国知识分子如此的命运，是一个时代的见证。我身在其中，有穿越的感觉。接下来看造纸过程，如同现代化流程一样，最后有一位老者站在一个小水池旁，用一个像网的东西，在浑浊的水中捞出纸张，这一技术让人惊叹不已。国人的聪明才智用语言无法表达，它具有的表现力只能心领神会。

　　在洋县，看到了朱鹮飞翔的壮观。路建侠部长说：这样的情景很少见，来此地的游人能看见野生的朱鹮从头顶飞过，这是好兆头。我们从自然保护区的巨大笼棚里看见几十只人工救助繁育的朱鹮，心底生出一种神圣的感觉。我不是教徒，但我相信光明、善良，相信慈悲为怀的大爱，人应该与这些灵性之物是相通的。据记载，从1981年发现七只朱鹮到现在，这一濒临灭绝的种群，在人类的精心呵护下已成功放飞一千三百五十只。在这期间，洋县人民做出了巨大的牺牲，农田不施农药，不去开矿狩猎，更无人去砍伐林木。从前靠山吃山、靠水吃水的日子，如今改头换面变成了另一种状态。一路上，宣传部的小刘就像朗读一篇抒情散文似的给我们讲着，这个世界尽管有许多缺憾，有不完美，但它依然有圆满，有美丽，有一片明媚的风景。无论是春天、夏天、秋天，还是冬天，树叶的变化，颜色的调配，任那风雨霜雪在天空中行走，洋县的包容与大城市相比，少了些狂躁不安，山水像人一样更加深刻和从容。这种感觉，给了我巨大的思维空间，世界上有许多事说不清楚，人与自然相处的奇妙、博大深远值得我们去爱，去敬畏。

作家刘亮程先生说：把朱鹮的叫声录下来，像音乐一样播放，让人和朱鹮贴近、交流。这种低沉、平稳、悠长的叫声，是生命的延伸……

我沉浸在这个世界里。

我知道，对于千万种鸟类来说，朱鹮是幸运的。它的背后是大批有志之士和无私奉献的大众。而在这个天然植物的基因库，野外生存的金丝猴同样是这种巨大支撑下的奇迹。地壳与地核的变化，大陆架的板块相碰撞，使动物的生存日益在挤压下失去了生存空间，许多物种早已灭绝，剩下的，有许多需要人类去关爱、去保护、去帮助，这才产生了洋县龙吟峡金丝猴生息地。放眼望去，山坡上、树枝间猴群各显其超群绝技，单臂挂、倒挂、嬉戏、打闹、玩耍，无忧无虑。更有胆大者，跑下山坡、越过河堤与我们亲近，人们拍照、送上食物。这些大自然的精灵，有着纯粹意义上的无所顾忌，或深情凝望或千姿百态，轻盈和谐，使我发现一个单纯、自然、善意的世界，仿佛置身于一个童话里。这是大自然之子，秦岭之子，也是人类之子。

这个被称之为"世外桃源"的地方，有着一千七百多年的历史。傥骆道曾经把关中与汉中相连。清代诗人曾用"城在山头市在舟，万家烟火一船收。上有宝塔系古渡，下有魁楼锁咽喉"的诗句来赞美华阳古道。如今往日的红火不见，驿站却依旧灵秀雅致，傍晚灯笼星星点点，旁边傥河流淌如语，身住此处，回归自然，心旷神怡，别有一番滋味在心头。有故人重逢，喝着古秦洋酒，芬芳浓郁的酒醇厚圆润，几杯下肚，秦风汉韵，个性鲜明，甚是惬意。关于文学的梦、关于未来的梦，不知不觉安之若素，忍不住对天空和大地轻叹：多好啊，不愧是"汉江明珠"！恐怕陶渊明老先生也会睁大眼睛出神，难怪杜甫、白居易、韦庄、苏轼、文同等如此看重洋县。

洋县这个充满神奇而具有活力的地方，不光有着自然风光的美，更有积淀深厚的民间文化。汉调桄桄悲凉情绪的苦乐，欣悦情绪的欢音，软、硬、快、慢的节奏，有秦腔的高亢激越之美，也体现出陕南地方音乐优雅柔和的特点，形成了自己鲜明的地方色彩和独特的风格。据资料所记，洋县还有"架子焰火""悬台灶火""黄金号子"等民间活动，这些都被列入国家级非物质文化遗产。洋县人正依托这些文化基因，用独具匠心的目光，打造旅游文化大县。事实上，行走在洋县的每一处，那雅静、精致的朱鹮梨园，如此大手笔地借助人文典故、经典故事建造在牛头山麓，凝聚了洋县人民的期盼目光，也让外地游客流连忘返。只要你去过洋县，一半的惊喜，一半的留恋，还有亲切的气息和风俗，那种享受已经深深地存在我的记忆中。今天，我回味着牵念的美丽，写着这样的文字，在黄土高原的陕北，眺望洋县的古道桃源，独自沉思，那是一地的绚丽色彩，像油画，特美……

第三辑 乡情

　　一眼望去,村子像被废弃了一样,没有一个行人,许多窑洞空空荡荡,有些阴郁,院子空旷荒芜,长满了野草,这是我当年出生的地方。不会有人在意,我竟成了一个游客……

又一个好人走了

——怀念陈忠实老师

我曾在几位好人离世后写过怀念文字，每写一次，我的心要碎一次，因为这些好人有的是长者、前辈，有的情同手足，是生死相交的兄弟。他们的共同点是以他们的人格与成就，在这个世界上为我们树立了做人的标杆。他们是一座高山，让我等仰望。他们宽敞的胸怀，能把尘世间所有的烦事包容，陈忠实先生就是其中一位。认识陈忠实先生二十多年了，现在回想起来竟是一瞬间的事。当初作为文学青年，我走进建国路71号省作协院子里，充满了好奇与崇拜，作协院内的每一间瓦房都有着经久不散的书香和文气。一批大家云集于此，一个个如雷贯耳的名字让我觉得战战兢兢。陈忠实先生后来说他和我一样，那时正倍受创作上的煎熬。事实上，改革开放后的中国以及中国人的生活日新月异，变化令人眼花缭乱，作家的写作面临新的挑战。我偶尔看见先生从办公室走出，一脸的疲惫，见面只打个招呼。要知道，先生十分平易近人，和关中老农一样，普普通通的。但我心里清楚，先生已经很出名了，是大家。后来听过他几次谈话，才知道他正思考着社会突如其来的变化小说应如何去写的问题。是的，在以后的十年里，他不停地思考，一头扎下去，回到自己熟悉的地方，终于写出了一部自己认为死后能当作枕头的书。《白鹿原》的问世，可以说让中国文坛发生了一次地震，先生支撑起了陕西文学的脊梁，同时在中国文学史上树立了不朽的丰碑。 我在北京，在全国各地参加有关文学会议，总能听到名家们不止一次地提起先生和他的《白鹿原》，这让我感到非常骄傲，似乎自己脸上也有几分光彩，沾了先生的光，作为陕西人是如此的自豪。那一年在西安丈八沟宾馆开作协代表会时，我去先生的房间看望他，人很多，一拨一拨地进进出出，各地来的作者却都有着一颗敬重的心，祝福先生健康长寿。先生不厌其烦地接待着，与来者握手交谈。这次，我认认真真地听了先生关于长安的许多故事，他一字一句给我们讲了长安的起源、形成和各个历史时期的演变。夜深了，我们担心先生的身体吃不消，起身告辞，先生起身送我们时还说："陕北是个出人才的地方。"谁曾料想，这是我听到先生最后的一句话呀！

  2016年4月28日，我从米脂出发到西安办事，29日早还和几位文友说起先生，他平和、温善、慈祥，在许多年轻的作者和读者面前就像父亲。也就在此一刻，有人从微信里看到，先生于当日早7点45分去世。我有些不信，打电话问作协的李子白，方才确认先生确实走了，世上的一个好人走了，文学界的一位巨匠走了……我去省作协大院，满目的花圈和涌动的人群，来自全国各地的作家、各界人士，男女老少纷纷前来吊唁先生。一种沉重与悲凉压着我。"一支巨笔，直书时序百年梦；千篇真文，尽抒乾坤万里行"这副挂在吊唁厅门前的挽联，让我感到一个时代的剧痛。看着先生的遗像，我思绪万千。吊唁厅两旁摆着习主席等中央领导人送的花圈，我想：先生给我们民族留下的思想和精神将鼓励后人永远前进。先生走了，他的容貌，掷地有声的口音，充满底蕴自信的眼神，将永远活在人民心中。

无尽岁月的戏剧

米脂老城小巷子，光绪三十三年（1907），中国戏剧史上最有影响和最具代表性的人物马健翎在此出生。

五十年前，这位戏剧大师去世。他一生所表现出来的风度，与许多名士一样，超出风俗的旷达、放逸，不以俗物萦怀的言行，让周围人缅怀和景仰。他是中国戏剧革命现代戏的开创者，是旗手。有人曾说："西北军事上有彭德怀，政治上有习仲勋，文化上有马健翎。"

2006年4月20日，马健翎的雕像在陕西省戏曲研究院落成。人们没有忘记这位戏剧大师的贡献，更没有忘记这位从米脂小巷子走出去给国人留下丰厚遗产的名士。马健翎自始至终把祖国、人民装在心中，作品无不是给人一种向上、积极、奋进的力量。这一天，戏剧界的名家们，更多的是后辈们，站在马健翎的雕像前，他们沉默着，静静地仰望着大师。人们心里都明白，也十分清楚，与大师相比，他们对戏剧的贡献远远不及，更没有什么建树。马健翎可以说超越了所有人的雄心壮志，那是一种何等的英雄气概！他的一生，表现出对生活强烈热爱的态度，他认为世上只有想不到的事，没有办不到的事。他的坚韧、好胜、不屈不挠的品性形成了令后人景仰的大师风范。他的言行有一种大气、旷达，更让人觉得蕴含在戏剧中，无人撼动。因为大师的几十部戏剧，部部都可以说是上乘之作。特别是大型秦腔现代戏《血泪仇》，在思想上和艺术上可以说在当时达到了巅峰。直至今天，依然是经典，大师的戏剧影响了几代人。我们能够体会的仅仅是那些戏剧产生的无穷意味，而仔细琢磨，一种熟悉的生活气息扑面而来。马健翎捕捉到土地、树木、溪流、村庄，还有形形色色的人。他独自一个人走进去，到这些景物的深处，在人们的内心深处，找到了答案，成为利用戏曲形式表现现实生活，斗争上成熟和在戏曲艺术上过人的大师。说马健翎一个人孤独走入生活深处的寂静，是因为他的目标总在远处，又总是在显露自身的难言情感。六十多部戏，随之而来的盛誉，马健翎承受这些光环。然而，大师有大师的难处，他有许多东西没有诉说，有许多东西被藏进内心深处，变成一片软柔的沉默。正因为此，当习仲勋专程看望马健翎、黄俊耀时，表示带他们去北京在中宣部或文化部任职，我的老乡自己不去而且对黄俊耀再三叮咛："俊耀，咱不去。咱不去哦俊耀。咱是搞秦腔、眉户的，跑北京做什么哩？咱不当官，咱搞咱的戏。"然而，米脂这块土地上成长起来的戏剧家，命运还是和他开了玩笑，这位被称为"美髯公"的艺术大师，无论如何也躲不过他人生的一劫。1965年10月18日，仅五十八岁的一代大师，含冤去世。就像他戏剧里的许多人物一样，让我们坐下来沉思，似乎在追忆什么。大师把一种超然的风骨、光明的向往贯穿始终，剧作中涌动着刚烈或凄美的力量，成了马健翎精神上唯一的高度。他因戏剧成就了他的人生，也因为戏剧而被迫结束了自己的人生。所以人们说："他的人生是一种戏剧人生，也就是秦腔的人生。"

是的，大师走到此谁也不知道他要到哪里。旷野里再没有其他人，他从米脂走出，怀抱理想，在中国社会结构和社会性质大变革的时候，马健翎和许多仁人志士一样，关注国家和民族的命运。他有强烈的责任和使命感，用戏剧做武器，从《一条路》开始，深受边区军民喜爱，他的《穷人恨》《中国魂》等受到毛泽东的称赞。彭德怀曾说："马健翎的一出戏，顶我十万军。"王震写信给大师说："《血泪仇》《穷人恨》前后看了五六次，希望你这位作家，有表现今天大革命运动中的伟大党和毛主席领导的群众自觉的伟大英勇斗争的新剧本上演。"似乎走到这里，大师什么都不需要了，他只要戏剧。换言之，戏剧是他生命里唯一的收获，仿佛他生就是为戏剧而生的，戏剧成了他全部的生活，也是他全部的生命。因此，我们说大师笔下的那些场景、人物，栩栩如生到今天，是他灵魂的体现。

可是，追忆只是一种形式。在大师的故乡，许多人忘却了一个孤独的游子。小巷子里大师的故居被厚厚的尘埃覆盖，窑洞顶上野草丛生。矗立在陕西省戏曲研究院的大师雕像孤零零的，让大师有些疲倦，他凝望着高楼外的远方，从他眼神中流露出来一种说不出的苍凉。他一生为之奋斗的秦腔、眉户等戏剧日渐衰落，特别是在大师剧作研究上，他所具有的地域文化和乡土情怀，许多东西遮蔽了更重要的内涵意义。

　　米脂是个神奇的地方，它养育过许多仁人志士，还有文人墨客，英雄们曾在此驰骋过。我们习惯于津津乐道，东街老巷子里的书卷气能抑制万千俗气。一千多年了，灰瓦苍檐，一声道白，几句唱腔，书册流连吼着满街风韵。只有岁月，才对应于人世沧桑。米脂人马健翎，足以让后辈人敬仰一生，他的风骨，还有作品的张力，甚至无尽的追求，让我们融化绝望，用生命点化生活……

　　小巷子空静，老而舒适。它沉淀下来，还有自己的风格。它十分温暖，温暖我们的心。

大爱无边

——米脂政协主席张海水关注贫困学生点滴

米脂县政协近年来在履行好自己职能的同时,在主席张海水的倡导带领下,不忘关注社会弱势群体。先后组织部分委员与社会各界人士,通过多方面筹措资金,对农村孤寡老人、贫困学生进行资助,受到社会各界的一致好评。

米脂县印斗镇对岔村张娜姐妹俩从小学便失去双亲,跟着叔父生活,困难是可想而知的。作为包镇领导,县政协主席张海水得知这一消息后,第一时间去对岔村了解情况,鼓励姐妹俩好好学习,不要有任何思想负担,并再三叮咛村干部在生活上要给予关照。回到镇上,张主席嘱咐镇领导每年把这两个孩子上学、生活等问题作为重点来解决,同时也纳入自己的工作之中。几年过去了,两个女孩从小学、中学,一直读到大学,张主席从未间断过对孩子的资助与关怀。特别是每到年关、开学的时候,张海水主席都会出现在姐妹俩家中,即使出门在外,他都要打电话叫别人代替他完成这个心愿。这种持之以恒的大爱令周围人十分感动,许多政协委员纷纷提出请求,愿意出资出力,为社会献上一份爱心。据不完全统计,在张海水主席的率先带领下,米脂县政协从六届委员会以来,机关干部和政协委员共向灾区群众、贫困家庭、孤寡老人等社会弱势群体捐款达两百多万元。作为生活在国家级贫困县的人来说,这份爱心远远超出了外界的想象。然而委员们知道,正是由于张海水主席的引导,这份爱不足为奇。因为,在物欲横流的今天,许多人失去人生方向,甚至失去自我,他们活得就"剩下钱"了,而"剩下"的这些钱对于他们来说,又醉生梦死,攀比奢侈,活得"人模人样"是一种"风光"。他们不会想到别人,不会有怜悯之心,在这种空前的道德危机令人担忧的同时,米脂政协的举措像一盏灯塔,给我们带来一束光亮。从六届委员会以来,张海水主席积极倡导,不停地为弱势群体奔走呼号,并且通过政协联谊交友这个平台,为困难群众、贫困学生牵线搭桥,使多少个家庭重新振作起来,树立了生活的信念。有许多面临失学的中小学生,重返校园,梦想未来。特别是在他的感召下,米脂县信用合作联社通过政协组织,设立了一个长远的扶助贫困大学生工程,政协综合研究室按照张海水主席的指示,全力配合信用联社领导,走村串户,进行摸底,落实第一手资料。通过实地走访,先后有二十名本科以上的贫困大学生得到资助。信用联社领导以大手笔的行动,第一年给每名学生资助五千元,从第二年开始资助两千元,一直到每名学生大学毕业。这一举动让所有人震惊之余,更多的是感动。信用社的举措,给社会又带来了希望与温暖,因为一个承诺、一个举措使这些学生改变了命运,也使这些备受生活煎熬的家庭充满希望。更值得人们思考的是,我们面对这火热的生活,贫困与富有在拉近距离之后,人与人的关爱是多么重要!

这是张海水主席的心愿,也是许多政协人的心愿,更是信合人的心愿。是的,一个心愿了结,另一个心愿开始……

灵魂的坚守与叙述

多年前，作为一个文学青年，我信心十足地在稿纸上勾勒出一个个故事，那些零散细碎的故事被自己认定就是小说，寄给文学刊物编辑部，接着而来的是退稿。编辑们的寥寥数语，都使我有一种莫名的挫败感，我确信自己总会失败的。可不知为什么，我内心中老是涌动着一些力量，让我这渺小个人在强大的时代面前，无怨无悔地选择，内心没有放弃，尽管有时觉得无奈。因为周围的人在生活极度世俗化的背景下，越来越没有精神焦虑，叩问灵魂的事也就无人问津。

中国的汉语太伟大了，当赋予它特别的语义时，你就会对它肃然起敬。我们的生活从什么时候开始有文字的叙述和记载，这让我们感叹："噢，生活原来如此。"当小说变成一个无声的世界，憋闷在胸中的一切有机会倾吐出来，变成一种有生命的作品时，我个人在强大的时代、功利的社会还有世俗的生活面前软弱地呼喊出来，一篇小说渲染着自己有些惊恐的情绪。陕北厚重的黄土、石头、凛冽的风、酷热的干旱、刺骨的寒冬……一切都是那么粗粝、暴烈，有时找不到一点儿含蓄的东西。我生下来就面对着这些，我常隐约地感到父辈们的那种宿命感，在仓促的行进中，他们别无选择，面对现实生活的残酷，甚至没有抱怨，我想这是故土给我们的一种启示。于是，在我的精神谱系里，有了一个文化人的"乡愁"。我的写作也就从此开始，一直想把生活以及人物内心最隐秘的变化轨迹勾画得清清楚楚，而且把文字赋予一种生命，更多的是内心对这片土地的回忆、寻找、纠结与分裂。

  在这二十几年里，我不断调整姿势，不断地去寻找自己。在娱乐文化介入这个时代的时候，我还是在犹豫、停顿、思考，写不出像样的东西。别人说什么时代了，还用稿纸延续一个文学梦的历程，这当然是一种理想在支撑着信念，还有无言的土地，近乎魔力般的在冥冥之中牵引着我，使我的目光停下来，审视人生、生活，从未有过倦怠。当然，也有了现在这样的小说。

岁月切割着我的灵魂

庙是陕北常见的,有着特定样式、风格的传统建筑。在我的家乡,我们小时候叫"三眼窑"的地方,曾经是红极一时的仙佛洞。供奉的是几尊佛像和菩萨,每年四月初四的佛事历时数百年,香火不断,朝拜者络绎不绝。好像那些年的保佑了众生,也温暖过人们的灵魂。若干年后,我长大了,看见那"三眼窑"已摇摇欲坠,到处残垣断壁,还有那座跨河的桥破烂不堪地摇曳着几块朽木,随时有断裂坍塌的可能。四周的野草飘飘摇摇,仿佛在嘲笑,这个神秘的灵庙蓦然间显出无数幽灵的画面,桥下面流水潺潺,太阳照射下升起一种图景。我站在那里,虚茫的幻觉里,用手牵住岁月流逝的真相,栩栩如生。对于庙与神的认知,柔绵的内心总会把童话复活。法家、道家、佛家三位一体,无边的力量凝固在桥中央的"仙佛洞"三个字上。仙门敞开,那些尘埃和旧址,都在戳疼我的心,世事的衰荣沉浮,怎么会酝酿成淡漠和绝情。人与神,自然与景,活生生地被我们自己斩断。

每年的四月初四,庙会如火如荼地举行,十几个村子上千号人聚在仙佛洞前,杀猪祭神祭天地。人们听完会长一番从神灵那儿或上苍那里领来的旨意,千遍万遍吟诵祈祷着芸芸众生平安,免受灾难,祈求果实丰收。而后香烟缭绕,锣鼓齐鸣,号声连天,十里八乡的人去会窑(办庙会的地方)领来一根木签。凭着木签喝上一碗小米汤或肉汤,这便是"领牲"后神与人共同欢度的一刻。袅袅的烟雾随风升空,那座桥变成了戏班唱戏的舞台，这一地点选得恰到好处，人们从河道两侧任何一个角度都能看见舞台上表演的大戏。齐河两岸的人，听那如诉如泣、激越、哀婉、高亢，如雷贯耳、百转千回的戏法唱腔，那旋律回荡在这条窄窄长长的沟里。也就从那一刻开始，仙佛洞开启了它的时代。

似乎一切都很久远了，仙佛洞的庙会与现代人毫无瓜葛。当在每位神灵前点燃第一炷香，带给人们的安慰冥冥之中确定了我的性情特质。我偶尔梦见，仙佛洞庙会戏台前站着的那个女子，她甩袖一瞥，神情忧郁，当我跟她对视的时候，喧天的锣鼓，还有所有的喝彩癫狂般响起。那女子婉转的身段一扭，瞬间与我成为陌生人，这断绝轮回、再无法往生的涅槃，对我意味着永远难以调整的思念。祖辈们说那是从我家山那边走下来看戏的貂蝉，这又是一个让人不敢触碰的沉痛，貂蝉成为一种象征，已经成为可以诉说的故事。而仙佛洞，一如之前红火热烈的场景那样，印刻在石崖里的某一个地方，若干年之后，我们都能听到这种"响动"。幽静的山沟里，正当中午的时候会从石崖上的泉眼里发出"咣当起，咣当起"的声响，有时是高亢的或极尽妩媚的哭诉，仿佛一个女子活灵活现，她的眉眼、身段、碎步是如此的迷人。这种近乎幻觉的东西，一直困扰着我。仙佛洞的神秘色彩任何人无法破译，那种神气鼓舞着村人们前行的勇气。而对于我来说，那远古的声音，直抵内心深处后带来几分震颤，戏曲如人生，台上台下相互地应和，赋予了一种华彩与尊贵，对于一个从那条沟里走出来的后生是多么的重要啊！

仙佛洞是家乡的一种文化和语言，如今早已丢得一干二净了。在城市，所有的晚会与音乐，都让我感到生涩。然而所有的庙宇都成了一种象征，其形式大于内涵，无论走到哪一个庙会，都觉得轻飘飘的没了底蕴。在我的印象里，20世纪80年代刚开始恢复庙会做祭奠唱大戏的时候，男男女女老老少少还蜂拥而至，看戏听戏的入迷，人们瞅媳妇看女婿传承着古老文化。如今，我发现对于一个从村庄里走出来的人，一路上丢失的东西已经太多太多，以至于我动笔前全身感到一阵凛冽。

庙还在那儿。这个世界上，究竟还有多少人诚心去顶礼膜拜？灵魂是否平静？那么，我要表达的所有文字，把我原来的模样重新描绘一遍，是否能还原？佛在心中，神灵知道。

我在心中常想大喊几声……

生活给写作者的恩赐

——读田文亮《葬礼文化》

我童年曾一直羡慕那些生长在城里的孩子。我当兵退伍后又一次明白城市人与乡村人的差别，同时也明白现实与想象之间的距离。尽管我一直用想象来代替一切，曾经不停地设想一个个事情会发生。是的，农村出生的孩子天生有自卑感，而且行动做事都十分胆怯，乡村的一切都不值得一提，太琐碎、太平常、太不起眼了。然而，当我选择写作这条路的时候，突然觉得自己所经历的成了一种财富。

田文亮或多或少也有如此感受。

也许对别人来说，我们的这种感受不过如此。但对于我们来说，因为这些经历和记忆，使我们从草根的民间走到文学的殿堂，与更多的人分享不一样的人生，还有无尽的快乐。毫无疑问，我们之所以能把自己的资源拿出来重新思考，尽管领域不同、方向不同、深浅不同，但欣慰的是，田文亮一直没改变自己农村人的身份，依然如此执着与坚持，这让我始终怀有敬意。在米脂，像他这样上了一把岁数，还把人间最自然的烟火之气诉诸笔端，让人尊敬。

田文亮与我不同的是，他属于城中的农村人，城市的许多习俗多少感染着他，传统文化的韵律一刻也没有停止过在他内心世界的激荡。在城市里的农村人生存地位极其尴尬，日子也过得艰辛，低调羞涩中他诚恳地面对现实，做事都妥妥帖帖，做人小心翼翼，他青年时的疑难和困惑，直到后来才用文字解答。于是，他写诗、写散文。有一年他被米脂中学聘用编写校志，正式成为一名编辑。他喜出望外，好几日激动不已。因为，这是他有生以来第一次坐办公室，第一次在工资表上签名字领薪水，同时他也是第一次有了一种成就感。

大概是从小受父亲的影响，写作给了田文亮另外一把不同寻常的思索人生和世界的钥匙。毫无疑问，米脂县城南寺渠有比县城更具体的民间文化，在文屏山下一个不起眼的山沟里，凉水沟可以说藏龙卧虎，有不少的民间艺人，捏泥娃娃、剪纸、风水卜卦、庙宇香火，特定的地域蕴含着丰富、深刻的历史意味和文化意味。田文亮在这种环境中，把民间的智慧、民众的意识、民族的生存不可缺的精神支柱——民俗文化认认真真研究和记录下来，形成了他独创的《灯谜》《婚俗文化》《葬礼文化》近十几万的文字。这种传承、回顾、梳理，无疑给米脂大文化增添了色彩，使我们对几千年形成的婚嫁、丧葬礼仪，写得较为客观，符合米脂的实际。特别是这本《葬礼文化》，他从小耳濡目染，父亲从事的行业，让他铭记心中，生活的琐事，都必须依俗办事。米脂的葬礼十分考究，人们的行为、礼节、活动的记录与形成、生存形态、宗教信仰的影响，使这种文化悠久而厚实，其中也体现了一种孝道文化，对死者的追思与缅怀，让活着的人坦然满意。葬礼的仪式不仅是一种形式，它有一种展示性，得到浓重的渲染后，整个仪式包含了生者与死者的对话，这种念祖怀亲的宗教般的特定习俗。田文亮在认知与阐述过程中，对作为人生的终结过程非常细致地从形式与内在的变化表现出来，这无疑是对本土民俗的一次挖掘与拓展，也是对米脂大文化的独特贡献。所以，对我们的启发非常之大。

田文亮写作在文化立场上追求完美。他把民间民俗的元素隐藏其中，同时，一辈子不固定的生活使他更加纯粹，他的写作有着鲜明的个性化趋向，在《葬礼文化》等民俗梳理中真正做到在方寸中见天地。或许，有些结构、安排不是恰到好处，有值得商榷的地方，但对于一个农民、饱经风霜的老者，强求是多余的了。

作为朋友，到此时我才明白，生活和命运被改变，来自于作者能寻找到对抗现实的力量，赋予田文亮强烈的自我意识。即使他面对当今更加眼花缭乱的生活时不苟同，但对文化、文学以及写作，田文亮可以在当下生活中没有缺憾。我甚至认为，真正的文化人逆时而不苟且，这才是一种写作的风骨。

作为文化传承，《葬礼文化》让我们看到了作者的鲜明主张，生活给他的恩赐是无穷尽的。

我祝福田文亮。

有一种生活叫坚持

我是从偏僻小村庄走出来的人。二十几年过去了，回过头一看，自己这么长时间坚持写作，究竟为了什么？现如今，既不用远走天涯闯荡，也不需为生计而奔波，有一份稳定的工作，在别人眼里，特别是农村人眼里，已经够安稳够幸福的了。岂不知，我在小县城的某一角，还在追求着属于自己的那个梦。那梦便是文学给我带来的快乐和成就感，尽管有时很困惑、痛苦，写了这么久，没有名世惊人的大作，但老天赐给我的这种热情与信心，让我获得的满足绝对是无法代替的。每当写完一篇小说或散文，那种轻松和愉悦，周围人无法体悟。所以，我写作也不为什么，只是做自己爱做的事，就像一个人爱喝酒、爱养猫遛狗、爱养花种草一样。时间飞逝，我之所以无怨无悔地不放弃写作，是怕一点儿爱好都没有对不起自己的生命，对不起家乡缠绵自己一生的温暖。

然而，写作又是一件非常让人难受的事情。怎么写，写什么，如何叙述，用什么样的方法技巧赢得众人喝彩？每写一篇，都是一样的痛苦。于是，乡下一个懵懂的后生怀揣梦想，从村里那条叫仙佛洞的沟里出发，一路保持着充沛的体力和饱满的热情，克服种种生存中的艰辛与困难。于是，生活中有两个自己，一个是平平常常上班的一名干部，另一个便坐在家里那张桌前，夜静时，摊开纸，拧开笔，脱胎换骨地完成自己青年时的梦。这个梦从青年到了中年，尽管有些惭愧。

《在西安》是我很久以前一直想要写的东西，但我一直犹豫，没动笔。20世纪80年代，我一个文学青年，找了个由头去一家杂志社打杂。在编辑部，给我带来了巨大的收获，也使我经历了一次精神意志的磨炼。我一边干活，一边学习，拼命读书，了解了编辑部里的人情世故，还有大城市扑面而来的陌生。十三朝古都的威风让我虔诚地感受到了另一些生活与人，这种真相时刻拒绝着我这个一腔热血的陕北后生。我在西安谦虚地学习，老实地做人，有时显得笨手笨脚，傻乎乎地不知所措。我明白，要实现梦想，就要把自己的欲望与野心释放，这绝不是一件容易的事。现实直面扑来，有时像冷飕飕的风一样，刺骨的寒冷。在西安，一个外来人，无论你怀揣多么伟大的梦想，面对它，你不得不小心翼翼，有时浑身打战……

其实是二十多年前的事了。《在西安》像时间里流淌的一股溪水，从我的记忆中闪现出来，我不知道这是小说，还是纪实散文；用这样的形式，这样的叙述与节奏写文章，不知读者如何评判。反正，我喜欢这样表述自己的那段生活，其实里面还有许多回避躲闪的情节，因为尺度很不好掌握，怕得罪人。时至今日，我尽管在庸常的还有些错综复杂的生活中努力地不依不饶地对精神世界进行追问，但我又似乎游离在生活之外，机械而单调的生活让自己变得越来越迟钝。所以，《在西安》写出来，回忆起那段人生状况、生存环境及追求未来的一种迷茫，都让我深感不安。年纪长了，深藏在心里的所有都赋予作品，灵魂才会安然。

我相信，对于现在的年轻写作者来讲，写作是一件水到渠成的事，没必要那么自己煎熬自己。但我们这一代人，特别是选择了写作的，一直在调整着自己放飞梦想的姿势，总希望有鲜花捧上。

仿佛要表达的太多了，一下子不知从何说起。感谢魏建国主编让我如此谈创作，他电话打过来的时候我真有些忐忑不安，写什么都难以下笔。就此打住。

靠近鲁迅一点儿

很想写一篇关于鲁迅的文章,但一直没有这个胆量。因为鲁迅在人们的记忆中太高大了,况且在鲁迅身上,有一种比常人更有民族精神的力量,他的仇恨悲慨都是那么独特地表述出来,写出来的所有文字感觉是他咬着牙告诉我们的。几十年过去了,没有多少人再那样有高度地叫我们如此神往,他精神的高度,像一座高耸的山峰,无法逾越;现在精神上的颓废,让我们生命的落空越来越体悟到鲁迅的深刻。

有一日,市新华书店经理李海涛送我一套鲁迅全集,我欣喜若狂,因为这是我梦寐以求的。大概因为经济原因,我一直想拥有一套鲁迅全集而未能实现。李经理是我的战友,一次见面说起此事,他十分爽快地答应送我一套。这下,我便有空细细品味鲁迅了,从前断断续续读过的文章一下子有了连贯性所产生的张力,叫我心潮澎湃。鲁迅的神韵与情怀,气息与格调,傲然挺立的形象,我敬畏之余,慨叹当初无人理解他的作品。

在中学时的课本里学过鲁迅的文章,把《祝福》《孔乙己》《狂人日记》《从百草园到三味书屋》《论"费厄泼赖"应该缓行》《故乡》等当作经典而读。我现在才明白过来,那时我们根本不了解鲁迅,更读不懂他的作品,尽管老师用尽浑身解数,为我们讲解鲁迅作品里的情节、人物、故事背景。然而,就像鲁迅在《故乡》里所描述的一样:"我所记的故乡全不如此,我的故乡好多了。但要我记起他的美丽,说出他的佳处来,却又没有影像,没有言辞了,仿佛也就如此。于是我自己解释说:故乡本是如此……"鲁迅就这样，一直宁愿自己在抑郁中承担历史，在自我挣扎和坚持中不断前行。在特定的社会环境中，他的性格，让他内心经历比别人更为痛苦的磨炼，他的感情无人体会。

鲁迅是哲人。他关注社会、生活与人的时候，常常用另一种视角去审视。他在解释社会人生时，把自己的苦闷化作了梦，同时也化作了超越时空的想象。《野草》里呈现的迷离恍惚，成为他哲学体系的反向思维，他的这种哲理性感悟，使《野草》成为现代文学的一面镜子。"过去的生命已经死亡，因为我借此知道它曾经存活。死亡的生命已经朽腐。我对这朽腐有大欢喜，因为我借此知道它还非空虚。"鲁迅在解剖别人的同时，也不断无情地解剖他自己。这必须有哲人的勇气和担当。所有这些，不是一个文过饰非的知识分子能做到的，更何况，中国人虚荣，好面子，更不容易做到。

读鲁迅的作品，酣畅淋漓，除出一口恶气外，更多的是感悟到一种积极的人生态度。他把生命、思想、写作融为一体，于是，大爱与大憎成了他思想的重要组成部分。现在，我们无法寻找沉滞落后的中国知识分子所洞悉的那些深广和久远的苦痛，但从文学里，我们读到了鲁迅为民族的生存和发展而"呐喊"的一生。他的屹立，就是为了给人多找一些缺陷，直到他们看懂了为此改变。所以，鲁迅偶尔也在作品里隐藏着无意识的孤独，甚至背叛。他的确是名战士，勇往直前："我也是人，他们想要吃了我……"鲁迅反抗、斗争，这样一来，他自己说自己身上有"毒气"也就不足为奇了。

"如果我能够，我要写下我的悔恨和悲哀，为子君，为自己……"鲁迅铮铮铁骨背后也隐藏着残缺和脆弱的一面，他许多诗词散文中愁思无尽，对家庭亲情的怀恋，让我们读了感慨万千。这种过分伤感的自我意识，蕴含了更为丰富的属于鲁迅的特有心情和思想。重读鲁迅，让我感受到从未有过的清醒，这是一个用灵魂说话的人。"记得一切深广和久远的苦痛，正视一切重叠淤积的凝血，深知一切已死、方生、将生和未生。"这样的胸襟与风度，豪放的作家必须像鲁迅。

今秋满怀哀伤

——悼李海林

这是一个很清爽的清晨，陕北连续几天的秋雨刚刚过去，当东方的第一缕朝霞还没有从文屏山出现的时候，一个令人窒息的电话打来，李海林先生去了！

我曾经和李海林先生在酒桌上开玩笑，按照正常规律这篇怀念的文章早晚要写的，但实实在在没想到来得这么快。李海林先生按说是我的父辈，多年的交往中我一直称他为老哥、兄长。最初认识是早在他当检察长的时候，官大，没架子，和我这个小兄弟推杯换盏，各不相让；后来他当了人大常委会副主任、政协主席。在此之前，更早的时候他在供销社与乡镇上干过，一步一步走过来，无论他职位怎样变更，始终有平民情怀。作为农村出来的孩子，他说不容易，但也满足了。有时我们见面总要戏说一顿，方肯罢休。然而，这个噩耗还是传来，李海林先生从此真的与我阴阳相隔，再也不能相见了。

记得去年4月，我们一块儿去榆林开会，我住十八楼，他在十四楼。晚上闲着没事，我与榆林几个朋友在外边小饭馆喝酒叙话，李海林打电话说他有愁事，叫我立马回饭店。我想我出去的时候曾约他一块儿走，他说有事不去，现在又急着让我回去，肯定有事，那时候我还不知道他身体情况，回去后他已把妹妹海如送他的两瓶酒打开，笑着说这是专门留给我的。

我们喝酒，从来没想过什么，人生几何，对酒当歌，这样豪迈与真诚，在任何境况下是寻找不出来的。他只是说自己少喝点儿，有些不胜酒力。

以后的日子，他约我几次，我也约他一块儿聚聚，无论和几个性格怪异的老汉，还是和一帮小年轻，在酒桌上他都是核心人物，命令谁喝谁就非得喝，不然他会亲自给你灌。这十多年他从领导岗位上退下来，一边做着慈善工作，一边享受着生活的乐趣，就像一台永不知疲惫的机器。李海林难能可贵的精神，还有他硬朗的身板都叫人羡慕，认识他的人总是说，他喝酒、抽烟没耽误身体，就连老年人常有的"三高"都没有。在朋友中他有说不完的玩笑话，豪爽直率，从不拐弯，眼中神采奕奕，事实上他文化水平不高，他的语言有板有眼有劲，不论是口头的或书面的，都让人感觉出他对是非的明辨与坚持，以及充溢在心中的善良与慈悲。

今年有几次相遇，急急忙忙，大家都为生活而奔波，而他正为慈善事业筹集款项，准备资助那些贫困家庭的大学生，还有农村遭遇突发事故的家庭。然而，我不曾想到的是，没几月，我打电话时他说自己出差了，后来才知道他已在西安住院了。当时不以为什么，住院是人生正常的事，哪一个人还没有头疼脑热的病？可以后的消息让我觉得不安起来：李海林先生已做了手术，非常大的手术，而且不是"好病"。我当时一听，就感到大脑一片空白，怎么会这样呢？人竟是如此不堪一击。瞬间，我感到人生好凄凉！

在住院期间，李海林的手机一直关着，我无法与他联系，只能通过其他朋友不断地打听他的病情。当我得知李海林的确不是"好病"时，心中还是有些怀疑，一个好端端的人怎么会突然就有这种病呢？是的，我心存一丝希望，总想着许多的人做过手术都能好起来，何况像李海林这样的人，他一辈子经历的太多了，不会把任何包袱背上使自己一蹶不振的。

那日中午，李海林从西安回来后我去看他。他坐在炕上，很疲惫，一脸的憔悴。我就开玩笑地对他说，您是不是负担太重了，什么世事没见过，想开些，好过来弟兄们再一块儿红火。李海林笑了一下说没事没事的，一定红火，就是怕酒喝不成了。我发现他笑得很勉强，家里人说，他这些日子心情一直不太好，有点儿压抑。听说他母亲还健在，一个九十多岁高龄的人，这让他实实在在放心不下。

李海林经过两个多月的生死挣扎，还是没能闯过这个坎，他闭上眼睛，把所有的事情都平平地放下不管了。

　　李海林常常给人一种亲切和温暖之感，他对人的关心不是表面的，是具体的，是润物无声的。记得我们几个毛头小子刚开始办《米》这本杂志时，创刊号是自个儿筹钱印刷的。后来把这事说给他听，对于一个行政领导来说，他本可以置身事外，或者找些理由推辞，李海林听后却义不容辞地表态支持，而且把《米》这本杂志作为政协主管的一本文学刊物，这在全国可以说是独一无二的。政协办一本纯文学刊物，引起一阵轰动，李海林说他是精神上的帮助与扶持，办刊物好坏全靠你们。于是，《米》这本杂志一步一步走出了艰难的困境，成了宣传米脂文化的一个窗口，也成为米脂作者表现自我、与外界沟通的一个平台，最终得到县委、县政府的认可，同时也为培养米脂文学爱好者发挥了不可估量的作用。如今，《米》杂志已出版整十五年，他始终是编委成员之一。有时他称赞我对创作的坚持，也夸我编杂志的认真，而我深知，真正帮助我几十年文学创作的人，恰恰是像李海林这样的一批老同志、老前辈、老兄长。

　　只是这个秋天，李海林悄然离世了，他没有收获2014年的喜悦，带着许多遗憾在这个秋天倒下了。多少年来，我们大家并没有发现他点滴的病况，连家人也不曾发现他有任何的不适。对于米脂许多人来说，更确切地说，对于米脂的文化人与贫困的学生家庭来说，李海林的突然离去，使大家心情特别沉重，还有止不住的惋叹。因为，他从行政领导退下后，一直是米脂黄土文化研究会的会长，以后又兼任米脂县慈善协会会长，他用余热不停地奔波、呼号，为振兴米脂的文化，为下一代年轻人的健康成长，站在高处，留给后人作为知人论世的根据和借鉴。

　　此刻，我脑海里只有李海林的影子，他还是那么自信地走着，悄无声息，分明是喝了酒的样子。我说，你猜米脂街上谁最没"威信"。他笑了，如此灿烂。他说，有那么回事，某天酒喝多了，挡了个出租车回家，找不到回家路，让司机转了多少圈。又一回，他没喝酒，夜里站着挡出租车，碰巧是上次那司机，人家一看，踩油门走了，没拉，"威信"就这么不好。我也笑，从交往的这二十几年看，李海林的豁达与宽容是他最大的优点，他见我后也戏谑地唱："艾好湾的山来艾好湾的水，艾好湾出了个华主席。"我姓毕他有意念华，他说两个字差不多。我们就这样彼此玩耍着，如今却俱是异乡人，相见更无因！

须愁春漏短，莫诉金杯满，遇酒且呵呵，人生能几何。此时，黑夜笼罩着我，我分明听到你的心跳与声音，还有一副老顽童的模样。可是，一层泥土将我们永远相隔，我周身比黑暗更黑，你在黑暗里气喘吁吁，我在灯光下泪流满面……

真是忆君君不知呀！

我只有把这种怀念，交给宇宙间的水滴去，让它慢慢稀释。

这个秋天，我触摸的忧伤，已经牢牢地钉在这块土地上。一盏孤灯，会点燃在你坟前，可惜酒桌上，永远有一个空缺。

一个好人走了

——悼旺林

那天在出门的路上，是同事接到电话说李旺林走了。

秋天的黄叶一直飘落着，无声无息地坠落在我眼前。记得二十多年前，我第一次见到李旺林是在某个饭局上，他个子不高，神情温和，最显眼的是戴了一副眼镜。他和大家说笑、摇骰子、喝酒，颇有儒士风度。李旺林穿着很普通，在我看来，他就是一个来自基层的乡村干部。我和他不熟，他却说知道我，读过我的小说。我有些诚惶诚恐，赶忙起来敬酒。朋友介绍说，他是医院院长兼主治大夫，还发表了一系列临床医学理论文章，这更让我敬仰，再碰三杯，算是彼此相识。后来的日子里，我们就这样交往，相互探讨生活、人生，更多的还是在酒场上，他是老兄，一切听从他安排。我多喝几盅，他说醉时清醒，醒时若醉，其文含五谷精华，一生幸福温暖。

秋天的落叶有时就像人生，静悄悄的无翼无啸，坠地的刹那间，不知是否还有焦虑？旺林兄一生自信、乐观、坦然，他恪守医德，然而，他却在与病魔的斗争中输了。他从西安看病回来，我去看他，精神稍显不振，但依然一副满不在乎的样子。他说自己给人看了一辈子的病，自己如何面对心里有准备，就像有人说"长生堪笑杠求药，适性何妨自把锄"。何况他一生只行医看病，便得满世尊敬。我觉得他真的不会有事，这样一个好人，我们共同有"月满中庭春睡早，星辉北斗酒醒迟"的开阔胸怀，怎能倒下呢？

就我了解，李旺林是他们那一代人中吃过苦头的人。他从小被过继给他人，种种遭遇，使他勤奋学习，厚积薄发。他率真，热情，才华横溢，然而他不会做官，对世事无法洞察，他从不隐瞒自己的观点，有时不入潮流。他全靠对生活的热爱与对事业的追求，一个从小山村走出来的农民的儿子，刻苦钻研医学，在米脂成为人人尊敬和爱戴的人。提起他，只要经他医过的患者，大家会异口同声说他是一个好人。在当下，能得到大家公认的好人已经不多了。像旺林兄，没有做过显赫名位的官，又没有惊天动地随波逐流，他只是一名普通的医生，几十年如一日地视病人为亲人，从未有过抱怨，而像讲别人故事一样娓娓道来，不分白天黑夜地操劳，过清闲的日子太少了。所以，他的离去，在米脂引得一片震惊，人们叹息，人们赞誉，人们流泪。他这一走，对于米脂的医疗界是巨大损失，更是米脂县的巨大损失。我看见，那天送别旺林兄的人络绎不绝，长长的送行队伍里，有人抹泪。是啊，一个好人走了！

我曾写过一篇短文叫《好人旺林》，试图读懂这位心中装满爱的兄长，给世人诠释一个当今好人的真正内涵。然而，宥于自己的能力，仅仅数语，不尽如人意。我和旺林兄私下里曾说，等他彻底休息下，我有空一定为他写一本书，一本全景式书写他一生的书。他乐意，并十分谦逊地说，其实也不值得一提，《好人旺林》已经够夸奖老兄了。之后，我在他办公室闲串的时候，发现他打印好厚厚一本发表过的论文集，我便劝他正儿八经出版，一是对自己临床实践理论的总结，二是可以留给后人研究，特别是能让年轻的同行学习，他同意了。于是我找出版社，找印刷厂。旺林兄一篇一篇逐字逐句地修改，我看着他修改过的文稿，心中更是充满了敬意，他把标点符号、有关数据、临床关系表格反复斟酌，这种对自己对读者负责的一丝不苟的精神，让我这个写文字的人觉得汗颜。因为，我常常对自己的文章不认真修改，这件事影响了我以后的写作，感触也最深。待他的《临床医学论文集》正式出版后，他请我喝酒，并且捧上带着油墨之香的书籍送我。他在扉页上这样写道："没有毕华勇贤弟，就没有《临床医学论文集》的出版，谢谢啦，我的良师益友。"我心里有些惭愧，觉得旺林兄抬举了。饭桌上，他谈笑风生，神情依旧。看着他心情甚好，我说对于医学自己是门外汉，老兄非得让我班门弄斧写序，真有些惶惶不安。旺林兄成竹在胸，不紧不慢地说，你兄弟一生夜雨孤灯，平生烧酒沉醉，一饮世事皆空，值得我学习，这序非你莫属……

我们虽在一个小县城，但见面不多，此后在电话里问候或在短信中互道珍重。在我的意识里，旺林兄自己是个医生，这样一个心胸坦荡的人是不会有任何意外的，可当我知道他病危，多余的嘘寒问暖未免有些矫揉造作，故没有主动打电话。一个多月过去了，听周围的人讲，旺林兄已经不出户了，整日待在家里，或坐或卧，一定孤独与寂寞。我忙于世间繁事，偶尔打开电脑挂上QQ发现旺林兄在，欣喜万分，心想不像别人所说，旺林兄一定会平安无事，故没有打扰。可是这样的日子没多久，旺林兄便匆匆走了……

在这个忧伤的秋天，从未有过的单薄让我这样无助。有时候，一些莫名的恐慌从心底升起，周围的许多朋友、知己突然离去，情未了，心已尽，旺林兄有十足的理由走好……

我曾这样写过旺林兄：对全米脂人来说，李旺林的威望与医技都成了一种当然的荣耀，而一流的医生坚持数十年则是米脂人民的福祉。他一生勤勤恳恳、无怨无悔地行走在治病救人的道路上。旺林兄把平安、幸福以及温暖，丰富地贡献给了这块土地。当今社会，小地方同样浮躁，旺林兄为人是首屈一指的。

李旺林的一生，包容了许多宽厚与善良的东西，那就是让人敬重的人品与医德。他只求耕耘，不问收获，生活简单，行医求精，在不计较吃苦受累的过程中，心中获得一种苦行僧般成就的快乐。我们做不到，也无法相比。在当下，我们如此生活、工作在舒畅的环境里，开会、看书、喝茶、饮酒，从来不认为生命如此不堪一击，细想，生命是什么呢？

旺林兄留下的，让我仔细品读。他生命最重要的部分，足以让你我涌起莫名的感动。在米脂，旺林的离世，让许多人心魂震颤，默然流泪。

一个在人们内心中被认可的好人走了……他做人的标高时刻是温暖的。

我尊敬的长辈和读者走了

  我以为，现在无论怎样说起这个普通的老婆婆，都不足以表达对逝者的哀悼之情。老婆婆一生热爱生活，过着普通人实实在在平淡无奇的日子。她对世事的看法同样平淡无奇，有许多事必然要发生，听之任之即可。有一阵子，我和老婆婆的二后生同在文化部门做事，自觉看一些文学的书籍，偶尔去院子石坡上转转。那儿有一院窑洞与厢房，老婆婆就住在那儿，我渐渐地和老婆婆熟悉了。我发现她不仅身板硬朗，而且善谈，往往几句话，就把道理说明白。一来二去，发现她见识宽博，修养深湛。一个从旧时代走过来的人，历经风雨霜雪，该见的见过，该吃苦受累的也受过，如果没有与她交流，也许不会体悟到老婆婆对生活、对人生的豁达态度，还有乐观向上的精神，这种修炼我等后辈远远不及。用通俗的话说，在当下芸芸众生中，许多人脑子是糨糊，满腹心思争名夺利，生活得十分浮躁。而老婆婆有思想有见地，其做人做事，往往令人折服，邻居无不称赞。随着年岁增长，她保持着最清明的理性，在当下是难能可贵的。

  关于老婆婆的为人做事，许多晚辈追忆多多。而实际上，老婆婆是一位对中国传统文化深刻了解而努力生存的伟大母亲。因为她在大苦大难之中的镇定与掌控，才使几个儿女一个个成家立业，成为社会栋梁。更令我惊讶的是，老婆婆只上过几天识字班，谈不上读过书，她却在市井生活中，坚持不懈读书。在她心里，读书学习是一生的事，即使在日常生活里，也有着自己的另一种追求与向往。所以老婆婆有了常人无法企及的态度。在她眼里，我算是个有文化的人，有几次说起我的小说，她把某些细节讲出来，这正是善于把日常生活情绪转变为文学审美情趣的过人之处。

老婆婆是我作品的忠实读者，她把晚年面对死亡带来的痛苦始终用平淡心看待，她觉得无须举行隆重烦琐的仪式，无须呼天抢地，旷达之至，想得很开。作为晚辈，我对她无比尊敬；作为一名作者，能有如此忠心的读者，更是信心倍增。此刻再忆起老婆婆的朗朗笑声，有一种纯粹的力量鼓励我尽可能地长久写作。

老婆婆名叫冯素英，她的精神在我心中永存，她对生活至情至性，相信在天堂中，她同样快乐。

追求生命的意义

近年来，在市场经济大潮中，文学艺术创作一直处于低迷的状况，创作者在这个多元化的时代迷失了方向。在人们的价值观被社会大环境影响、面临挑战的关键时刻，习近平总书记在文艺工作座谈会上的讲话，及时地为新时期文艺工作指明了方向，就像七十二年前毛主席主持召开延安文艺座谈会一样，其意义伟大而深远。里程碑式的纲领性文件，指导广大文艺工作者在中华民族伟大复兴征程中实现中国梦，坚定文学自信，增强使命自觉。

习近平总书记的讲话高屋建瓴，语言朴实平和，让人倍感亲切。作为一名文学创作者，我深受鼓舞，许多年来在创作中一直纠缠自己的困惑，一下子有豁然开朗的感觉。我们经常讨论的写什么、怎样写，对自己作品他人作品或他人的创作持怀疑态度等问题，还有许多文学作品为了跟随市场，沾满了铜臭，当这些问题出现在文艺生态环境中的关键节点上时，习总书记的讲话如一剂良药，精辟阐述了创作导向等一系列重要观点，内涵丰富，立意高远，让我明白了一名作者应该如何去写作。把自己的作品价值首先放在精神方面、文化方面，遵循创作规律，对生活常怀有敬畏之情怀，对人民有深重的血肉情怀，像柳青所说："作家的倾向，是在生活中决定的；作家的风格，是在生活中形成的。"所以，我自己在今后的创作中要脚踏实地，拒绝浮躁，面对生活中的各种诱惑，要有定力，追求真善美，弘扬正气，为时代而歌。

习近平总书记的讲话以广博的文学知识与文化见识，说到了每位创作者的心坎上。我从事文学创作近三十年，写过一些读者喜欢的作品，在这三十年里，我从一个文学青年成为人到中年的写作者，回顾过去的作品，其实我对文学没有什么特别的看法，只是一种想诉说的表达，满足自己把心思说出去的欲望而已。但对于生活，我始终关注着，积极拓展对小人物生存状况的探索，但有时也急于求成，把许多生活表现成简单的、机械的，甚至孤芳自赏，小情调地去写作。而这三十年唯一没变的，是我对文学的一腔热忱，这种坚持难能可贵，因为有许多同行都不再写作了，我还不知疲惫地操劳一个又一个日子，整天踌躇满志地坐在桌前，摆脱生活中的怯懦、卑微，坚持做自己的理想主义。但是也有悲愁，因为在当下的环境中，想做一名理想主义者，与时代合不上拍，周围的人忙于挣钱发财，我却生活在另一个边缘。

这种复杂的心态，让我从只关注自我的生存状况变成一个关注群体、大众、民族的思考者、倾诉者。习近平总书记的讲话让我更加找到了自信，在未来的时光中，我还会认真地写作，更关注陕北这块土地，特别是农村，不会因为城市化的进程，忽视了自己熟悉的土地，历史会把它的定位放在这独特的人群身上，我的写作也将会接受新的考验。

与此同时，我也深知，一个写作者的责任与担当，有时说着容易，做起来很难，而且守住底线更难。现在不少人忽视文学，轻视文学的意义和价值，更有人对文学创作者不屑一顾，这种被别人认为无聊的事情，需要我们一起努力，改变人们的认知，这要有一个过程。文学给人的，是整个民族和人类存在的一种价值，我们有幸成为这个时代的记录者，就必须认真思考，尽管这是一个既痛苦又快乐的任务。

习近平总书记指出："文艺不能在市场经济大潮中迷失方向，不能在为什么人的问题上发生偏差，否则文艺就没有生命力。"是的，这就意味着我们的写作者，需要永葆自己信念的操守，在伟大时代的变革中，绝不随波逐流，用习近平总书记的讲话精神，陶冶自己的情操，立足本土，放眼世界，努力创作出无愧于时代和人民的经典之作，温润人的心灵，提升人的境界，通过文字来寻找自己生命的意义。

观《平凡的世界》所想

1992年11月17日路遥去世，这位在中国文坛上罕见的、具有重要影响的作家，在世时非常孤独。他正艰苦地为自己的下一部小说谋划着，最后倒在回陕北的路上。但是，他死后变得非常辉煌。在他的追悼会上，所有仰慕他的人，陕西文学界的名流齐刷刷地到了，为失去这位文坛汉子而痛心，来自全国的唁电像雪片一样，还有许多政要都深深地向他致哀。正如当时在陕的一位省长说："一个省长好选，一个作家难得。"

二十多年过去了，由路遥的长篇小说《平凡的世界》改编的同名电视剧正在热播。于是，人们再次忆起路遥，再次说起路遥在中国当代文学史、当代思想文化史上的作用和地位。《平凡的世界》是一个孤独者的隐喻。路遥对人生、对生活，怀抱着纯洁的理想和信念，从而赴汤蹈火。孙少安、孙少平等平凡的人以其不平凡的经历，让人们从他们奋斗的心路历程中获得一种励志的、追梦的慰藉。作为社会转型期的一部恢宏巨著，路遥的思想及其话语实践中富有某种特别的神韵，他把《人生》中高加林的命运再一次拓展和延伸，一个是面对现实的孙少安，另一个便是追求理想的孙少平，每个人物都在现实与理想之间挣扎着，寻找自我，让人们直观地、全方位地体悟那段特殊的历史岁月。是的，路遥写《平凡的世界》时，便将这部书献给了一个时代，献给了自己的青春。陕北这块土地上的人们，对那个时代的人们在社会变革前的不同心态与表现，以宽阔的胸怀成为生活的护卫者，即使理想被击得粉碎，他们也永无止境地奋斗，令人尊敬和尊重。

20世纪80年代，文学开始呈现出迷乱纷扰的氛围，外国的各种思潮被国人拿来引用，许多作家学习西方的文学观念和技巧，现实主义创作受到不同程度的冷待。然而，就是在这样的大环境下，路遥清醒而坚定地用现实主义文学精神，在所有的作品中充分显示出他对生活的态度，特别是在细节描写上，人物塑造和主题挖掘上，都能看到他深厚的学养，深邃的目光，精湛的造诣，敏锐的艺术感受力和细腻的审美鉴赏力。他所写的都是他熟悉的生活，当代农村青年受到的屈辱、歧视，以及困境和挣扎，他自己表现出的勇气，除了大师风范，还有一个中国知识分子的尊严。他的《平凡的世界》正是如此，在伦理精神与道德诗意方面，小说里的每个人物，不同程度上在苦难的境遇中为了尊严而付出艰辛的努力。

"文章合为时而著，歌诗合为事而作"，这是千古文人的道义和使命。《平凡的世界》充满了现实感、历史感，以及对人物性格的丰富把握，特别是语言非常朴素，只要我们认真去读，便感觉到他不修饰的语言背后有一股力量存在，他对"我没有白白地在世界上枉活一场"和对社会"诅咒命运的不公平"，让人们时隔三十年后，仍然觉得有感染力、影响力。《平凡的世界》不是追梦的榜样，也不是告诉我们有志者事竟成这样理想化的道理，而是从人格、情感、价值观，以及对生活的态度让人明白一个道理：人活着既平凡又伟大，这就是生命的意义。

所以，路遥的洞察力非常人能及。在他青年时期，境遇尴尬而艰难，在生与死，光明与黑暗，希望与绝望，实有与虚无中，遇到过太多的问题，在这缠绕又关联的复杂社会中，没人看见他的落魄。特别是后来，他写作有成就了，一群一群人簇拥着他，也没人发现他骄傲得目无一切。在他寂寞的那一刻，他开开心心地看着老朋友吴天明拍摄的电影《人生》，那时候，他正值生命旺盛阶段，创作的黄金时期，因为他的坦然，对生命抱着一种执着的信念，这份自信与坦然，让人看见陕北汉子身上少有的骄傲。

《平凡的世界》获了茅盾文学奖后，有些日子对路遥来说是多么的煎熬，他一定前前后后考虑了太多的事情。在他的痛苦里面，在生命的继续与延伸上做深刻的抵抗，而在这抵抗里面，你可以发现他就是条汉子，路遥完成自己质的蜕变，那就是坚持不懈，他为文学而生。

小说中愁思无尽。对爱情、亲情的怀恋，让我们一代又一代人肝肠寸断。孙少安、孙少平、孙玉厚、田福堂、田福军、田润叶等众多人物是路遥灵魂里的故事，是他的人生阅历。路遥的个性，总给人一种强大的感觉，那种未了的乡音、乡情、乡愁，虽然有一份惆怅，但是，他面对平凡的世界，永远是骄傲的。

　　然而，电视剧《平凡的世界》在人们强烈的期待中多少有些让人失望。按理说，这样一部经典巨著，改编成电视剧之后会更加丰满，人物会活灵活现地再现在观众读者面前。但是，编创者没有深入生活，没有把小说的经脉把握准，使得电视剧与原著拉开了距离，而且对原著不同程度的删减与增补，使人物性格有些生硬、混乱。语言更为明显，陕北话、关中话、普通话混杂在一起，使整个剧情叙述别扭，没了真实感。更重要的是，改编经典小说，特别是路遥的小说，要读懂路遥，抓住作品精神层面的东西，主题、气质、风格、细节上忠实原著，这很大程度上对编创人员、演员要求更高。如果你不熟悉这块土地，不熟悉这里的人们，你就无法融入这里的生活，无论你有多少知名度，演技再高超，也无法走进人物的内心世界，更无法把握住人物的性格特点。现在想起来，当初吴天明拍摄路遥《人生》的同名电影时，叫上海女演员吴玉芳在绥德农村体验生活，她和当地老百姓同吃同住，一待就是几个月。一个上海女子活脱脱地成了一名陕北女子，这样才有了《人生》里的巧珍形象。我们现在的编导者，包括演员，少了耐心与定力，没有对一部作品精心去雕琢，在短短几个月里，就制作出几十集的电视剧，这使电视剧《平凡的世界》在人们眼前大打折扣。也就是说，没有把当时特定背景下人物内心的困惑以及因平凡的奋斗获得的精神快乐表现出来，这让人多多少少有些遗憾。

　　《平凡的世界》是路遥的宣言。他自始至终没看别人是什么样的脸色。他受过苦难，但是他一直站着，保持不败的姿势。他什么都可以放下，唯独不会放下他的原则，那就是他说的："一个穷地方人要有自个的活法，决不能让别人看下坡，也决不随波逐流。"这是他下意识的一种精神的高度和思想的深度。在当下，我们提倡弘扬正能量，在激发人们奋发向上的社会转型与变革时期，重新认识《平凡的世界》的精神内涵，电视剧的推出，让我们寻找原著带来的启迪，具有十分重要的意义。

　　我们拥有一代人精神上的标杆，面对改革，我们别无选择。因为，大地就要解冻啦！

剪不断的情缘

——我与陕西作协

头一回参加作协的会，是青创会，1985年在止园饭店，十分激动。原因很直白，会上有许多我崇拜的作家，李若冰、杜鹏程、胡采、贺抒玉等老一辈作家应邀出席，还有路遥、贾平凹、李小巴等作家指导会议。一晃二十多年过去了，许多我熟悉的前辈与老师已经去世，我也从青年步入中年，这样的变化，让人感到岁月的无情，不免有些伤感。然而，每当自己的一篇小说或散文发表，每当参加省作协的一次会议，看到文学队伍中的熟人或者新面孔，我依旧兴奋，内心充满了喜悦。

我心中有了作协，也记住了作协，在我未参加任何有关文学的会议之前，不知道作协便是联系各地的文学作者的团体。特别是在那次会上，我记住了一个与众不同的身份，那便是作协会员。在分发的材料上，有许多参会者后面括号里注着会员二字，我便纳闷，充满了好奇，接着便是五体投地的崇拜。我暗自想：自己有一天能加入省作家协会，成为一名会员多好。作为创作者的象征性标志，怀揣一个会员证是多么值得骄傲的事呀！

第一次走进省作协大院，是开完陕西省青年文学创作会后，在这次会上，我记住了建国路71号。我和乡下所有的青年人一样，小心翼翼地走在作协院中的水泥路上，我看着那一间又一间的砖瓦房，在茂密的树木中影影绰绰，虽然没有高楼大厦令人炫目，但却古香古色，别致幽雅。我徘徊着，不晓得自己走进院子的真正目的。来这里的人好像都很熟悉但又陌生，熟悉的是我读过这里面人的许多作品，然而我和他们又没有近距离地接触过、交谈过，甚至人与名字对不上号，这让我心虚、胆怯。这个道理很简单，越是想见到自己崇拜的偶像,越是心里感到忐忑不安,还有些自卑。我惊讶,这院子在繁华的西安似乎还是显得有些简陋,但是这样的院落与我的生存形态有一种亲近感,作家们固执地守着清贫,为文学的春天备好一个个音符。有时忍着整个冬天的冷,在那一间间潮湿的只有传统的蜂窝煤炉子取暖的房间里写作,无论是晨曦还是夜晚的灯光,我能想象出他们——我的前辈老师都在奋笔疾书的姿态,写作成了他们生命的标杆。

　　我把自己的作品第一次交给《延河》,没料到张沼清老师如此看重,他约我面谈,而且亲手动笔在原稿上改了一遍,这是让我始料未及的。以前,初学写作的时候,总以为那些编辑作家们高高在上,对一个业余作者的作品根本不屑一顾。但是张沼清老师就是那么关注我、支持我、激励我,让我把从前的偏见抛到脑后。在以后的日子里,我和作协的作家、编辑一个个相识,他们每个人都给了我坚持创作的勇气、信心,那种激动,只增不减,使我的生活与生命,用另一种方式在生我养我的土地上散发着艳丽的光泽。

　　想起那些扶持我在文学创作道路上前行的人,我总是按捺不住地感叹,是他们引领我从苦难中走出,每一句话,每一行字,曾经把真心给过我的前辈,虽然有的早早离我而去,但我记忆犹新。现在,要写我与陕西作协的点滴,我的意识忽然间冒出来两个字——思念。

　　从那次青年文学创作会后,我与作协的来往越来越密切。作为文学的终身殉道者,我几十年如一日,利用业余时间勤奋写作,当然也少不了作协对我的扶持与关注,1991年我曾被作协推荐出席全国青年作家代表会议,受到党和国家领导人的接见。作为荣誉,我至今忘不了当时创联部吴祥锦老师用钢笔写来的通知,更忘不了开会之前作协党组领导的谆谆教导,以及寄予的厚望。正是这一次次的鼓励,使我在文学这条路上,就像追逐太阳那样一路狂奔……

　　西安在变,其速度令人眼花缭乱,然而,尽管省作协那个朴素典雅的院子变成了楼房,但它依旧那样亲切,那种让人耳目一新,心旷神怡,而且对其充满崇敬的心情没有变。作为一名基层作者,几十年来我跟着作协引领的文学陕军队伍一如既往地往前走着,这动力来自文学的力量,以及作协前辈与老师们的提携。无论今后社会变成何种状态,无论作协以何种形态存在,只要记着这样的经历,就保存了一种温暖,一种意蕴,一种历史进程中独有的个人情愫。作为一名追随者,一切都从这里开始……

为一种精神，重读路遥

过了年，陕北的春天像小孩的脸说变就变，久违的一场雪就这样下了起来。天空阴沉灰蒙，影响人的情绪。我从春节开始一直忙于应付各种人情世故，喝酒成了一种常态，说实话很难坐下来读书写作。偶尔有一天清醒，一个人坐在房子里更是无聊，心静不下来，看着满架的书籍，书香四溢，翻来覆去瞅着书脊的名称与作者姓名，最终还是停下来，看着"路遥"二字。窗外不时有唢呐声，娶媳妇、埋人？一概不知，反正春天是好日子，红事白事都有。白天人们忙乱之后，夜晚一下子显得清静，街道上空空荡荡，只在孤独的路灯下，朦胧中有一两只流浪狗匆匆跑过。它们的家在哪里？不知道。我一个人坐在漫漫的长夜里，这么想着，多少有些凄凉。灯下要读书写作，一时又迷蒙不知所措。

米脂距清涧整整一百公里，不算远也不怎么近，但自古以来，陕北被人称赞的歌谣使米脂与清涧同样连接在一起而且闻名于世，"米脂的婆姨绥德的汉，清涧的石板瓦窑堡的炭"展示着陕北的情韵风采，同时也有一种近乎完美的空灵游荡着生命情怀。这样一来，米脂离清涧便很近了，远远地可以看到秀延河两岸明明灭灭的灯火，只是在这春寒乍暖的天气里，秀延河与无定河一样还没有解冻，浮冰僵硬地互相推搡着没一点儿声息。万籁俱寂，我躲在房子里，突然想起他——路遥。

路遥是在清涧石咀驿镇王家堡出生的。路遥是以写小说闻名的。他的小说试图构建强大的自我主体意识，或以小博大，生成一个大我。这个无意识的孤独自我，隐藏在路遥的作品背后。他一生的苦难，致使他永远的委屈、深情、残缺，有时脆弱，精神上的创痕别人无法知晓。他对时代氛围的敏感，对于大众的苦难，生活的期许，用博大的胸怀充盈着个体的精神扩张。路遥从上学期间显露的文字才华，被人推荐、品评，实则是突出他思想成熟热衷于政治的异样表现。像许多有志青年一样，文学梦太遥远，而政治资本，稍有机遇随手可得。路遥的苦难造就了他过早的成熟，他内心的悲愤让他走到风口浪尖上，他的组织才能与领导才能，并不比写作逊色，那些日子他没有文学，只体会到无声处的惊雷，更没心情等待月光敲击地面的音符。

我一直崇拜路遥，觉得他比任何人都大气磅礴。他的写作，信手拈来，手随心动，每一篇作品都表现出异样的沉着矜持，其笔下构建的汉字，纵横驰骋在时间与空间中，生活与灵魂中的大美，让人肃然起敬。我无法体悟到路遥在人生如此大的急转弯后，会有如此的气魄与力量，用文学支撑起他一生的光彩。

20世纪80年代的青年都有一个文学梦，关于小说、散文、诗歌，满世界的投稿信飞来飞去，那是值得让人怀念的，浪漫而温馨的日子。聚集在一起品评鉴赏，各自推荐自己的作品，或者泪流满面地朗读自己的作品。文学像魔咒一样，我们渲染复杂的情绪，吟诵爱情的纯洁。而路遥，从那时起给我们树立了一个标杆，《人生》的发表犹如漫长夜里的蝉鸣虫唱，有一分苦难中孤独的特质。他把特定年代千百万青年的无奈与悲凉，用特色的地域与人物结合的方式呈现得惟妙惟肖，生动感人。从小说类型化的共性转化成人物形象化的个性，他的小说打破了在中国当时的语境下的枷锁，以清晰独特的风格，让人耳目一新。可以说，路遥给我们诠释的是深厚文化内涵之声韵，就像陕北崖崖洼洼生长的酸枣树一样，花开花落，天地如此干旱，但秋天总有果实，红红艳艳，耐人寻味。我们的青春也如此生长着。读着路遥，我们从迷惘中看到了一股力量或希望。从那时起，我和高加林一样，怀揣苦涩，逃离乡村挤进公家门的强烈愿望每时每刻都在烧灼着我的心。路遥笔下的人物，让我一时间懵懂，苦涩与孤独的滋味也慢慢浸入心田。

有书读的日子是充实的，路遥的写作喜欢用大的历史背景。有幸的是，我后来认识了这位在我心中早就树起标杆的人物，他说喜欢苏联许多作家的作品，特别是肖洛霍夫的《静静的顿河》，他说这篇巨著像人类文化创造史的里程碑，使人永远难以忘怀。所以，路遥说自己也要写一部这样的书，他一个人悄悄地准备着，不到八年，当我们读到他《平凡的世界》的时候，我才知道，路遥忍受了什么样的煎熬后，把自己的生命与一部作品拴在了一起。正如他所说的那样，任何真正的伟大的艺术发现都不仅是自己这个时代的光辉乐章，同时还会以永不枯竭的艺术感染力，激励后世读者。是的，多少年过去了，我们的生活无论发生了怎样翻天覆地的变化，人们对路遥都不陌生，他的作品让人们永远感到新鲜。

路遥熟透了他的陕北，春天的小河，秋天的落叶，冬天的雪花，庙宇、神灵、巫神、媒婆、草根、官僚，总是让路遥心灵里敏感而多情的神经割舍不下，他的作品也就有了让我们倾慕的浪漫，还有凄婉的感伤。后来不为别的，为了文学这个梦，我回到了现实。路遥让我懂得，文学需要灵魂在夜间听到月光敲击地面的音符，闭上眼就有。袅袅烟云慢慢升腾出躯壳，生出一种美丽，生活的纯度、明度、冷暖都会在这寂静中，我慢慢长大。我的故乡，还有窑洞、果园、梯田、泛水泉，叫不出名字的各种草、各种花。后来，我读着路遥，欣赏他的才气与霸气，我渐渐长大，执着而坚定地叙述着故土……

春天走过来了，此刻我离路遥还是那么近，西安建国路71号老式的房子，还有几棵梧桐树，轮廓就在眼前，路遥坐在那把破旧的藤椅上，吸着烟、沉思着。他是在为一群人、一个时代思索着。他把一个时代里生活的一群人的精神面貌淋漓尽致地展现给我们，没有大喜大悲的故事，但他不惜笔墨地在我们面前展开黄土地上单调平凡的生活画卷，把我们指引到他攀登艺术巅峰的圣地，与他对话，让我等后辈悟到追求艺术至境的恬静，还有等待辉煌时刻到来时胸中海浪般汹涌的喜悦。

路遥一刻也没有舒缓过自己。他偏偏是一个为理想而坚持到底的人。"他依稀听见一支用口哨吹出的充满活力的歌在耳边回响。这是赞美青春和生命的歌。"路遥的作品是用命换来的，他的心是沉静的，在一定程度上，他的心又是波澜壮阔的，他总是不服输，总是选择斗争，然而他的早逝，注定给这个世界留下了遗憾，甚至是人生的悲剧。路遥从此与陕北的山川、河流一样，让人传诵，镌刻在无数人心上。

整整一晚上，我打起精神，手中的笔费力地走动，在这个混浊的世界上，我们需要来自更多人的确认。确认什么？确认一个地方一个民族。如果没有文学，如果没有那份纯粹，尘世还有意义吗？

今夜无眠，我在边缘，路遥知否？许多人和事模糊了……

与秋天对话

以前，年轻，总有些不知天高地厚的时候，甚至酒醉了还有些狂妄。

像自然界万物一样，生死的距离早已丈量过。人一辈子，面对现实莫名地恍惚。或许你的前边都是耀眼的、炫目的；或许你还根本不知道繁忙的世界里，总有一些人平淡得再也不能平淡。许多赏心悦目的东西不属于他们，一生的艰难困苦，他们披荆斩棘跌跌撞撞一路走来，现实有时把他们碰得头破血流。这样，人与人在各自的轨道中，是否互相看了一眼，两颗心是否一瞬间相互碰撞留下些什么？

秋天了。这是又一个有些漫长的秋天。我老了，然而我还是祈祷老天，时光慢些吧。对于上有老下有小的人来说，这样的日子算不算煎熬？不知为什么，突然发现自己无法对生活充满能量，一个人疲惫不堪。孤独的我，对世界的表达方式竟是如此笨拙。

许多和我一样的朋友，从远处发来简单朴素的问候，我知道这世界还存在着最真的、善的、美的，让我回忆与感动的日子。当我把贫瘠丢掉后想象涌现出后半生的丰富，充实一阵子过后怎么又迎来这样的纠结？在城市里，一个写作者无助的空虚，社会在变，向往在变，人们在变，眼花缭乱之后一切归于浮躁的起落。周围所有人争先恐后地抢购着房子，面积越大越好，大街小巷挤满了汽车，人们取悦的、讨好的、想献殷勤的是权贵与金钱，这么鲜活的生活竟然还需如此多的补充！我无所适从的时候痛苦与美丽失衡。这个秋天呀，一个人从小窗口望着某个地方。一些苦涩的文字，用笔描绘生命的存在。

墨水干涸了。好久不记得在钢笔要工作的时候必须给它能量。

秋雨下着，街总湿淋淋的，万物生长。这个属于农村人收获的季节。宁静的村庄以它奇妙的方式，让我相信它久远的魅力。我的童年时光被太阳、秋雨、霜冻、寒风环绕，牢固地钉在脑海中。我发誓，努力做一个顶天立地、无所畏惧的人。好多年走过来，那颗心还是牢牢地锁在村庄的土壤中。海市蜃楼的憧憬，慢慢开始萎缩。我遥望，不可触摸。无数擦肩而过的人，很感人地放着快乐的影像。我也活在世上，有些累，像活在世外。

想起的很多，多想回去，哪怕是灵魂。人到了一定的年龄，总是怀念往事，想一个人就这么静坐着。秋天满山遍野的庄稼，还有无拘无束的植物。风吹过山头山坡，崖畔上的酸枣树挂着鲜红的果实，偶尔有鸟飞过，扑棱着翅膀鸣唱着属于它们的歌儿。一对对一双双蝴蝶，忙碌着挑选属于自己的花朵，这大好的世界，五颜六色，我感受到什么？五官竟是如此瘫痪，是心灵被生活操碎了还是自己焚毁了生活？我曾顺以命运，熟悉残酷，一直这么鼓胀着前行的勇气，希望自己强悍。如今，那些一再重复的故事，竟让自己在小城片刻失神，内心惶惶不安，甚至是不堪一击。

人就是这样脆弱，不见得忍耐许多事就会过去的，每个人都有自己的软肋。有时想，在当今社会里，一个无靠山的平民是多么的渺小与无助，失去做人的尊严，权利常常遭受损害。一个人常常活在危机之中，无形的威胁并非某个人独有，生活中常见的歧视在每个角落里存在。人与人之间的障碍，从古至今无法改变。我们的防范、猜疑，终究叫人孤单。从社会的功能上衡量，一个人的呻吟不可怕，集体的呻吟才更可怕。

是的，一个人走到迷途和危境，梦想从世俗里寻找自己丰富多彩的乃至独领风骚的一面，那个美丽的心愿无法到达彼岸。就像爱情，当美丽被扼杀后，你还能坚持多久？

终于，停止了一生的漂泊。终于，在小县城安居下来。弥漫在我周身的一种气息，像雾霾一样。好多事迫于应酬。翻了翻手机里收藏的联系人，这个秋天我删去几个逝者。人与人隔着一层泥土，无法交流。这种孤寂叫我只剩下喘息与心跳。一个人，一棵草，一只鸟，或一只小虫，都在这个世界上，在各自的舞台上，把所有的生老病死、忧愁烦恼交给大自然去诠释。人需要虚构一个世界，一直在那里，像钉子一样，哪怕一言不发。

此刻，秋天的阳光刺疼了我的眼睛。我还是摊开稿纸，给钢笔吸满墨水。自己有些愧疚地要给朋友们一个交代。无论什么，一个人能走多远必须坚持。因为，许多熟悉的人重病缠身或已离去，我在阳光下泪流满面。

生活中还是有许多恒久的事物，我心中充满了感激的珍重。我不知道这个年代，在这样一种生活环境下，我们多少人真正了解土地和家园，或许，我们更多的是唯命是从聆听领导的话，忘了我们个人忙碌的脚步里，那一点点的功名利禄，对自己生命的意义有何价值！

我停下来，寻找自己的根本。

第四辑 乡音

乡音快变没了，普通话对着在村子里不愿离开的老人们说事。他们聋了，听不见……乡音曾穿越我的身体和灵魂，更渗透在我的精神世界里……

用自己的方式行走的人

——说说艾绍国

要写这篇文章的时候,我一直在回想,我跟艾绍国是哪一年认识的。时间已经很久了,那时他在银州镇当副镇长或者更早一些时间,记忆确实模糊了。直到现在,没有改变的是他穿戴整洁、面色和善、举止稳重、谈笑风生的样子,真有些当校长的儒雅气质,加上他戴眼镜的模样和满房子的书报,人们会忘记他过去当过乡镇干部的经历,只看到一个富有人情味的学者。和他在一起,我体会出他的一种文化内涵,觉察到他的管理能力和丰富的学识。所以朋友们郑重其事地向我推荐艾绍国。

其实,我是一个爬格子过着有些异质性生活的人,只因为对本土文化的感情和热爱,也因为米脂丰厚的文化底蕴让每一个米脂人都必须为自己选择一种方式去传承和破解,所以我一直坚持写作。同样,艾绍国从政也好,从事教育工作也好,向来也是小心谨慎地把自己的这种文化情结发扬光大。所以,在大家纷纷瞅着有"权"部门时,艾绍国依旧留在学校,十多年了,他把米脂中学带领到了极致。本来时间久了,他应该放松一下自己。而县上领导们认为,米脂应该有若干名好校长,在这个庞大的体系中,管理者最重要。通过多方调研,采纳众多意见,县上领导还是觉得唯有艾绍国能胜任。所以,艾绍国依旧被"定"在校长这个位置上。由此他也深深地明白了自己的责任,我也深深地感受到了他的分量。

我之所以这样表述,是因为艾绍国和我在文化上的共鸣,还有私下里对世事万物所持有的观点,我们能在一种空间里交流。他每次在临危受命的时候，都把人生最可塑的阶段和最具潜能的时期奉献出来。他十分珍惜这段时光。人们发现，艾绍国每干一份工作，志向大，追求高。他一方面发奋读书，刻苦学习，一方面积极工作，服务群众。表率作用贯彻始终，可以说，那真叫人心服口服，得到人们普遍的尊敬。

米脂是个美丽的地方，米脂中学坐落在盘龙山下，这里独特的风景更是让人向往不已。艾绍国作为这所名校的校长，和许多名师一样，励志当先，首在树德，他的所作所为叫人耳目一新。在所有米脂人关心探询米脂中学的管理、教学、发展时，米脂中学一天一天悄悄地变化着，这其中有许多说不完的话题：学校锐意改革，探索创新；教师与时俱进，且能独辟蹊径，自成特色；学生精神振奋，乐观向上。甚至每个教师、学生的表情、动作，都引起了社会反响。也就是说，艾绍国一到米脂中学便产生了轰动效应。许多琐碎的事，我就不具体表述了。大家都肯定和认同，艾绍国把一个破旧不堪的学校，精神萎靡不振的教师队伍，重新塑造得颇具规模具有特色。然而，教育的成就，贵在树人，在教育这个大舞台上，学生成龙或成虫，全在教师，还有管理者。尽管机遇总是给有思想准备的人，但要把一个衰旧的学校从过去的阴影里带出来，不下一番苦功夫是不行的。

所以，艾绍国从上任的那一天起，就生活得很紧张，他生命里没有放松的因子。因为如此的节奏，我们平时很少见面，更没有足够的时间坐下来畅谈。但我知道，他和教师学生们一样，早起晚睡，第一个到学校，最后一个回家。学校的每个角落，他都要看看。学校除了抓教学，还得注意安全，这种巨大的责任，让我体悟到什么是身处其中的一种温暖，一种慰藉。因为责任，他让自己的心超越了一切，我发现从他身上总能看到有层层叠叠的东西翻滚着涌向远方。作为校长，他说时刻要净化和洗涤自己，使自己变得更纯粹，甚至更透明，教师亦如此，我们的孩子更应该如此。

就这样，全米脂县的人民一直关注艾绍国和米脂中学，这所关乎许多孩子和家庭命运的学校，是不是一如既往地坚持下去，是不是能永葆名气和威望，在今后的教学中有更大的建树，艾绍国心里是十分清楚的。过去十年的成就已成了过去。我们见面有限，即便见着了，也只是在开会的时候，简单地打招呼，聊几句，只知道他担子不轻，还在思谋着学校的未来前景。

凡熟悉艾绍国的人，只要看到他的神态，就可以看到他的心底。是的，作为从乡下走出来的后生，他在米脂中学一干就是十年，这种生活背景和文化记忆决定了他对这份工作的热爱，他在每一天的劳累繁忙中体现了一个人生命的价值。我发现，他的心底永远是透明的、温暖的、平静的，这种心境在当今社会里显得如此有魅力，是可以与之交往的。米脂县应该以拥有这样一位校长而感到欣慰。我想，作为朋友，我也知足。但我还想说，如果有时间，我愿意和艾绍国校长多谈，用我们共同从乡里走出来的感受，同一个年代出生的处境，还有用米脂文化赋予我们的多重眼光来拥抱这个世界！

也许是赞美，但更多的是一览无余的诚恳与友谊。

作为写作者的朱序忠

——写在朱序忠《信天游》出版之后

有一天剑鸣告诉我：把你二舅的信天游整理一下，出一两本集子。我立刻回应，太好了。

现在，无论说什么，都显多余，我没料到二舅的信天游有这么多，厚厚的两大摞。对于我来说，一个身有重残，而且七十多岁的老人，用笔把自己的情趣、感悟、体验及种种生活写在稿纸上，一笔一画，工整的字体，那种艰辛与不易可想而知，我敬仰，且喜悦。

身为农民的二舅，当过民办教师，他对自己事业的设计是进公家门吃皇粮，而后自得其乐写自己的信天游。然世事千变万化，二舅始终没能如愿，最终因不满现状，发泄牢骚，对政治人物进行抨击，受了几年牢狱之灾。平反后，一次意外事故使他几乎丢了性命，落得一身残疾。但二舅始终乐观向上，像一顽童，在他一张一弛的学问空间里，在他独特体察自然生命的细腻情感中，把许多题材做了个性的文章，写出了淡泊独立的《信天游》，或叙事或咏叹，有怀意、有向往，为当代的信天游创作又增添了新的风采。于是，写作成为一种精神的载体和灵魂的寄托，同时也展示了他的人生足迹与挑战生活的勇气。二舅从20世纪50年代开始写作至今，将这两本《信天游》集子呈现给读者也不足为奇，年过七十的二舅，还常常处于马不停蹄的状态，而且那种我行我素的创作风格，令我等仰慕。

二舅名叫朱序忠，米脂镇子湾人，小时候我常去他家，说起往事，多有感动。二舅如此勤奋，笔耕不辍，我和他内心有深度的共鸣，写作是生命的一部分。

我们有了这份自信，生活才充满了幸福。

"娥子"绚丽多彩的人生

——写给石海娥

面对荣誉,她说得很平淡:"我和许多养路工一样普通。"但是从她接任米脂公路段段长以来,210国道经米脂十九公里的路便和她的整个生活分割不开。十九公里,就像人生的坐标,似乎很近,却又十分遥远。为了好这段路,作为一名女性,她无论吃多大苦受多大累,脸上却总是绽放着乐观的笑容。事实上,由于经常的雨淋日晒,看上去她显得与年龄不大相符,引用她的一句经典话说:"老得脸上皱纹可以夹住东西了。"她就是米脂婆姨石海娥。

我的家在大山的那边

人生最初的向往与梦想是与自己的出生地有关。作为出生在米脂县城的石海娥,第一次回农村老家,看着村子前通往外面的蜿蜒小路,心里便想着:路是这么的窄,为什么不像城里修成柏油路呢?

那时候,通往任何地方的路都不平宽,乡里的交通更不用说,每当下雨的时候,那条小路变得泥泞不堪,人都无法行走。石海娥听大人们讲,如果有一天这泥泞的小路能变成柏油路,而且能走上三轮车、汽车该多好,她幼小的心里便埋下一颗种子,一条宽阔的柏油路便在她的脑海里生根发芽。没想到,长大后,石海娥真的与一条路联系起来,而且风雨无阻。

山外面的世界很精彩,石海娥上学时才知道柏油马路的优越,然而,面对外面五彩的世界,一个女孩选择了做一名公路的护卫者,在生活中多少显得单调,甚至乏味,每天几乎一样的工作,让她感到枯燥。一个年轻的女孩子,穿着工作服显得少了些色彩。她和同事们演算着同一道物理公式,心里装的是"养护""畅通""绿化"等词语。石海娥说:"学校一毕业梦想多,细想起来还有些不成熟,总觉得自己跟一条路打交道,缺少什么。后来才明白,路对人类来说是多么的重要,大概是受父辈们的影响,我才渐渐理解什么叫干一行爱一行。"

作为一名护路使者,人们通常叫她"铺路石"。石海娥从文秘、财务、大型公路普查、高速路过境路况测量等工作中一点一滴地做起。就像她的女儿在日记中所写到的:"自从妈妈生下我后,从早到晚妈妈总是忙。在我懂事后,和妈妈在一起的时间也没有,她说道路交通不能有半点儿马虎,而且一条路的好坏直接牵连着千家万户。可妈妈哪知道女儿的心思,她为千家万户的时候,却没有履行好母亲的职责。"

为此,石海娥心里很内疚,但她说自己成为一名国道的管理者、守护者后,总感到责任重大。国家富强了,四通八达的公路需要有人呵护,人民生活才会更加幸福。这便是她人生价值的取向。同事们回忆:"自从当了段长后,石海娥比以前更加坚强、乐观。"

作为公路段段长,石海娥最大的愿望就是自己所管辖的这段路顺畅、安全,而且干净、美观。她和所有职工一样,把公路时刻牵挂在心上,只要知道路况有什么损坏,她都是第一个到达现场,这种雷厉风行的工作作风,让许多男职工都打心眼里佩服,他们说这石海娥整天飞来飞去,在公路上不停歇。就连邻居也说:"这婆姨忙得顾不了家,还当官着呢,啥事叫手下人干不就得了。"石海娥听到这些话,只是笑,她真诚地表达自己的愿望:"公路的事非同小可,何况210国道又是榆林经济发展的大动脉,不能有半点儿闪失。我希望不只是我们行内的人对它负责,要是全社会都能关心爱护它,那该多好啊!"

她让一切困难倒在脚下

石海娥给人的第一印象,是她的刚毅,内心有一股天不怕地不怕的劲儿。她平时十分活跃,和同学熟人朋友在一起的时候,冷不丁地会冒出几句让大家捧腹大笑的段子来。由于工作的缘故,她在饭桌前喝酒的豪爽会把你惊呆。她从不服输，那种从气势上要压倒对手的感觉，常常令许多男士自愧不如。

"她刚当段长的时候，太年轻了，人们都怕她干不好。但一眨眼快十年了，米脂公路段能取得这样好的成绩，想想她平时为人处世的方式，我们就都不感到意外了。"短短的一句话告诉我们：石海娥之所以被大家亲切地称之为"娥子"，在这背后有着必然的原因。这个在同事朋友心目中热情、勇敢、善良、美丽的"娥子"，是值得大家信任的。

石海娥刚从校门出来，走进公路段的时候，她曾跟着别人参加路况测量，这对一个姑娘来说，无疑是一次极大的考验。整天站在几十摄氏度的高温下，细嫩的皮肤承受着太阳的炙烤，汗水一刻也不停地流着，那种嗓子冒烟的感觉让她恨不得有个地洞一下钻进去。晚上回去，脸和胳膊不敢用毛巾擦，有男同事跟她开玩笑说："女娃娃家不行就算了，充硬汉可要掉皮的。"石海娥一声没吭，她心想自己决不能打退堂鼓，这点儿疼痛算什么，只要坚持得住，任何困难都会倒在自己脚下的。

据同事介绍，有一次突如其来的暴雨过后，洪水将210国道米脂境内一处拦腰冲断，情况危急，南来北往的车辆顿时排起了长龙。看到这种状况，作为刚上任一年多的段长，石海娥心急如焚，她没有半点儿犹豫，立刻召集全体干部职工到达现场。令石海娥没料到的是，道路损坏十分严重，加之又靠近县城，交通堵塞，用料施工异常困难。有人说这样的条件恐怕一半个月也修不好，而石海娥懂得为官一任，肩负重任，责任重于泰山。于是，她一边鼓励大家不要泄气，克服困难，一边用手机协调各方面的工作，疏通车辆，马上施工。为了抢时间、赶进度，石海娥硬是三天没回家，一刻也没离开施工现场。这种精神，以及她的一言一行、一点一滴影响着干部职工的心。在关键时刻与重要环节上，她皆亲临第一线，干部职工都能听见她的声音，看见她的影子。经过三天四夜的奋战，国道终于畅通无阻，石海娥的脸上才露出了笑容。她完工后的第一句话便是："我请大家喝酒。"

其实，干部职工都看见他们的段长人瘦了一圈，眼睛也黑了一圈。

采访中，石海娥说她开几句玩笑的话还可以，正儿八经的讲话实在有些为难。一旁的艾书记说："石段长别看是女同志，她做起工作来比男人还男人。每做一件事，都权衡利弊，要么不做，要做就要做得最好。"2004年她上任后，养护路段年度内即创建为部级文明样板路；2008年又顺利通过养护示范路的验收，而且连续几年被市公路局评为先进单位，米脂公路段支部被评为先进支部；2009年被评为市级文明单位，她本人也被评为优秀干部；2010年单位领导班子再次被评为优秀班子。

在米脂公路段，没有人不佩服石海娥，因为大家都知道她以身作则的人格魅力，能克服一个又一个困难，她自己则光明磊落，关键时刻豁得出去。

公路段面貌的改变顺理成章

米脂婆姨的坚韧不拔与刚强自尊早就闻名遐迩。然而，对于新时期的米脂婆姨来说，石海娥觉得还要与时俱进，必须要有新的知识、新的观念、新的思维方式。作为一名领导，要有新的管理方式，大胆从容地面对各种挑战。当段长几年，她不断充实自己，虚心学习，采访中看着她一本本厚厚的学习笔记，还有亲自撰写的有关论文，我们也肃然起敬。从同事口中知道，她的论文年年获奖，而且从未间断过。她个人曾被共青团陕西省委授予"青年突击手"称号，石海娥却只字不谈，她只说自己是女同志，干这一行经验不足，责任大，只要护好路做好工作，自己便心安理得了。

2011年，为了迎接交通部五年一次的大检查，石海娥对自己了如指掌的路况进行了反复的排查。她有时一个人从南端走到北头，十九公里的过境路突然间在她心里拉长了。由于210国道剧增的车辆远远超过了当初设计的流量，每天的堵车状况让养路工人无法作业；道路两旁的美化工作刚做好，堵车后司机们随意丢弃垃圾；夏天路面被重车碾轧后引起推移、拥起……这一系列的问题让石海娥感到很棘手，这些日子，单位的工作人员经常看见石海娥办公室的灯直到子夜还不熄灭。

通过对路面状况进行深入细致的调查研究，石海娥脑子里逐渐形成整治保护公路的方案。她和领导层、职工多次推心置腹地交谈，最终全段上下达成一个共识：困难是暂时的，利用一切条件，抢时间、抢机遇，彻底改变自己心中这条路的面貌。路面问题，沿线两侧环境问题等，都是对米脂公路段全体人员的专业素养与心理素质的考验。

石海娥说，开完动员会，精神非常振奋，同时也更坚定了信心，提升了勇气，自己一下子投身于为国家、为人民谋利益的工作之中，实际上是对上级的负责，对群众利益的负责。石海娥说："我就是想干好工作，没想那么伟大。"一句朴实的语言，道出她的心声。就像许多平凡女人一样，她做工作除了细心，更多的是耐心。为了能使国道顺利通过验收，她不止一次地与当地政府协商沟通，即使找不上人，或者等待几个小时，她也没有任何的抱怨。公路两侧的脏乱差状况，在石海娥不懈的努力下得到了彻底的整治。配合她工作的县上有关部门人员说："公路段的石海娥，不是一般女人。"

公路上车辆拥挤不堪，这对施工造成了巨大的不便，石海娥知道，要改变公路上的推移、拥起等问题，必须抢时间、瞅机会，而且不能影响正常交通。面对这一难题，她带领全体职工在不能应用任何机械设备的情况下，用推移起来的油料，再反补烂坑路面，油料不够就把农村公路返修不要的油料拿来进行补修，这样保证了道路的畅通和安全。与此同时，她把道路两侧的绿化提到了议事日程，为了确保成活，她硬是跟职工一起一棵树苗一棵树苗进行筛选，严格把关，从挖坑到栽植，她从未离开现场，和大家一起劳动，保质保量地完成了任务。如今看来，道路两侧的树木绿荫已成了一道亮丽的风景线。

走进米脂县公路段院子，面貌一新的办公楼和现代化的办公设施让我们目不暇接。职工们说："石段长当领导后，不仅努力争取资金改变我们的办公条件，她还千方百计改善职工的福利待遇。因为工作性质特殊，职工每年的人身意外保险和每年一次的体检是少不了的，这大大提高了职工的工作热情和凝聚力。"

面对大家的称赞，石海娥说："仅仅做了一点儿自己想做的事。"就是这样一颗平淡的心，她却在机构改革人事调整中，把自己的妹妹从财务岗位换下来，多少显得有些"狠"，这让全段职工心中对她更加尊敬。如今的公路段，有工作抢着干，有事抢着做，维护自己的职业形象已经蔚然成风。大家说："有石段长领导，我们的面貌改变是顺理成章的事。"

最关键的是，石海娥反复强调："我就是一名养路工，对路的每一段都充满了希望。"

叩响我心灵的女人

——记米脂杨家沟镇侯家沟村党支部书记罗秀生

和她见面握手的那一瞬，我内心发生了震颤，同时升起敬重之感。围观村民眼睛闪着光，好像在展示他们的家乡是多么美丽祥和。

很难想象，一个六十多岁的农村妇女，肩扛着责任，带领村子里的一千多人，每天都在为他们的生存和他们的未来而坚持着。

是什么支撑着她？又是什么让她拥有那股冲天的力量？

这个人叫罗秀生，米脂县杨家沟镇侯家沟村的党支部书记，一个地地道道的农村妇女。她已到了该悠闲地养生之年，却被村人硬是从外地召唤回来。我渐渐地了解她，罗秀生之所以让村民特别的信任，是因为人们很难想象，一个能在外面开商店挣大钱的罗秀生，在村子没了主心骨的关键时刻，毅然放弃自己的利益，走进改变家乡面貌的行列。乡人们对罗秀生十分感激，心生尊敬。

在没有采访罗秀生之前，我以为罗秀生还年轻气盛，当村干部是特殊情况，作为女性，简直有另有所图之嫌。因为眼下社会，不图利不早起与一切向钱看的思想观念盛行。我和罗秀生拉了半天的话，方才知道自己的判断大错特错，我很想知道除了她之外，还有什么人能不与社会同流合污而刚正挺拔地站立于世。这个女性肩挑重任，只有现场亲历才感受得到那样的温暖，那种感觉不好描述也不能复制，米脂的土地上再次记录了一个响当当的婆姨。

罗秀生所在的村子侯家沟，离米脂县城二十五公里，土地面积七点二平方公里，全村九百六十多人，算是一个不小的村庄。许多年来，因为村子姓氏多、派别多，自然村情复杂。要调和十三个姓氏的村民走到一起，拧成一股绳，不容易。如何改变村容村貌和经济状况，如何才能使村里人和睦相处，共同富裕，这是摆在罗秀生面前的一个问题。

　　罗秀生说着地道的米脂话，纯正古朴，也许生来就是直性子，或许受多年来参与村委班子工作的影响，许多让人费解不明白的事，她却一目了然。从1966年开始，她陆续担任村团支部书记、妇女干部、民兵连长。1970年入党后便是村党支部委员。她说那时年轻，朝气蓬勃，干什么都不会畏首畏尾，一心只想干好自己的工作。本来那时候有一个可以彻底改变她命运与生活的机会，她的婆婆生怕儿媳妇远走高飞了，苦苦地哀求她不要进公家门。罗秀生便放弃了，在农村一心一意地过着自己的日子，不时地帮助从前的村干部、乡上的干部排忧解难，化解矛盾，她很轻松地说这是做着自己分内的事。我们采访的不单是她干出什么惊天动地的大事，同时也记录下她的人生轨迹。在当下，许多基层组织不健全，或者根本没有人来当这个村干部，罗秀生为什么会选择回来，义无反顾地挑起这份重担？

　　我们身居城市，对农村现状太缺乏了解。对于农村的印象，存在于我们脑海里的恐怕已经不多了。

　　现在和罗秀生面对面地坐着，她就是在我们印象中从未出现过的人物。她从村子里走出，像许许多多的"淘金人"一样，在外面开了一家商店，生意可以说红红火火，收入要比种地强出许多倍。况且，她如今儿孙满堂，吃穿不愁，可以说过着丰衣足食的生活。农村现如今剩下的不是老汉就是婆姨女子，七老八伤，要组织起来干一件事实在太难。就是一件小事，稍不留意，也会牵动在外面打工的人，还有那些上班的人，当官的人。在利益面前，没一个人会让步的。所以，一碗水要端平，来自方方面面的压力可想而知。可罗秀生生来就是一个不服输的人。2009年村委会换届，村里许多群众打电话给她，希望她回来当一把手。正在外边做生意的她，有些犹豫，回村里当一把手意味着什么？舍小家为大家，得罪人出力不讨好，庄邻院舍，自己何苦要操那份心！况且，丈夫坚决反对，儿女反对，亲戚们也反对，罗秀生一下子成了孤立者。可村子那边，群众一再地呼唤，连镇上的领导都出面了，他们说："眼下侯家沟这个烂摊子非你罗秀生拾掇不可！一个人一生为什么，荣誉高于一切，你罗秀生在群众中有这样高的威信，大家信任你，作为一名老党员、老队干，能退缩不管吗？"罗秀生动心了，她是个顶天立地的人，从来没惧怕过什么，眼下这点儿困难吓不倒她的，为了大家，她豁出去了。于是，她回来了，回到乡亲们中间，这举动让家人非常失望，也让不少人感叹这女人不可理喻，好好的清福不享，上了这年纪还自讨苦吃！

  我第一眼看到罗秀生似曾相识的面孔时，竟然下意识地从沙发上站起来。那是一个风和日丽的星期天，身在城市的优越感让我们变得麻木，几个人约好去侯家沟采访罗秀生时，心里还揣测一个女人如何如何，大概不过如此。然而，走到侯家沟新维修的办公室后，这位被群众召唤回家的女人，黑黝黝的脸上的皱纹印证着饱经风霜的干练，炯炯有神的眼睛让人看到一种昂扬向上的精神，我就在那一刻站起来与她握手。是的，那双手十分有力而且充满了温暖，尽管有些粗糙，但我知道这是她为家乡父老乡亲"受苦"磨砺出来的印证。罗秀生回到村子后听大家七嘴八舌地说这些年来由于前任村干部的领导失误，致使村子一盘散沙，如今国家这么多的涉农项目，侯家沟一个都竞争不上。眼看着别的村子一天天改变了模样，修了路、建了桥、打了坝，通了自来水，舍饲养羊、标准化养猪、修建沼气池等，村民都很羡慕，抱怨起来。这种抱怨使罗秀生心里沉重起来，村民们企盼的目光，又使罗秀生激情难抑，她下决心跟村民一道干出个新天地来。从她以全票当选村党支部书记那一刻起，发展家园成为她心中坚定的信念。

  要为群众办实事，要有点子，也要票子。罗秀生从上任的那天开始，没有停歇过，也不敢有半点儿松懈。2009年年初，她掏出自己十几年的积蓄，修葺村委会办公室，她说来了客人没有一个像样的地方，总不能站着和客人说话；村委会的办公室就是一个村子的门面，有了这个门面，客人就有好感，投资就有信心。接着，她在本村小河上修了一座桥，彻底解决了小河两边村民因为下雨、下雪而难出行的问题；10月份，她带领群众修通了本村至桃镇树的山村道路，使两村生产、出行方便了许多。2010年，她有空便跑县城、上榆林，找熟人、寻政策，得到各级政府的大力支持，侯家沟史无前例地有了项目，一条环山公路的修建让村民乐开了怀，生产、出行都十分便利。上了年纪的人说，多少辈子没见过好路，这次村子实实在在改变了样子。群众告诉我们，多少年来，村民的吃水、灌溉都成了最头疼的事，罗秀生为争取资金，几乎是马不停蹄地干，全村修了四口容量大的水井，三十多个水塔。如今每走进一家，只要把水龙头一拧，清凉凉、白花花的水便流出来。总之，在她上任以后，修路、绑畔、打井、改变电力设施，发展畜牧产业，粮田建设，经济林发展样样都给村民交了一份满意的答卷。有个村民告诉我们说："这婆姨干什么事都较真，死跟死打，一心为村里的事着想。"据统计，从罗秀生上任后，侯家沟争取各项资金一百三十多万元，村民的积极性被调动起来，义务投劳投工，使侯家沟的村容村貌大为改观，就连山山水水也发生了翻天覆地的变化……

听到这些，看到一切，我便自然地想到，作为国家最基层的党支部书记，如此赢得村民的拥戴与支持，是一种什么力量支撑着她执着的追求？罗秀生的回答很平静："只要大公无私，一心想着大家的事就行。"

现在，我写下以上的文字，回忆着与罗秀生谈话的点滴，看见她似乎还在幸福地比画着、设计着一个村庄的未来。这样温暖的画面，让我们开始对生活重新审视，一个年过六十的妇女，为人妻、为人母，本该享受那份清静，而她的内心却蕴藏着丰富开阔的世界。

我们一同祝福她！

得其精神而不舍

——姬铖印象

近日,我与米脂县文学艺术创研室主任姬铖坐在一起谈了许多关于文学艺术的话题,顺便说起他的经历,不禁为其巨大的付出和不断的追求而感动。其实在这之前,我早就认识他了,在绘画、摄影方面,他是一个富有特殊才智的人,他的那些独特的表现方式,弥补了他语言表达方式不畅的缺陷。无论是他的画,还是摄影作品,都对生活的色彩扩大了审美空间,又增添了几分对这块土地的回味。在他担当文学艺术创作研究室主任后,多了一份责任,把自己的全部精力用在全县各类艺术事业的发展上。二十多年时间里,他的人生体现了一种优秀的品质,孜孜不倦、艰辛跋涉、不改初衷、从容与现实,可以说,他为米脂建设文化大县做出了很大的贡献。

姬铖1969年9月生于米脂县一个并不富裕的家庭,少年时的姬铖就表现出很好的绘画天赋和对美术的浓厚兴趣,也许是离县城近的缘故,他被县城里张贴的各种电影海报,以及小人书里栩栩如生的人物形象感动着。上小学的时候,他便十分喜欢在纸上涂抹,特别是对大自然的景观产生了一连串的疑问,太阳升起落下,黄土山沟沟山坡坡,窑洞各式各样,树木千姿百态,他充满了兴致,用铅笔把这些勾画在纸上。那阵子,他多么希望有一支红蓝的铅笔、好多的白纸,因为,他把那些画都画在作业本上,老师批评、家里斥责他小小年纪就不务正业,浪费纸张不说,还耽误了学业。然而,书本里的插图和连环画还是那么吸引着他,他如此痴迷于绘画,老师也看出了他绘画的天赋,于是,介绍他去城里,利用暑假的时间跟专业老师学习。他感到茅塞顿开。姬钺说:"后来常有人夸我色彩应用得好,如果是这样,这与我的启蒙老师高永慧是分不开的。"

其实,我不懂绘画艺术,但姬钺持之以恒的坚持,对艺术浓烈的钟爱,让我由衷地佩服。从1983年开始,他先后九次报考西安美术学院附中、西安美术学院、中央美术学院、中央工艺美术学院等院校,都以失败告终。但他从没有退却过,每一次的失败,都让他得到了最为宝贵的经验,每一次他都能重新认识自己,调整自己的心态,总结绘画中存在的不足。姬钺在绘画上更加吃苦,在不断的学习过程中变得更加优秀,在感受与表达上更加自然。1987年他终于考上了西安美术学院,从此奠定了他实现梦想的专业基础。

毕业后,姬钺分配到县文化馆工作,这块熟悉的土地让他的画风明快清晰、丰富细腻。几年的专业学习为姬钺打下了扎实的基本功,加上他的刻苦与勤奋,家乡的一草一木,在他笔下栩栩如生。他这样说:"在故乡我更容易获得前所未有的灵感和自由,几年的学院生活,让我更加体会到家乡的那种永恒的自然带给人们的宽容与体贴。"这对于一个钟爱艺术的人来说尤为重要。正因为如此,姬钺对家乡的人以及生活有着高度的热情,从他的绘画中能感受到他拥有新鲜持久的创作力,黄土高原的自然风情在他的画中淋漓尽致地表现出来。他的国画《故乡的红崖洼》获甘肃省书画院、甘肃省书法家协会等主办的中国杯国际书画大赛绘画优秀奖;国画《冬天盖不住春意》获文化部、中国侨联、中国书画研究所、中国书画家协会等主办的全国龙舟杯书画大赛最佳奖。与此同时,他的摄影作品《清清的米脂水》入选中国摄影家协会等主办的中国青年公元杯彩色摄影大赛。作品《慈母手中线》获文化部主办的比赛三等奖。如今,他是米脂县乃至榆林第一个加入中国艺术摄影学会的会员,而且得到过陕西省文化厅的表彰,其作品获榆林市"五个一工程"二等奖。因为他的成就,榆林市评定他为"一五二人才"和有突出贡献的中青年优秀拔尖人才,2005年他被破格评为群众文化专业副研究馆员。

面对诸多的荣誉,姬钺没有半点儿松懈,他除了绘画、摄影外,近几年来担任米脂县创研室主任一职。对米脂文化怀着深厚感情的他,为了使创研室有个好的环境,在单位无水、无厕、全是危房的情况下,从自己工资里拿出钱,上榆林、到西安筹资金,把单位整修得像模像样。就是在这资金短缺的情况下,他千方百计让创研室成为米脂的"文人之家"。他先后与高西沟村、县环保局、联通公司等单位组织文学艺术评奖、培训、改稿会,使创研室真正成为米脂县文学艺术创作的一个窗口,也是米脂文人们讨论学术、交流经验的一个阵地。在他从事群众文化工作的十七年中,创作作品硕果累累,先后有八十多件美术、摄影作品在省级以上刊物发表及展会展出、获奖。近几年来,他除了全力投身于自己的创作外,还致力于全县的小戏、小品作者的培养。可以说,姬钺在建设米脂文化大县时,既是倡导者,也是实践者,他的审美与真诚的追求,都融入他的作品里,他的工作态度折射了他的世界观和价值观。2004年,他的摄影作品在庆祝新中国成立五十五周年陕西省优秀摄影作品展览中荣获二等奖;2005年在首届中国文艺金爵奖荣获摄影最佳奖。由此,我们不得不佩服姬钺十几年如一日,奔波在故乡的大地上,不畏艰难曲折,勇于承上启下、推陈出新的精神,他用自己澎湃的生命激情,用他的画笔描绘出他独有的性灵与炽烈的情感。姬钺在田间地头获取的劳动果实,让人们生出许多敬意。

　　姬钺还在不停地忙碌着,单位许多具体工作要做,他的绘画、摄影一刻也不停歇,这使我相信他的艺术人生一定会走得更远,更加辉煌。

拼搏赢来的幸福

——记榆林市宏宏煤炭经销责任有限公司经理姬桂玲

姬桂玲,榆林市宏宏煤炭经销责任有限公司经理,被市妇联评为三八红旗手,被省妇联评为和谐家庭主妇,曾被县、乡多次评为致富女能手、创业女强人、学雷锋先进个人。站在我们面前的她,三十多岁,身材偏瘦,脸上明显的有许多皱纹。然而,她沉稳、淡定的眼神,让我们感到一个创业者不屈不挠的精神。在没有注册公司之前,姬桂玲品尝过辛酸苦辣,经历过摸爬滚打,风风雨雨二十多年,从务农、跟工、做小本生意到经销煤炭,从起步艰难到如今的腾飞,姬桂玲时时胸无自我,处处坦荡豁达。与她打过交道的人,都晓得她爽快、豪气,有一股天不怕地不怕的勇气。了解她底细的人都晓得,就这么一个女人,粗活重活她都能干,而且她能开摩托车、三轮车、四轮车与汽车,就像一台不知疲倦的机器,倾注了自己的全部心血,写下了自己人生的得意之作。

从小家里"穷",立志长大后要改变这种"穷"的日子

姬桂玲的童年和大多数同龄人一样,她面对的就是日夜辛勤劳作的父母,过的是整年缺吃少穿的生活。那种穷光景至今仍定格在她脑海里。"家里兄妹多,缺少劳力,加上天灾,一到夏天,就靠洋槐花、苜蓿等充饥,真是吃了上一顿没下一顿。看着我们饿得叫唤,母亲没少抹眼泪。"姬桂玲这样简单地讲述她的童年,"村子家里光景好一点儿的孩子,开始上学了,我只跟了半年幼儿班就退学了。家里实在太穷,二毛八分钱拿不

出来，只能回家帮母亲带弟弟、干零活。当我看着别的孩子上学回家的时候，不止一次地跑去问在学校学些啥东西，那种求知的愿望，至今也很难释怀。"姬桂玲本来说话很直爽，当她说到没有读书的这一瞬间，我们觉得她的眼神有一些遗憾与说不清的东西闪现出来。在陕北米脂那个叫井家沟的村子，有让她无法抹去的记忆，一个少女对知识的渴望和向往，一直延续至今。

也因这样，才使姬桂玲过早地成熟长大。她小小年纪便是一把务农的好手，犁地、撒粪、锄地样样都会，有种不服输与不认命的性格，还有艰苦的生活环境磨炼出来的奋发向上的精神。每天受完苦时，她在那个偏僻、落后的小村子里，经常独自站在硷畔，望着绵延不断的黄土山头，她心里明白，这些山头的远方，有一种不一样的天地与生活，那是多少人向往与梦寐以求的幸福啊！

想到这些，姬桂玲觉得浑身上下热血沸腾，像有一股巨大的能量要释放出来。"穷不可怕，怕的是志短"，她这样勉励自己。正如民谚说的：穷人的孩子早当家。姬桂玲不愧是好"受苦人"，她在三个姐姐陆续出嫁后，还在家里喂养三只绵羊、两头猪、一百多只兔子。她每天上山割草、挖苦菜，还刨野扁豆根，这种超负荷的劳动，让一个体质弱又饿肚子的女孩早已吃不消了。有一次，她从离村很远的地方背一背篓草，手里还提一大筐苦菜回家的时候，天突然下起了大雨。当她跌跌爬爬从泥泞的路上回到家时，家人发现她口里鼻子里全是血。母亲心疼地给她换下全是泥水的衣服时说："鬼女子，真不要命了！"

姬桂玲立志长大后要改变这种穷的日子。她说，那一年，她给县药材公司卖野扁豆根一百一十公斤，怀揣回来七百七十元钱的时候，她想以后的穷日子不会长久下去了。

跟"苦"较劲，你不怕"它"就倒

有志气的人是勤劳的，勤劳意味着要吃"苦"，姬桂玲除了帮家里干农活外，她还走出去，到镇川粉房干零活。那时候，尽管工资不高，但对于一个农村姑娘来说，这份除了农产品外的收入，使家里的"穷光景"渐渐改变起来。许多人不知道，在粉房干活，真可谓又脏又累，就是一个男劳力，干上一天也够呛。而姬桂玲，从挂粉条、晒粉条、捆粉条每一个环节做起，一丝不苟。苦与累对她来说，不是什么克服不了的事。她清楚，自己缺少文化，好高骛远的事干不了，只有脚踏实地，从点滴小事做起才能改变自己的命运。那阵子，她看见乡邮递员骑着摩托车送信时，她真的羡慕死了，心想有朝一日自己能有一辆摩托车多好。那种踌躇满志、势在必得的表情，让许多同龄人从那时便对她刮目相看，他们都说姬桂玲这女子，将来一定有出息。

面对生活的压力，姬桂玲什么苦都能吃，她说："随着改革开放的进程，我跟工、摆小摊，起早摸黑，从来没消停过。"后来，她结婚了，压力越大了，丈夫家同样一贫如洗，何况很快有了孩子。为了能挣到钱，她只好把孩子用绳子拴在炕上，她赶时间去摆摊。有时不忍心，干脆把孩子背上，一边干活一边哄孩子。有一次从镇川往家返时，一天没有吃东西，当走到一个小卖部跟前突然觉得饿了，已经饥肠辘辘的她花了一块钱买了五个面包，狼吞虎咽地吃了一个，剩下的却舍不得吃了，拿回去给了公婆。姬桂玲说这情景时，还在感叹地说："不怕你们笑话，当初那个穷几乎没法活人，后来还做过多次吃够面包的梦。"

是的，凡是有方向的人总是会有机遇的，一次偶然的机会，使姬桂玲的人生有了巨大转变。城市化进程中，大批农村人拥进县城，她觉得行行都能出状元，自己为什么就不能。经与丈夫商量，他们举家迁到米脂县城，用仅有的六百多元钱做资本，租了一块闲置的土地，开始经营煤炭。

姬桂玲说："小本生意，没风险，只要自己服务好，有诚信，多吃些苦，赢得别人的信赖，其余的事就好办了。"也正是如此，她的煤场生意红火起来，殊不知，在这红火的日子里，姬桂玲真是起早摸黑，仅靠一辆三轮车、一个磅秤，开始了最初的运转。她既是经理，也是搬运工；既是过秤员，又是驾驶员。谁都不曾想到，在米脂大街小巷那个开着三轮车送炭上门的婆姨便是她。有时候她像一个黑脸包公，人家分不清她是男是女。很快，在米脂不大的县城里，人们都晓得有一个女人开的炭店，无论刮风下雨，天冷天热，只要你打招呼，炭随时就到。看着她熬红的眼，家人曾劝她说：开炭店自古是男人们的事，拿轻夺重，起鸡叫睡半夜，一个女人家累坏了身子下半辈子不好过了。

是放弃还是继续？姬桂玲说："自己思想斗争很激烈，作为一个女人，虽说住进了城里，但几年来从未悠闲地逛过商店进过超市，更不用说穿一件像样的衣裳，整天和煤炭在一起，就是一个煤黑子。那苦呀、累呀就根本顾不上想，心里只有一个目标，自己也许天生要吃这些苦，只要不怕，'苦'就自个倒了。"最后，她还是坚定信心，只有一个字——干。

独树一帜创业，只要有诚信就换得幸福来

姬桂玲这一干又是几年，现在，她说自己是靠"滚雪球"的做法把自己的事业干成的。看着煤场的筛选机、铲车、小车和各种机械设备，我们不由得惊叹，姬桂玲这个从不认"输"的女子，真的把事业弄大了。她说："实在不容易，当初的几百块钱开始闹世务，中间还向别人求爷爷告奶奶贷高利贷，少不了人家白眼。现在好了，经销渠道顺畅了，苦力活也基本没了，装、卸、拉都是机械活，自己总算轻松了。"

其实姬桂玲并不轻松，现在她注册的宏宏煤炭经销责任有限公司将近二十名工人，光大型机械设备就值三百多万元，每年上缴国家税收近十万元，这需要她呕心沥血地去经营。无论前面的道路怎样千变万化，我们相信，对于姬桂玲，任何险阻她都不惧怕。

在公司办公室的墙壁上，一进门我们就发现"公司是咱家，工作靠大家"的几个字，还有各种岗位责任制度、安全制度、财务制度，办公桌摆满了电脑、打印机、传真机等办公设备。谁都不会想到，十几年前，一个农村姑娘拖家带口地走进城里，死磨硬缠地租来一块闲地，自己盖起两间土坯房就做起了生意。她为了诚信，有一天自装自卸了四五吨煤，手指破了，脖子也肿了，她没哼过一声。还有一次，她看见路上机动车撞伤了人，肇事者跑了，伤者在那里痛苦不堪，出于善良的本能，她把伤者送往医院，万万没料到伤者竟然诬蔑她就是肇事者……这许多的点滴，让姬桂玲这位"硬"心肠的人泪花闪闪。

"现在不像从前小打小闹，作为公司负责人，我要在这个行当中立住脚，站得稳，就要独树一帜创业，只要有诚信就换得幸福来。"姬桂玲这样说，也是这样做的。与此同时，她致富不忘回报社会，第一个在米脂县农村设立妇女奖励基金，她带头捐款，并且帮助几名贫困大学生。只要有生活困难的乡亲们向她借钱，她从不计较多少，有求必应。在米脂，姬桂玲的名字可以说响当当的，有口皆碑。

市场瞬息万变，经营任何产品都不可能永盛不衰，任何一个公司都不

可能独霸某一产品于一世,何况眼下市场竞争异常激烈。姬桂玲看出了我们的担忧,她说自己正顺势而上,全方位地改变她的经营策略,许多计划和设想都在她脑海里逐步形成,到时候,她欢迎我们再来。

是的,姬桂玲的信念就是拼搏,她的目标总是远大的。看着她对任何事都不在乎的自信,凡是熟悉她的人,就能知道她的心底,那种透明、温暖、平静、善良,她是独具魅力的。我们也知道,有这种心境的人是能干事业的,是可以与之交往的,米脂应为有这样的好婆姨而欣慰。

年轻人要学习她。

巧手换来艳阳天

——记米脂县王牌服饰董事长赵竹芳

> 她白手起家，靠自己的勤劳与坚韧不拔的意志，在陕北米脂县创办了第一家走向全国市场的个体私营企业。她，成功了，跟着她干的姐妹们也富了。
>
> ——题记

在米脂，如果谈及服装行业，人们总先想到王牌服饰有限公司。说起王牌服饰有限公司，就必须说到董事长赵竹芳女士。她以自强不息的奋斗精神作为人生履历的注脚，以厚德载物的心态诠释人生际遇，在经济改革的大潮中，一步一个脚印，踏踏实实地干出了一番让人称赞和羡慕的事业。二十年的拼搏，公司由小到大，由弱变强，成为米脂县民营企业的骨干。他们的产品，在全国市场享有盛誉。

童年贫寒立壮志

米脂，地处黄土高原腹地。有史以来，因为战乱偏远，当地人们过着贫困落后的生活。

赵竹芳女士出生于20世纪50年代，父母无业而姐弟又多，家庭的贫困可想而知。在小县城没有土地又没有职业，人们小看不算，方方面面还受到不公正的待遇。在乡村，当时流传着这样一句顺口溜："有女不嫁市民汉，供应粮无下餐。川地人家凑合过，后沟有地年好过。"这，就是当时米脂县城居民生活的真实写照。小城镇市民靠国家供应的口粮，确实吃了上顿没下顿，何况赵竹芳家孩子又多，更是雪上加霜。每天看着父母唉声叹气、愁眉苦脸的样子，赵竹芳心里便暗下决心，等自己长大成人，一定要为父母争口气。她的志向是，好好读书，将来做一个对国家有用的人。

然而，幸运没有降临在赵竹芳身上，因为姐弟多，家里根本无法让她们一个个都去学校读书。在那个特殊的年代里，赵竹芳只好放弃，从小便帮家里干一些零活。虽然她没有去读书，但天生心灵手巧的她，爱幻想、爱思考，对世界的一切产生着好奇。从十五岁开始，赵竹芳的手工针线活和精湛的缝纫技术就得到周围邻居的认可与赞许，大家都说，这女子将来能干大事。

借得东风好行船

一个有成就的人，在确定自己的目标时，下决心是最重要的。如果找准了"靶子"，所有的问题便迎刃而解了。20世纪70年代末，赵竹芳凭借着自己的一技之长，仅靠一把剪、一杆尺、一台小缝纫机便开始了实现目标的征程。凭借着年轻的优势，她每天干活不分上下班时间，只要顾客要求，她决不怕麻烦。那种诚信、负责任的精神，一开始就体现在她身上，她把做服装当作自己育儿女一样，精心呵护。一开始，她给零散顾客加工，凭她的经验，设计不同类型的款式，这种小本生意做起来还算得心应手，街坊邻居都说赵竹芳做的衣服款式新颖，做工细致讲究。一传十，十传百，许多人纷纷上门，拿着面料请她做。然而，一间小店铺，充其量是个裁缝铺，加工衣料挣不来多少钱，而且白天晚上都要赶着做，赵竹芳想，如果自己把服装生意做得再大一点儿，有一个自己的品牌、一个自己的服装生产厂地那该多好。这心思一动，她便付诸行动。然而，现实毕竟是现实，没有半点儿捷径可走。在极端困难的条件下，赵竹芳晚上加工，白天用一辆破旧自行车载着自己生产的服装产品，奔波于米脂县境内及周围的乡村集镇摆摊设点。无论酷暑严寒，她从没有退缩过。这种推销产品的日子很苦、很累，但她确确实实在辛苦中学到了不少东西，也为她以后的创业积累了资本和经验。

按照当时的势头，赵竹芳熬过几年后才明白，那种磨砺的日子，最大的受益者是她自己，因为她体会到，一种对事业高度的责任感和忠诚感一旦养成之后，会让自己一辈子享之不完，用之不尽。1989年，赵竹芳用自己的全部积蓄购回10台平缝机，雇来12名工人，正式创建了自己的服装厂——王牌服装。这时，米脂县的各种服装加工业如雨后的春笋，大大小小不计其数，实际上也成了米脂县的一个支柱产业。然而，市场是无情的，经过几年的激烈竞争、淘汰，只有少数的几家站住了脚跟。王牌服饰厂就是在这种环境下，以一个胜利者的姿态出现在大众面前。因为管理得当，诚信服务，厂子不断有机组合，形成奋发向上、充满活力的服装厂。赵竹芳在不断完善自我、战胜自我、超越自我、提高自我中前进，形成了她独特的人格魅力，使服装厂进入了一片新天地，达到一个新高度。

1995年，赵竹芳经过缜密考虑，精心安排部署，在全家人的大力支持下，把自己所有的积蓄拿出来，购回50台（套）服装机器设备，招收了60名生产工人，将王牌制衣厂扩改为由她担任董事长的米脂县王牌服饰有限公司，生产防寒服上衣、男女防寒裤和中老年人马甲。厂子大了，人员多了，如何适应市场，如何管理，如何使企业做强做大……许多的问题，一个接着一个。对于没有读过书的赵竹芳来说，脑子里一下子灌满了这些新名词、数字，尤其是每天面对那些设备、工艺、款式、品种，员工们的各种情绪，赵竹芳感到了前所未有的压力。她想，自己吃多大苦受多大累无所谓，要办好一个企业需要的学问太多，让自己吃不消。但是，经过多年的摸爬滚打，赵竹芳不服输的意志早就被风吹日晒得无比坚定，困难是暂时的，不会就得学，世界上没有学不会的东西。在这种精神支柱的作用下，赵竹芳不停地向人请教，虚心听取别人的意见建议，逐渐形成自己的一套管理方式。在经营中，她坚持最佳产品、最佳服务、最佳效益。营销中，坚持以诚信对客户，共赢求发展，而且提倡"小中见大，细中见精"的观念。很快，王牌制衣有限公司立足本地，面向全国，成了米脂县服装行业的领头羊。

2004年，在狠抓生产数量管理的同时，更进一步加强了生产质量管理。根据市场营销情况，赵竹芳又提出了一个大胆的想法：企业要做大做强，一定要顺应潮流，从企业的长足发展来考虑。赵竹芳再投资200万元，购建新厂房，更换先进设备，在厂职工发展到260多人，产品由单一的纯羊毛向纯驼绒、纯牦绒等产品扩展，企业由过去普通的防寒服生产转变为生产精品防寒服系列产品。企业做大了，管理更要完善，在每天的生产过程中，赵竹芳始终如一，除了平日里用的管理人员外，她还亲自到生产第一线，对每批进厂材料进行抽检，不合格的立即清出场外，从源头保证产品质量。在生产过程中，指定专人严格把关，从原料配比、款式款样、流线作业到包装运输每个工序都认真衔接，发现质量问题，立即禁止出厂，为创品牌打下了良好的基础，也使企业发展壮大有了一个坚强后盾。

与时俱进劲不泄

一晃二十年过去了，在赵竹芳看来，发展企业的过程中也成就了自我。二十年的酸甜苦辣，赵竹芳尝过了，对未来企业的前景，赵竹芳不敢有半点儿松懈。她常说："狼心心，兔胆胆，永远也干不成大事业。"作为米脂婆姨，她在时代的潮流中独领风骚。王牌服饰有限公司已经是一家集服装设计、生产、销售为一体的民营独资企业。如今，公司拥有生产厂房2660平方米，各类先进服装生产设备293台（套），生产工人200多名。在小县城，作为这样一个"大家"的掌门人，赵竹芳清楚自己肩上的担子越重了，压力越大了。有时候，产品供不应求，为了赶制一批货，有工人说可以省些程序，偷工减料来得快些。赵竹芳严厉批评，她说做人与做产品一样，始终如一才能赢得信誉，干我们这行，职业道德最重要。就这样，她在企业里言传身教，身体力行，成了职工们的好伙伴、好大姐，同时也成为员工们的行为标杆。只要职工有事，或大或小，她都得去帮助解决。职工有困难，她便伸出援助之手，在培养职工和教育职工中起到了举足轻重的作用。同时，她还十分注重社会效益，几年来，为汶川、玉树、舟曲灾区捐物捐资，资助贫困大学生及农村贫困户共18.6万元。从2008年起，自愿与银州镇刘家湾村结对子手拉手，使该村49名青年免费接受技术培训。近三年累计培训人员达739人，辐射带动妇女就业达1566人，提供岗位实践203台（人次），公司成为米脂县手拉手、共致富的示范基地。同时，公司以"敢于负责、敢于创新"为企业精神，通过企业文化推进各项工作。

巧手换来艳阳天

赵竹芳的事业蒸蒸日上的同时，她的企业也为米脂县赢得了荣誉。

2006年被中国市场监测中心授予陕西省质量服务信誉AAA级企业；2007年10月被榆林市政府授予守合同重信用企业，同年，"米胜王"商标被省工商行政管理局认定为陕西省著名商标；2008年获中国羽绒十大品牌称号，2008年12月被省质量技术监督局、省工商联等部门授予陕西省民营经济前卫十佳企业；2009年3月被省中小企业促进局授予陕西省中小企业成长工程骨干企业。

如今，赵竹芳的米脂王牌服饰有限公司的产品已销至新疆、内蒙古、东北等地，2007年销售收入1725万元，实现利润158万元，创税收154万元；2008年销售收入2208万元，实现利润215万元，创税收196万元；2009年销售收入2385万元，实现利润228万元，创税收211万元。这样骄人的成绩，对于一个白手起家的米脂婆姨赵竹芳来说，实在来之不易。2010年冬季来临之际，王牌服饰有限公司的新厂房已竣工，面对这样的变化，米脂人有目共睹，都一致说："王牌服饰今天立于不败之地，是与他们的董事长赵竹芳分不开的。"

是的，企业的掌舵人是一个企业的灵魂。在二十多年里，赵竹芳所带领的团队，一步一个新台阶，用自己的巧手换来一片艳阳天。

赵竹芳说："有党和国家的英明政策，在各级政府的大力支持下，我将不遗余力，与全体职工同心协力，明天将更加灿烂。"

回味无穷的韵律

——记高海利

提起米脂县电视台,人们总忍不住要提及海利,在电视台播音员或主持人里,海利是米脂观众心中的"美丽天使"。印象中海利年龄不大,但她在这个行当里的资历不浅,其影响也可想而知。漂亮的女人,在米脂层出不穷,而对于海利,独特的俊美容貌,加之她的播音技能与主持风格,让人们更加喜爱。

其实,海利的普通话是自己学来的,她并不是科班出身,而是土生土长的米脂女子。她的风格、音质、形象与同行人大不相同,小县城能有如此出众的女子,大家都投来羡慕的眼光,外人更是惊叹不已:米脂女人就是非同一般。

在中国,大大小小电视台的播音员、节目主持人数不胜数,但是,能如此近距离接触的恐怕还只有海利,她让我们感到是自家人。一般人是很难在细微之间以及变化莫测的舞台上表现出淡定,况且,海利是自学的。那些大电视台的主播、节目主持人毕竟离我们太遥远,谁也不知道他们风光背后是什么样子,如今对名人的演绎,与其说是宣传,不如说全是八卦。每个人心中的名人标准都不一样,每一个人心中的主持人,自然也是不一样的。

海利主持的米脂电视节目,是离百姓最近的一个窗口,这是肩负重任的一个工作。从一个县的政治、经济、文化,延伸到娱乐,或吃穿住行。电视台所有的节目,县上大大小小的活动,海利的影子总能被人瞧见。当人们聆听和欣赏她的语言风格时，无论是谁，都会觉得海利在不断挑战。在根深蒂固的方言环境中能脱颖而出，其学习过程可想而知，除了困难，还有方方面面的压力，她能行吗？

海利的播音，并不惊艳，甚至谈不上生动，但她的音质相当纯净，犹如一尊博物馆里的塑像，严谨、认真、一丝不苟。那种出奇的感情，将她的美丽定格在人们想象中的播音员空间里，无可挑剔。所有的听众或观众，随时随地都幻想着和自然界风雨的回声一起荡漾，与一个熟人交流，充满惬意与温暖；和一个名人面对面，那样亲切与熟悉。她尽量将自己的语言、音质、形象用特有的内涵展现出来，人们看到的是她的沉稳、细致，甚至有典雅之美。作为最基层的播音员，海利时刻保持着用自己富有活力的口语表达能力与人自如交流。所以，在我看来，海利能全面灵活驾驭舞台艺术。她的语气节奏，富有磁力，色彩丰富，让人产生亲切感。实践证明，一个自学成才的米脂女子，让世人不得不刮目相看。因为勤奋，才会有今天准确规范的语言、充满特色与个性的精神风貌，才会将播音中的细节刚柔相济地体现出来。

勤奋努力，才会有可能成功；坚持学习，才会有可能进步。海利自始至终这样要求自己，她除了掌握播音与主持人的基本技能外，不断掌握政策理论，而且不止一遍地翻阅逻辑学、语言学、语音学书籍，每到关键时刻，她都能用自己朴实、自然以及准确的表达，给观众呈现出不一般的风貌。她说播音与主持不是表演，在演绎、表达、理解的过程中，首先要静下心来，向往那种忘我的境界，虽不能至，心向往之。海利没有半点儿浮躁与骄傲，更没有多余的矫饰。她的心一直变化自如地像云一样流动，她将语言发声的技巧变为一种艺术，她将播音与主持和自己的身体与心连为一体。

高海利如今是电视台副台长，这对她来说，不敢有半点儿的懈怠，她忙于采访、编辑、播音，而且时不时要主持大型的活动。从1990年参加工作并担任电台与电视台播音员以来，她获得了许多的荣誉，得到广大观众的认可。现在，我简略地把这些荣誉列出来，你就会知道高海利的努力与付出：2009年被评为榆林市优秀新闻先进工作者；2006年由她采写和主持的电视专题片《罗胜和他的根艺》荣获榆林市广播电视奖一等奖；广播稿《〈决定〉精神暖人心》荣获榆林市广播电视奖一等奖；她播出的作品

《艾淑英和她的夕阳红敬老院》《一位农民与两个大学生》分别荣获2005年、2006年播音奖二等奖；《米脂农民自制啤酒瓶太阳能热水器》《好弟媳武峰八年伺候瘫痪父兄》分别荣获电视长信息、社教节目二等奖，其中《米脂农民自制啤酒瓶太阳能热水器》在湖南台、榆林台播出；《米脂小米走红杨凌农高会》《米脂姑娘杨冉"世姐赛"中获两项最佳奖》荣获2006年度榆林市广播电视长信息、短消息三等奖等。

无定河在经过米脂之前已聚集了能量，它有时汹涌而至，有时平缓流过，黄色的土地被河水映衬得成了美好而深长的景致。树木、村庄、公路、城市，在艳丽的阳光里，成了时代留存下来的博物馆，始终在无定河之水的裹挟下，悠悠荡漾。而米脂的电视播音事业，就在这远古与现代的层叠与起伏中前行着。有像高海利这样的一帮人，听她们的声音，也始终显得那样幽雅、醇厚、回味悠长……

宁静以致远

——写给兄长温江城

作为县长，温江城平静的外表下，蕴藏着一颗多思和忧患之心。他把自己对人民、对土地的深沉感情，全部倾注到自己的工作当中。生活中的温县长不是一个潇洒奔放的人，即便是在熟人的聚会上，许多时候他扮演的也是一位安静的听众，即使心中再高兴，他也从不张扬，也是淡然而节制地偶尔说上几句。在我的印象之中，他是那么淳朴忠厚，始终不失农民儿子的本色，就像自家的邻居一样，言行举止让人格外敬重。

在与温江城县长相处的短短时间里，我一直有这样的冲动，想要为他写点儿什么，然而这种想法又立刻被否定了。因为在政界，特别是他处于一县之长的位置上，多多少少让别人觉得有些"拍马屁"之嫌，所以这种冲动一直被我压着。后来多次与他接触，特别是在某种场合喝酒，使我深切地感受到一个有良知的官员应有的社会责任感和历史使命感。他一方面时刻关注芸芸众生的现实生活，另一方面，他从政几十年里，无论生活给他多少困顿，时间多么紧张，他一直在不懈地努力，他坚守着自己的信念，一步一步孤独地前行。他似乎在享受着这种孤独，不管前面是荆棘，还是鲜花，他都是坦然面对。表现在酒桌上，无论面对上级领导，还是下属，他都按规矩来，从不赖酒，也没发酒疯。大家说，酒品看人品，没二话可说，只是温江城也是凡人一个，他畅饮或豪饮，为的是工作、人情或义气，这让许多人揣测，温县长到底能喝多少酒？瞅一眼，他从没有半点儿官架子，就那么平平和和，认认真真为人。在当下，能用自己的人格魅力阐释着对社会、对人生以及对大众的关怀者，屈指有几？

而温江城，从三边走出来的汉子，就这么心平气静地把自己置身于世事纷杂中间，荣辱不惊，时刻做一个冷静而睿智的观察者与践行者。他被组织一纸调令交换去西藏阿里地区，一待就是六年。也就这六年，更加考验了一个人的意志与毅力，而且更加丰富了他的内涵。也就因为这一段的经历，让朋友们广泛称道的一个官员，任劳任怨且无悔地给人们树立了一个标杆与典范。西藏很苦，也清冷，雪山被太阳照射得光芒足以刺穿人的心脏，那种无法言喻的孤独让温江城在凝固的空气中体会着对生活的感受和对藏民的挚爱。在那里，他完全领悟了人生的真谛，也就有了对人生的大彻大悟。稍闲下来，他不忘自己一直喜欢的书法，透过他的作品，我们看到另一个温江城——一个书法家。他对历史、现实、生存包括死亡等宗教般的思考，展现出了悲天悯人的情怀和智者深刻的寂寞。尽管许多书法与诗歌、日记我未能目睹，但我相信，那些凝结了他心血和智慧的文字，读起来能让人理解他何以如此的宁静淡泊。

我知道温江城在西藏期间患了多种疾病，尽管不那么严重，只要遵医嘱，认真服药，他可以十分健康地更好工作。然而，作为一名政府县长，他无法停下来。开会、下乡、接待上访者……他的目光一刻也没停留下来，扫视着一个地方、一个县城的发展，思考着改变一个地方面貌的方案。而在社会种种诱惑面前，他更多的是关注百姓的苦难和呻吟，一种实事求是的人文情怀，让他保留赤子本色。

如果说，温江城在从政道路上几十年积累的经验，以其沉重的责任叩问生活中的诡谲，他或许有些失败，那么，他为官一任、造福一方的信念，还有百姓的理解，使他一如既往地前行。这种坚定的步伐，使他在经受了过多的挫折与苦难，还有过多的沉重后更渴望百姓生活富裕与幸福，来自百姓中间的温暖叫他心潮澎湃。而正因为如此，他静下心来用其书法彰显内心深处的人文关怀，优雅地表达对美好未来的向往。

温县长的个性极为温和，但温和中有他的人生信条。他有着分明的爱憎，以自我温和的表达，把工作中、生活中所有一切的烦恼融化在时空里。事实上，他的这种冷静并不冷漠。他可以不厌其烦地接待个体或群体的上访者，哪怕一些十分无理的来访者，他都十分认真地倾听他们的诉求。在与来访者的对话中，那种真诚的力量，还有平易近人的态度，使你不得不折服。

温江城说，作为最基层的官员，绝不能虚妄，面对老百姓，绝不能张扬，必须一步一个脚印，实打实干事情。这种话语呈现给我的是深邃的悠长意味，因为他能坚守，他的人品才在人民大众心中扎下了根……

当下，在经济改革的大潮中，各种纷争和矛盾日益凸显，许多官员侃侃而谈要做人民群众的公仆，然而实际上他们挖空心思地为自己谋利益。在具体的工作中，我理解温江城的苦衷，就像他学习书法一样，要练就一种风骨，谈何容易！每干一件事，每往前迈进一步路，还有他对人民、对土地的深沉感情，实施起来很难。可他一进入工作状态，那个激越、忘我、才华横溢的温县长便展现在人们眼前。

其实我和温江城县长没有过多的接触，更没有深交，但作为一个写作者，耳闻目睹，大概如此了解他。要么，可以看看温江城的书法或诗，感受一下温江城这个人。包括他喝酒的态度，那种风骨，值得我等学习。

守望圣土的人

——读祁玉江散文集《守望圣土》

"我思想丰富，感情细腻，大自然的一山一水，一草一木，都使我感动，引来我的遐想。人类中的每一个同伴，我都把他们视为自己的兄弟姐妹，热心帮助。我面对山岭、平原、森林、草地、江河、海洋、飞禽、走兽、树木、花草、城市、农村、人类、自己、男人、女人……这些千姿百态、五彩缤纷的大自然，常常凝眸静思，浮想联翩，往往纠结得不能自拔。生活中的一本好书，一部电视剧，一场戏剧，甚至其中一个情节，都能感动得我泪流满面。"（《我就是我》）祁玉江如此用文字把自己的思想来表达，而且对田园风光无限遥想，并且把自己置身于其中，写作成为他一生精神的栖居地。在生活这个大舞台上，尽管他扮演着各种角色，但他首先做了一个率真的人，一个勇于突破自我的人。他自如顺畅地完成了一次次的超越，始终秉持着农民本色，去追逐梦想。因此，祁玉江从政几十年，文章写了几十年，这种坚持，如果没有惊人的淡泊、冷静，没有对社会与生活敏锐的感受能力和扎实的文字功底，就不会成就祁玉江优异而执着的文人立场。

一日，祁玉江先生从宝塔山下寄来自己的散文集《守望圣土》一书，他把这本书的内容用守望、怀念、温情、品论、见证五个部分呈现给读者。他说自己是小心翼翼的，因为除了对文学的痴迷与热爱，他还是在官场上敢作敢当的那种人，这使他在选择题材或倾心叙述时必须深具慧眼，以独特的思想路径发现真善美、假恶丑。有时，他极具"冒犯性"，与众多专业作家不同，在他平淡的文字里，可以看出他独特的经验和记忆，还有乡愁或小人物们生存之艰难。在文字的背后，反衬出社会转型期复杂的人性和社会的"疾病"。但是，在他这里，更多的还是温情。"我日常生活中最大的幸福是逗仔仔玩耍，忙忙碌碌一天工作下来，还不能完全歇息，当日的报纸、文件还等待去处理——拖着疲惫的身子，有时回到家中，已经到深夜，玩耍了一天累了的毛仔早已熟睡。我往往为没有和仔仔玩耍而感到十分自责，只能趴到他的身边，一边看着他熟睡的模样，一边拉着或捏着他的小手，一遍又一遍地亲着他的脸蛋，久久不愿离开。"（《仔仔是我的开心果》）祁玉江先生动情地把自己对孩子的疼爱描绘出来，充盈着亲情的柔软与温馨，那浓浓的人情味，纯真的心灵，让我感到一个人干净的内心世界。

读祁玉江的作品，感到他从不孤独，发现他的精力如此的充沛。在故乡、家园、亲情的元素里，祁玉江借地域性彰显着自己万般的钟情，还有开阔的胸怀。从他和朋友、同事，还有人间所有动情的故事里，可以看出他对生活的热度、对生命的深度认识，从而也使他的作品凸显出丰富性与认识上的广度，特别是在陕北这块土地上，更显示出祁玉江先生写作上的那种节奏和韵律。他娓娓道来的所有故事，那丝丝缕缕的人和事，让我们感悟到文字背后的精神分量。

祁玉江先生用文字作为一种精神延伸，从来不把自己的眼光放在一个狭窄的天地里，他对生活、生命、自然充满敬畏，冷静观察世道人心，并用心接近。《灾后重建暗访记》《目击延安强降雨》等文中，作者对灾情了如指掌，对他所在的地区、村庄渗透了一个领导者能"沉下去"、接地气的别样图景，那种质感的正能量冲击着我们，让我们从文人祁玉江看到了另一个祁玉江。他对事业、工作如此，对文字如此，是一个率真的人。在生活中，他是一个永不停歇的人。

因为，他守望着圣土。

境由心造，事在人为

——记米脂三中校长朱继东

熟悉朱继东的人都知道他是地道的学院派，具有深厚的学识基础，是有着出众且具特色的教学方法的老师。后来，他的成就把他推到了管理者的岗位，当一名中学校长。在学校浓浓的竞争氛围里，因为有朱继东这样的校长，米脂县三中的教学水准便一直遥遥领先。在同年级当中，三中有了非同寻常的地位。朱继东对学校的理解是人文的，他把自己的学识、经验与人情味深度连为一体，更知道如何把握学校的脉络。他在位一天，关于学校的方方面面就一定做好，三中成了米脂县教育事业上亮丽的风景。关于三中，人们津津乐道，只要孩子上初中，都会争着去三中。更令人惊叹的是，每年中考升学的学生，三中占的比例很大，这便看出学校管理与教学的真谛。那是在校长与教师配合的默契之间，圈外人无法懂得的。朱继东从事这一职业很长时间了，无怨无悔，拳拳之情渗透在学校，他在其间领悟到的东西，荣辱之声均在。有一日，我们面对面说起一个人和一段历史，感慨之间，怅然之气隐隐，人生短暂，生活永存。对他来说，作为职业教育工作者，澄怀内修，不懈追寻，传道授业之间以身作则，学无止境。作为管理者，更是联络服务教师，体会教师人生百味，带头践行优秀品德和坚韧精神的范者。这些年走过来，学校的名声让他引以为豪。

有人曾说过这样一句话：人的个性的一半是地域性。朱继东出生在陕北米脂县党家沟村，一个靠山有川的村庄，无定河从门前流过，山与水赋予了他刚直的性情。从小因为穷，在他密密麻麻的记忆里全是饥饿与困苦。然而，这样的生存状况也养成了他视野开阔、胸襟博大、宽厚为人和疾恶如仇的品格。无论穷富，也不管贵贱，朱继东一路走着，离不开家乡山水的塑造。人们说个性有源头，像父辈，而父辈们的个性源于这块土地。就像许多陕北汉子一样，厚重的土地让朱继东有了先天性的标记，那就是率真地对待人生，干一行爱一行。教育工作就这样烙在他身体和灵魂的最深处，为了学校的荣誉，为了教学的质量，他得罪过许多人。

我有时候想，在当今浮躁的社会氛围中，朱继东一如既往地、心平气和地耕耘在纯净的校园里，他对人生的理解，对生活的体悟，对本职工作的认识，和他熟识的人便可知道大概。他可以说把一生都奉献给了本土的教育事业，教书育人，耐得寂寞，从家到学校，从学校到家，一个心怀教育、颇有爱意的人，能够如此平淡地驻足于学校育人树人的闪亮之地，不图名利，岂不是今人所需要的最美境界？学校所有的工作，若管理者没有开阔的情怀，稍有疏漏，后果可想而知，除了误人子弟外，也是对历史的不负责任。朱继东没有半点儿的放松，他担当的恰是他与众不同的责任。

也许，朱继东属火命，他在静静地燃烧自己，温暖千家万户。我常想，学校的生活单调、枯燥，日复一日的程序多少让人乏味，恰恰因此，朱继东的坚守让人敬佩，他知道自己应当做什么，不应当做什么，一个穷人家的孩子，早早地悟出教育工作者担当的责任之大，由此也就有了原动力。

我注意到，朱继东平生不善于宣扬自己，除学校大大小小琐琐碎碎的事情外，他对尘世上的事多有警觉。他说社会确实是个染缸，稍不注意，自己就会混入另类。这样的校长，有时会被社会所忽视，因为普通、低调、不张扬，如今生活中这样的人很少见了。

因为不懂教学，不熟悉学校，更不知道如何管理，我对朱继东在具体的工作中所遭遇的种种困境无法表述清楚，但感动我的是他一如既往的平静心态。这么多年过去了，无论同学、朋友、同行怎样升迁，他都没有心生嗟叹，学校饱含着他的心血，更有一种无法割舍的情结。这种心态也就没了功利诉求。我为认识这样一位朋友感到高兴。在过往的时光里，有诸多这样的教育工作者，使我们的丰厚文化，还有重教兴文的传统得以延续。要知道，形成一个共识，凝聚成一种力量，承载一种责任是需要我们共同努力的。

著书立说，是拿镜子照自己，在我们天天喊关怀教育事业的同时，要有对教育工作者真正足够地关怀，还要有更深一层的理解。

神韵飞扬

——观贺治义书法作品后小记

贺治义，男，1942年出生，米脂李站姬新庄人。曾任米脂县城关镇镇长、县纪检委副书记、监察局局长等职。从简历看，老贺一直从政，似乎与书法无关。然而，近日在米脂参观老贺的书法作品展览后，我被那一幅幅气势恢宏、点画精确、格调高雅、韵味深长的书法作品所感染。与众多的观者一样，觉得老贺退休之后没有闲着，短短几年能把书法学到如此地步，足见他无日不临池的浑厚功力和勇于创新的精神。也就是说，贺治义先生无论在政界还是退休，他坚韧不拔、百折不挠的高贵品质一直在坚持，而且有不随波逐流、豁达宽广的胸怀。从进入榆林老年大学开始，也就是从一个初学书法者开始，他一丝不苟、严于律己、刻苦勤奋，使他的书法日渐得到了升华，而且走向了成熟。几年的磨炼，形成了自己独特的艺术风格，让所有观者大为惊叹，充满敬仰。

看贺治义先生的作品，或传神飘逸，自由流畅，或笔墨连绵，高山流水，或笔力遒劲，一气呵成。他的笔法粗细有度，意味深长，笔墨线条之间，彼此衬托，相互渲染，体现了自然与和谐，也彰显了中国传统文化中"天人合一"的理念。他的每一幅作品，既蕴含洒脱清远的阴柔之美，又不失雄壮伟岸的阳刚气度。各种书体，总给人以沉稳、厚重、大气之美感，同时也是他个人抱负与追求的唯美诠释。的确，到了如此年纪，他将自己的心、神、意与书法巧妙地融合，白纸黑墨中我们不仅仅看到一个个字，仿佛看到了一位不屈不挠、顽强拼搏的汉子。他倾尽情感以至生命体验来书写，形成了他泰然坦荡、个性鲜明的人格魅力。

从前与贺治义先生没有多少交流，但他的为人做事我颇为了解，行政工作的长期历练，纪检工作的严谨务实，都潜移默化地融入其书法艺术中。可以说，丰富的人生阅历，刻苦认真的精神，成就了贺治义先生的书法。他对书法艺术的执着，对我国传统文化的酷爱，值得我等后辈永远学习。

我相信，贺治义先生在书法艺术的大道上，将会取得更大的成就。

一片痴心坚守不悔

——米脂县妇联主席姬巧玲印象

多年前,姬巧玲还在县生态办上班,我曾去她们单位招人,见了姬巧玲。因为不熟,只打了声招呼,尔后,各忙各的,彼此没有联系。后来,中央电视台录制了一个节目,我在电视里看到姬巧玲已是印斗镇的纪检书记了。她包了一个村,为了修路,四处奔波筹款,受了不少委屈,一个人独自在镜头前潸然泪下,我便更进一步认识了这个女子。

再后来,我们见面了,往来也跟着多了起来。那时的姬巧玲,二十来岁,风华正茂,朝气蓬勃。她刚步入社会,走进新单位,有股天不怕地不怕的劲儿,可谓初生牛犊不怕虎。在印象中,她善于交际,人缘广,头脑灵活,善于思考。我们一块儿吃饭,她同大家谈生活、谈工作、谈人生,那种属于她极为难得的大气,难以言表。她有坚韧不拔的精神气,即使喝酒,较到劲上,没有商量的余地,毫无一个女子的怯弱。在那一刻,我意识到,姬巧玲性情中还隐藏着另一个特质,是一个人最真实的表情,带着酡红的醉意,完成她一个充满活力与热情的姿态。

不过,刚刚踏上领导岗位的姬巧玲,并没有勇气和胆量与生活挑战,她竭力装出一种职业性的、平淡而疲倦的样子,虚心接受老同志的训示与生活的磨炼。她以前从单位小干事做起,所有的统计报表、数字材料工作,一点儿也不嫌麻烦。别人不想干的活,她都愿意去干,而且勤勉、一丝不苟。有个声音一直呼唤着她,人生的价值体现在方方面面,她要在工作上有所成绩,就必须比别人多付出百倍的努力。

我和姬巧玲虽说见面的时间多，但从未长谈和共事。在行政圈子的交往，具有相当的偶然性，不在一个系统，不是上下级关系，可能是某个会议，某个场合，与某人一块儿才知晓。而一些人之间，只知道名字，但有上述之缘也未必深交，于是一直生疏。我与姬巧玲，自认识以后碰到的机会很多。接下来，我们与许多熟人或朋友在一块儿，自然而然地有话可说。尽管我与她有性别和性格上的差异，但我们的表达似乎都属于无须掩藏或保留的那种，正如我开头所说的谈自己的困惑与迷茫，谈亲朋好友的喜怒哀乐，谈自己的将来或生老病死，但几乎没涉及政治。当然，她也说衣装胖瘦之类的话题，我有时哑然。因为职业，更多的场合是听人倾诉，而不是一个诉说者。

我从而知道，姬巧玲有些粗粗鲁鲁、泼泼洒洒地长大，从她的言行中可以看出她顶天立地的一面，对家庭、对亲人、对朋友，她都是如此仗义。她把生活中所有的委屈、孤独、困惑隐藏起来，经过苦苦的跋涉，到最后把硕果奉献给别人。好像她命运如童话一样神奇与美好，也许人们忘了，也许姬巧玲没有说，任何好运都不会从天上掉下来。

搞行政工作，如果你选择了这个职业，就要有付出，不然不会有收获，而这种付出是艰辛的，许多人体会不到的。作为女干部，自己的姿态与背景似乎颇为重要。政治生态中，你要有胸怀，而且能将苍凉世情加以消解，要沿着一条属于自己的路走着，或荣或喜，或悲或忧，都能直面。她下到基层，拿得起放得下，和乡亲们一样，面对土地家园，难舍难分。她知道，作为一名基层干部，自己坚守信仰，才能和父老乡亲有掰不开的情感。她说短短的两年时间里，得到了乡亲们的认可，一个村庄、一个家庭、一个人的大大小小事，都成了她自己的事。跑项目、找资金、修公路，甚至调解胡搅蛮缠的事，这成了她生活中的另一种状态。

从副乡长、纪检书记到人大常委会主任，姬巧玲又被组织调往县工商联任职。她二话没说，服从组织安排，在工商联两年多的时间里，她想尽千方百计，把原来一无所有的单位建设得像模像样，而且大胆尝试，组织乡镇商会，吸引外面资金，联系在外米脂县能人，积极为米脂经济建设出谋划策。她就是这样一个人，干一行，爱一行，不说单位大小，不说权力有多大，只要能干事，有事干，组织与群众的口碑是最要紧的。姬巧玲的那股工作势头持续强劲，不断有新招，不断有新方法，获得好评无数，荣誉无数。我曾想，她会不会把持不住，会不会因此而飘飘然呢？一个科级干部，尤其是一个女干部，应该有一些特权。然而，姬巧玲就是姬巧玲，是我过于肤浅过于担忧了。

正因为这样，姬巧玲再一次被组织调到县妇联工作。作为一个女人，妇联工作可谓是得心应手的，她依旧持有自己的成熟与从容，一如既往地走自己的路。

2010年开始，米脂县妇联在姬巧玲的带领下，开展了巾帼示范岗帮扶活动，关爱母亲健康、慰问贫困母亲活动；开展城乡妇女"两癌"检查活动；发起关爱留守儿童活动；积极申请上报省妇联"红凤办"资助贫困女大学生工作；积极争取资金，协调企业界爱心人士为二十五名贫困大学生捐资，得到广泛响应；开展"巾帼建功"活动、妇女儿童维权活动、平安家庭创建活动、和谐家庭创建活动、好婆婆与好媳妇评选活动，等等，真正把妇联办成了全县妇女的娘家。这些活动，都凝聚了姬巧玲的辛勤汗水与心血，她把这一系列的活动推向了高潮，也推向了极致，并且变成一种常态化工作。特别是2012年三八妇女节期间，姬巧玲以米脂婆姨这张名片，史无前例地组织举办了以"绽放三月，魅力银州"为主题的服装文化走秀活动。这一活动，进一步提升了米脂婆姨品牌，展示了米脂婆姨的风采，有力地提升了米脂婆姨的形象，吸引了县内外大批摄影爱好者纷纷前来摄影摄像，在省市内外引起强烈反响，产生了巨大的影响，其意义深远。

我知道，姬巧玲在工作中也会遇到各种困难，也看到过各种脸色，品尝过人情的冷暖，但她始终保持着乐观的心态，充满着自信，不管何时见面，从没见她愁眉苦脸过，总是一脸的笑意和轻松。

姬巧玲还年轻，以后的路还长。我想，随着她的行走，我们等待着领略她带给我们的一次又一次惊喜吧！

经典不可复制

——写在《米脂窑洞》前面的话

引 子

  我们就米脂窑洞居住环境及一个具有经典意象的地方展开叙述、分析、整理、收集，而且梳理了这个地方被人们关怀的文化谱系或情节，揭示出米脂窑洞的独特性，以及窑洞与人、自然、文化的关系，使之在丰富的中国民居文化与建筑文化中得以丰富内容和富有表现力。在这黄土高原丘陵沟壑地貌中，米脂窑洞从自然法则中演变为经典，以平实的结构与创造，表现了我们祖先深邃的哲思，无论它以何种形式、规模矗立在那里，生活与生命的体验都在不断地进展与突破。随着城市化的推进，村庄日益衰退，窑洞渐被砖瓦水泥瓷砖所代替，可以说，一个地方的文化之质量正在退化。长此以往，没了鲜明的特色，不伦不类，没有传承，文化即将荒漠化，其主要原因是盲目追求，文化之乱象让人无了定向，这让人近虑远忧。城镇化固然悠长，然而仅仅为一种假设或不切实际之理想，或一主政者臆想，无视现实，亦无古典传统传承，许多隐患将危机四伏，我们的失误会导致一个地方文化的消失，这是最可悲的事情。

  所以，我们把窑洞在社会交流中的独特性重新提起，而且把它的功能及精神向度，与人类经验，生存、生活、审美反复强调之，不游离历史文化的沉淀，以人类文化为基因，终将成为我们这块土地上的人们反复无穷的话语。我们摒弃什么，坚持什么，以及窑洞自身的价值和创造过程，我们从中收获了什么？

　　米脂的窑洞不是简单的民居，这种依托黄土而建的窑洞已成了举世独有的风采。它实际的意义已跨界超越，成了米脂县及陕北共同的风景，它所涵盖的深厚文化最终影响一方水土与一方人，给这贫瘠偏僻的地方赋予神奇的魅力。

　　世界上所有民居不知道还有哪一种建筑像窑洞这样，经历一次一次的社会革命与变化依然初衷不改，无论灾难、战争，它无悔无怨地在黄土山的崖崖洼洼、沟沟岔岔上温暖着一代又一代的生命，这种延续，使这块贫瘠的土地奇迹般地有了活力。有了窑洞，才有家，有家便有一切，物质上升到精神，可与天连与地接与神通，使这一方人尽心尽力，一丝不苟，从而有一种非凡的定力。这样经典的建筑，使人充满自信，成为民族之骄傲，世界之奇迹，让世人惊叹。事实上，米脂的窑洞所产生的效应，是历史的、文化的、自然的，它用一种信念支撑着一种骄傲，用一种文化诠释一种命运，人们对大自然的爱，对土地的珍惜，对未来生活的向往。所以，米脂窑洞一览无余地展现在世人面前的时候，它闪烁着，带几分炫耀、几分冲击、几分震撼。窑洞的存在，还有它带来的浓浓文化便是一种见证。

　　米脂人生生死死，喜怒哀乐，哪个不是从窑洞开始，哪个不是从窑洞开始说"事"。

　　多年以来，一直让世人神往的米脂文化，沧桑的历史，颇具匠心的建筑，和谐整齐的窑洞现如今变成人们争先研究的经典，那些古老而神秘，呈现在世人面前的原生态窑洞，更彰显着米脂的独特魅力。窑洞建筑与它产生的文化基因，形成了包容、慈悲、善良、平和的地域风情与性格。中国有句俗语叫安居乐业，用于米脂民居以及人们的生活中更为贴切，"它是中华文化的文明之光，是黄河儿女的智慧之光"。

　　"米脂窑洞和古城是中国建筑环境文化艺术中不能少的一个项目，对它的忽视是全世界、全人类的损失。"西安美术学院院长、著名画家杨晓阳说。

　　杨家沟新院的主人马醒民把自己继承祖先的华彩意象，与激情的想象带回老家。新院那样容纳了情感与智慧，中西合璧的建筑成为窑洞建筑的精髓，它的历史性也就不可磨灭。其最深邃最丰富的是经得起时间的检阅，成为经典，具有不朽价值，甚至在所有窑洞建筑里超越了生之不朽意象。

我们领略米脂窑洞文化，如此神秘而庄严，在成千上万孔窑洞以及院落，还有它们精雕细刻的工艺中，沉默的国之瑰宝之重器，盛着不绝的天问。我们拥有现代的审美，而古人把内在人格价值与精益求精的精神建筑，端正地摆在我们当今人面前：窑洞、艺术、文化，包含天道和不可分割的人心。

米脂窑洞的历史沿革，是一部经典的文化变革史。窑洞的变迁，为我们创造了至真、至善、至美、包容博大的人文情怀，它的气质，深邃而厚重。在中华文明史上，米脂人民的创造力与心灵史成为不可翻过去的一页。这种核心，纵横几千年，绵长久远，血脉相传。古往今来不可磨灭的记忆伴随着岁月的河流滚滚而去，而窑洞，作为人类定居方式的活化石，随着时间的推移，越发稳健而深沉，形成了人们永不枯竭的记忆与推动社会文明向前的原始动力，展示了米脂人民创造文明史的灵光与风采，表现了米脂这块土地奇特的生活与生存尊严。窑洞文化蕴含着巨大的力量。

米脂在陕北具有独特的地理位置，它的精华部分——窑洞建筑文化，高超细腻的技巧与功力，汇集于一体的人脉、文脉、审美、风格、工艺等，都直观、生动地让我们愿意不遗余力地去探索、继承、发现，从而发出现代的追问：在城镇化的今天，我们如果破坏自己的文化记忆，毫无意识地去损坏这些让世人叹为观止与震撼的文化，我们面对先人，面对后人，无地自容！

我们对窑洞建筑与文化的记忆，不仅出于对祖先的敬重与怀念，更重要的是，这些文化的根基扎实，值得收藏。通过回味，我们既可以找到过去的繁华喧闹，还有山水灵音，也可以享受窑洞文化的优雅、睿智，还有温暖、家常、五味杂陈。有此认识、敬畏感才知朴素自在，翻看历史才会透彻深厚，才能使我们为伟大的文脉而自豪。

从米脂的地理地貌看，潜在的对话对象就是人与自然这一框架内的几千年安和相处，以"抗争"置换"和谐"意在达到统一、平衡、包容的生存环境，人们从这种境况中找到答案与方式。于是，从原始的洞穴逐渐演变而来的窑洞，承载了一种深厚的民族感情与民族文化。

从米脂城无定河西艾好湾的"貂蝉洞"传说中，足以证明米脂的先民们利用天然或人工挖掘的洞穴，除了防止野兽毒虫侵害外，还出于本能，对大自然突如其来的灾害进行防御。米脂属黄土高原沟壑丘陵地区，七沟八梁地形复杂多变，春夏秋冬四季分明，风雨雪霜来去无常，窑洞自然而然便成了人类最基本的生存地方之一。它成本低廉，省工省力，有着特效功能——冬暖夏凉，同时还顺应自然界事物变化的规律，诸如风向、水流、山势、出路、日照等，能够察测风水万象的神秘和微妙隐喻。把人与自然和谐有机地结合在一起，和宇宙不停地运转有着同样的生命活力。从传承上讲，随着社会文明的进步，生产条件的改善，米脂人民的聪明才智使窑洞的建造、设计、文化都达到了一个登峰造极的高度，这就更进一步阐明了窑洞在日常生活中的重要作用，并通过这种居住形式推动了这个地方的文化、生产、经济的发展。这种有情怀的、人文的建筑特色，自然力求创新与传承。一方水土养一方人，米脂窑洞的独具特色，既是这一方人文化价值的传递，也是生活理念不断更新和人们自身的价值所在。纵观历史，米脂人居住从洞穴、土窑洞（方口窗）到接口窑、石窑（硬锤子门面、皮条錾门面、细錾摆门面、水磨石门面）、砖石窑（砖石混合）、砖窑，这样名目繁多的窑洞沿革，有着各式各样的差别，同时具有鲜明的时代特征。社会的进步体现了不同的建筑风格，杨家沟扶风寨群体窑洞院落的出现，以及马醒民的新院、姜氏庄园、旧城的高家大院等，更是独具匠心，把其他建筑风格和窑洞建筑结合在一起，美观大方而又气势恢宏。它们有着顽强的生命力和最代表窑洞魅力的精华，可以说在陕北成为窑洞的一个经典。它们的出现，以一种强大文化做背景，宣传审美，树立公众情趣，继而带来的是丰富多彩的风俗及饮食文化。文明得到传承，并能和谐凝聚人气。所以，窑洞有了鲜活的人文内涵，同时也综合了一个地方的文化。

　　米脂人在生活与生存中的智慧，还有生活的勇气，那种执着、坚持、不屈不挠、不卑不亢，都融入了窑洞的建筑之中。无论作为个体，还是作为聚落群体，无论一户一家，还是一村一庄，严谨的结构、合理的布局都会使人产生美感。这种美感与老百姓之间并不存在真正意义上的隔阂，其血肉联系是分割不开的。任何一孔窑洞的修造，都是对一个人在某一个角度上的完美诠释，在他内心深处，有一个强大的动力在支撑。作为米脂人，一辈子能在自己手里修造属于自己的窑洞，是一件值得自豪的和荣耀的事情。人们宁肯省吃俭用，受苦受累，植根于心灵深处的那种期盼，长期以来崇拜有窑洞的"能人"，成为挥之不去的榜样。这种造化天地，得源于精神。没有这样的造化，没有这样的精神，绝没有如此浩大、如此震撼的人造工程。窑洞从一开始选址到竣工，尽管各有各的不同，但它相同的一点是，窑洞建筑有着广阔的人文发展空间，还有它围绕一个人的完善与升华。米脂人用"修造"一词说明窑洞在建设过程中所包含的全部意义，也是"心性之学问，人性之修为"的过程。

米脂是块风水宝地，旧城依山傍水，一道半圆城墙围起，建筑十分坚固。城中文庙也叫大成殿，后叫圜川书院，正对着文屏山，后倚凤凰岭，无定河斜绕城西而过。唐朝天德军节度使郭子仪，曾单骑出巡，夜到无定河畔，忽见一片红光，远山近水，历历可辨。郭子仪在马上，看见有一位仙姬驾到，并赠言"赐尔大富贵、亦寿考"，郭子仪心里十分纳闷，心中暗自想：这边陲之地，王气如此旺盛？于是问近住一老农，老农告诉郭子仪说："这无定河龙脉所钟，王气已经发露，当此承平时代，这个地方，断乎不可凿动，倘若惊动龙脉，这地方便要出生惊天动地的人来。"

后来，米脂真的出了一个响当当的人物——李自成，他率领一帮弟兄，几经厮杀，直到北京捣毁大明王朝的江山。其实早在元朝，世祖闻米脂县城有如此气候，曾降旨：米脂县城永远不准开拆西门。为了镇龙脉，并在西城墙之上，建立了一座三层楼房，后人称为西角楼，这同样成了米脂城独特的风景。无论从建筑上还是文化上，它的隐喻同样有着生命的活力。我们知道，米脂的窑洞所涵盖的文化内容，无论从民俗民风，还是人情世故，以及饮食、婚丧、嫁娶，从任何一个角度上都对窑洞所包含的文化得以诠释。在米脂这样恶劣的自然条件下，围绕窑洞修造，米脂的先民们承载更为宽泛的哲理和深邃的思想，从而产生了数不尽的能工巧匠，还有说不完道不尽的人文故事。这种扎实的生活根基，使米脂这块土地历经世事沧桑的变迁，而对历史文化的传承与发展，从来都没有忘记、忽略或割断这种联系。人们的创造力和想象力也就没有枯竭。特别是在明清时期，大户人家建造的窑洞四合院，都极为讲究，如梁、柱的色彩，窗的雕、镂、刻等修饰，内容丰富，花样繁多。正窑偏房都很考究，各种花卉图案镶嵌，窗棂皆有镂刻，华丽窗案都有故事，使用砖瓦，更是精细，穿廊檐角，和谐完美，和周围山林水色相映成趣。对于庙宇、楼阁、寺观，米脂人不惜千金，有时用珍贵之木，用于主梁支柱；上釉砖瓦，浅绿或翡翠绿等琉璃瓦片，飞禽走兽，栩栩如生。可见我们的祖先是如何注重修建与人文的结合，那时候可以说达到了无与伦比的景观。鼎盛之时，旧城东街一溜摆开的商铺、字号，更是延续米脂在建筑风格与特色上的别具一格，令人眼花缭乱。

  米脂的窑洞建筑与文化很难用文字来描摹和说明。它的温暖让这一方人世世代代享受，特别是到了寒冷的冬天，人们在土炕上，叙述着人生、命运、收成，还有未来。有时围坐在小小的炕桌上，斟满一壶酒，截取一个片段，足以回味一生。而有关祖先的历史与修建一院地方，人们会说起那些典籍般的建筑与文化，扶风寨的新院、姜氏庄园、旧城经典式窑洞四合院，浩如烟海。因此，窑洞是每一个勤劳者梦寐追求的物象，几乎每家每户都有这样一个向往，他们从心底里设计，不遗余力地为之奋斗。这种既环保又省钱的居住地方，石头都是就地取材，哪怕一个老实巴交的农民，他都会尽力去取享大自然的恩赐。特别是过去生活与生产资料贫乏的年代，几乎每家每户用不同的石料和做工去营造。20世纪80年代，米脂的窑洞修建成了一股势不可当的浪潮，几乎一年四季有人修造，选址、挖地基、合龙口、暖窑，石匠成了一种最吃香的谋生职业，每到一处村庄，都会有一排排整齐亮洁、凸显富裕、彰显实力、传承文化的窑洞。在这窑洞里，有迎娶、有欢乐、有温馨，有新生命的诞生。当然，也有老者安然离去，他们一生的心愿也从此撂下。所以，窑洞提供的所有气息，成了米脂一道亮丽的风景线。自从祖先们开始在这里生息繁衍，窑洞在不断变化，我们不能不感叹祖先们的独具慧眼，生存依附着窑洞成了一种常态。窑洞同时也成了建筑史上的经典，无以复加。

  在米脂，从县城到乡间，依然是一派传统农业社会的景观。尽管在经济社会的变革中，许多村落成了空壳，许多窑洞开始破败不堪，但那些依然扎根于农耕文化的坚守者，仿佛像数百年的大树，吸收了大自然赐予的天人合一的和谐，窑洞寂静，古风犹存。看着每一个院落，都还是那么亲切，充满人文魅力。对于一个地方来说，窑洞建筑曾最大限度地激发老百姓的创造活力，这种文化推动了这个地方的经济、文化发展，窑洞作为米脂最有分量和文化元素的象征标志，同时也是米脂人生活生存的根脉，也是追求美好、向往未来的一个符号。这种理念我们应该继承、创新，在当下的城镇建设中，应该履行承载这种文化的责任，同时才能收获顺应时代需要的新成果。

所以，米脂人与自然山水融为一体时，我们从窑洞里感受到那种体现在中国文化长河中的天地精神和自然气象。这种材料、艺术、风格样式和技法的综合，伴随着政治、经济、社会、宗教、文化等不断改进和活跃，作为推动社会进步的时代标志，其深厚、源远流长的文化积淀，给这里的人们生生不息、发展壮大的丰厚滋养，创造了历史的另一种文明。这些遗产，成为一种文化，或者成为一种艺术。为我们探究这块土地、人类生活和生存打开一扇门，从而充分发挥其活化石的作用。从某种意义上来说，窑洞的历史与文化，既有思想观念和文化关怀，更多的还有精神层面上的探索。如今，中国大地正处在绘天地画卷、换日月新天的大变革中，村庄以另一种姿态出现，窑洞所涵盖的所有，包括神与形，让我们倍感留恋。顾森曾说："一个地方的文化记忆消失了，文脉就断了。文脉断了，可持续发展的链条也就断了。"正因为这样，我们有责任关怀米脂窑洞的修复与保护，这成为米脂人的一个文化命题，得到普遍意义上的认同。借鉴别处的经验，把这种精神理念系统地变成深层次的研究与探索，弘扬本土文化，传承历史使命，以此发展旅游事业，促进米脂人力资源的充分利用和经济的发展。

关于写作的另外的话

——自言自语之一

发现生活之美，是写作者的基本能力。而发现美好事物中的独特气息，更是一个写作者的独有能力。

我这些年除了写小说外，偶尔写一点儿散文。作为一名文学爱好者，从青年一直走到如今，几十年如一日地痴心不改，在现实的处境中寻找突围，而且一如既往地在享用沉寂的力量，关注乡村温暖的绵延。这让我的生活在常态下如此充实。首先，要感谢这块土地，同时也要感谢这块土地上的人们，因为他们能使我在当下众多关系的困扰中，用写作叙述与传达一种难言纠结的景致。要做到自我的精神突围，这种孤独，这种情致，只有自己体悟得到。于是，我的写作有着许多情愁，苦涩中透出一丝安慰与温暖，这是对故乡、对土地最好的诠释，也是我在喧闹的生活中每时每刻都能感受到的疼痛。

乡村呈现在我脑海中的细节太多了。我心里每一个细节都很牢固，所以我无法与之割开，而这种细节更多的是沉重，都有一种近乎悲壮的色彩。当我们在城市里回头看乡村时，我都会深切体会到那种曾有的温馨和甜蜜，突然之间像山崩地裂一样，冷落、颓败的乡村如此让人震撼。所以，已经塞满了我内心、注入我血液的是对这块土地的思考，尽管在叙述中不那么准确，站得并不高，视角也有问题。可我心灵的独白可以唤醒某种麻木，让人们觉得生命与土地、文化与文明，在这块土地上正在厮杀冲突。作为一个写作者，我应该冷峻地面对。

我执着于这种感情，浓浓的乡愁伴随着我寂静而理性地在发现中呼唤。我常把这些既温暖又忧伤的文字倾诉出来，有时欣慰，有时失落。因为，文章写到今天，到底是什么？我无法解释，事物与文学，要有真实的感动力量不容易，而且质朴的风格上升到审美更不容易。

我把这两年发表的小说整理出来，得到许多朋友的支持，我怀揣万分感激之情。在人生的道路上，尽管不那么顺畅，但有如今天地，也算奋斗之结果，更重要的是，有大家一如既往的支持与关怀，使我无所畏惧。感谢米脂这块土地，使我这样存活在人世间，以不一样的姿势飞翔。

唤醒我们的记忆

——自言自语之二

现在，对时间感到迷乱的时候，追忆成了一种安慰，那些被尘埃覆盖的往事，还有谁愿意去回忆，还有谁能记得起那些"瞎子"说书人？有一天，在街上，我碰见三个依旧背着用布套罩住的三弦的"瞎子"，他们依旧一个跟着一个，用一只手搭着另一个人的肩膀前行。工业化的进程与城市的喧嚣中，利益的争逐使人们变得有些冷酷无情，没时间去回忆久远温暖的时光，或人或事，都淡出了人们的视野。"瞎子"说书人更是被人遗忘的一个群体。就因为这个变化，如今很难听到他们高亢激昂的声音了。陕北"瞎子"说书人无了生计，他们只能依靠一些可怜的救济生存。从前被大众称之为"先生"或"艺人"的"瞎子"们，从此在人们的目光中变成了社会的累赘。如此的残酷，或许因为那是他们的宿命。可是我，曾经和一个我们县的"瞎子"说书人有过不解之缘，怎么会轻易忘记他们呢？偶尔在某一处听见三弦声，我依稀记得那一个个像精灵的人，双目紧闭，手执三弦，腿绑打板，一条凳子、一个响木，在夜深人静时说唱。

这种表演方式再简单不过了，可是在农村，在那个几乎没有任何文化娱乐活动的年代，说书人有时如诉如泣、激昂、哀怨，有时亢奋、如暴风骤雨、百转千回。古代的故事，地老天荒的爱情，神灵鬼魅的轮回，让村人们听得如痴如醉。其实，小时候我们把说书人叫"瞎子"是无知，是对这一个群体的极不尊重。所以，现在我应该用标准的词语来叙述他们曾经给村人带来的愉悦和精神的洗涤。他们是盲人，天生的残障让他们选择了自食其力的"说书"。于是，在陕北这块土地上，这种形式留存了很多年，它还在持续，或逐渐消失。但无论怎样，我认识他们。盲人说书，多少年留存在我的记忆里，明朗、抒情、飞扬，三弦拨弄的声音，有节奏地与我心跳的声音像风一样拂过千山万水。如今，我沉浸在这个世界里，才知道这世界并不完美，还有残缺。人们尊敬这些说书人，听完一本又一本的书之后，心存圆满与感激。值得所有听书人伸开双臂，用最坦诚的方式对待生活。这种情结让我挥之不去。盲人说书的景象始终潜伏在我的灵魂中，自编唱词，或帝王将相，或才子佳人，他们手指拨弄琴弦，表情千般变化，用地道的陕北腔抒发普天下的欣喜与大悲。那种痴狂如癫的说唱，很本能，十分完美，有时说到节骨眼上时，响木"咔嚓"一声，似乎是一种提醒。说者中气充沛，听者凝神贯注，这种属于陕北乡村每个人难得的愉悦狂欢，或受教育，或受启发，也引思索，做人的道理也从这样的淋漓中得到体悟，似乎任何人无法分享。

  我是听书长大的。听"古朝"是我童年最美好的记忆。我没想到后来自己会在文化单位与本地最有名的"盲人"一起生活，问题在于我当时被人们视为做最低下的工作，常常受到别人的冷眼与指手画脚。我和一帮"盲人"出入街道，给他们端饭、倒水，这样的生存方式让同龄人惊讶，一度我被怀疑也是残障。我迷茫、孤独，无助乃至绝望。这种心情枝蔓在灵魂深处，没头绪。然而，当每天晚上我把说书用的所有器具摆好，一大帮老人拿着小凳，静静地等待说书人出场开说的那一刻，一切自卑都是温和的，淡淡的。听书人的眼光总是温暖的，通透的。有时还来几个年轻人，也有俊俏的女子，他们在顾盼中，对我微笑，几分赞许、支持、鼓励，我就和"盲人"们一块儿分享着，自觉地允许伤痛无限放大。每一场书说完，我便向说书人和听书人一起表明自己的心意与感动，这样很长一段时间，具有一致性的情愫让我和他们自如地连缀在一起。人生如何与现实衔接，从"说书人"中间可以找到答案。

  就因为如此，陕北说书这种古老的艺术形式，不光我，凡在黄土地上出生的同龄人，身上都烙有童年听书的印记。如今信息化的时代，各种娱乐在我们生命的进程中占据了主体地位，然而，考量我们灵魂的是什么？所有人恐怕找不到符合自己的平静。

  最后一次正儿八经坐下来听"说书"已经快二十年了。在农村，盲人们说书早没了市场。村里剩下不多的人，七老八伤，没人招呼盲人来村里说书。何况，许多盲人正经历老死病残，早年那一帮人已经寥寥无几。说书这种手艺渐渐失传，而且从盲人身上几乎绝迹，没多少人听他们说书，也没几个年轻盲人愿意继承这门艺术。好长一段时间，健全的青年男女吹拉弹唱，组织了一个类似小分队的说唱团队，从某种意义上颠覆了传统的说书艺术。关于这种形式，我已觉得它蒙住了盲人说书所有的光，它的说唱还有表演没有赋予说书应有的炽热与华彩。在黄土地这块苍凉的大地上，唯独三弦那种悲凉或激昂的唱腔，更能让人们感到灵魂中剧烈的抖动。对于一个生于此、长于此的陕北人来说，盲人们说书无可争议地成为陕北文化艺术的最美一部分。然而，当我看见曾经跟我在一起吃住过的盲人，只有两三个能走动的在城市里近乎乞讨地走进各部门要钱的场景，我战栗着，脑海里千回百转着他们在东街曲艺馆说书的情景。他们最真实最自信的表情，带着从灵魂里发出的声音，完成他们人生的美丽与抒情，以及他们面对世界的从容，把孤独变为让人为之动容的说唱，一瞬间让我内心深处心潮澎湃。我再次审视我们的生活，一直无法割舍的盲人说书，曾经让多少人痴迷，让多少人心如刀割！多少人熟悉的一种烂熟的剧情值得我们伸开双臂将自己融在里面。

> 弹起三弦我定起音
> 众位客官你听分明
> 今个儿不说《水浒传》
> 更不说《三国》论英雄
> ……

信口开唱，随手拈来，盲人们开腔的句子，在充足的底气中，瞬间摄住了我们的灵魂。

> 说古事讲古人
> 为的是
> 启后人多行善做好事
> 从古到今英雄尽

山河在
世事苍茫都皆空

　　我听到了心脏跳动的声音，不知不觉地出神，不知不觉地遐想。有时那赞不绝口的溢美之词，让听书的人双眼闪着异光，每个人成为书中人，生活中的人，故事里的人。

　　盲人说书将要消失。在这个世界上，许多东西都在消失，我们的生活拥有现代文明带来的节奏旋律。面对崭新生活的场景时，我会无意识地脱口而出三弦的音律，我保持这种抒情方式。在独自写出文字的孤独里，从来没刻意书写金钱、地位、名利等。我尽力让自己保持原来的模样，无论是临时工、干部，还是一名官员，我对古老的文化以及故乡民间的所有艺术充满了敬意。我之所以写这么多，是因为在记忆里存在着暖意和祝福，这一切在我这里，意味着天天新生。

我精神的家园

——自言自语之三

日月如梭，不知不觉，我在米脂县政协已经工作十个年头了。回想起这十年走过的路，有付出也有收获，有苦涩又很欣慰。值得庆幸的是，在这个大家庭当中，我学到了很多。因为这个家，个人的前途命运与全县的发展大业紧紧联系在一起。于是，我成长，我骄傲。作为政协人，我只有一种领悟，在履行好三大职能的同时，个人的骨子里和血液中已深深地留下了政协的烙印。所以，这个家是无论你走多远都会回来或都想着回来的地方。

我在乡下挂职后调到米脂县政协工作。那是2003年秋，当初我本想着在哪个文化单位工作更适应，可组织上一纸调令，将我介绍到了政协。在没报到之前，我对政协已经十分了解。虽说是县级领导班子，但办公地方十分简陋，位于米脂县南关一个不起眼的角落，古老的几孔窑洞还有破旧的薄壳房。办公室几乎是清一色的老式桌椅板凳，每当下雨刮风，房顶不是漏水便是满房子的沙土。每到冬季，上班第一项工作是自己赶紧生炉子，用当地的俗语讲，不生炉子"冻得猴也拴不住"。有几位家住乡里的干部，还得自己动手做饭……这样艰苦的条件，没人愿意去，何况政协在当时人眼里是"没权、没钱、没势"。这让我多少有些犹豫。

孔夫子说，五十知天命。辗转之间我已到了知天命之年。我来政协工作的每一个日日夜夜，令人回味。现在想起来，当初我还嫌政协条件艰苦而犹豫，简直是幼稚。虽说开初的工作环境艰苦，但能与政协的一班好领导、好同事在一起工作，留下的全是欢欣，是抹不去的情谊。我选择了政协，政协接纳了我，十多年里老领导们的谆谆教导、以身作则，同志们的齐心协力、默契配合，让我怀有一种感恩，更加明白了人生的价值和意义。

2003年年底刚进政协，恰巧主席张海水也是从副县长的职位刚调整过来。面对办公条件的简陋，张海水主席主动去找县委、县政府领导汇报，很快便得到了县上主要领导的支持，机关办公环境彻底得到了改善，干部素质也发生了明显的变化，大家对工作的态度、积极性都发生了非常大的变化。各科室人员虽少，但工作做得越来越多。在张海水主席的带领下，大家齐心协力把机关工作做得有声有色、井井有条。几年下来，大家感觉大不一样，都认为政协在履行好自己职能的同时，还能帮助群众解决热点难点问题，向党委政府建言献策，"有滋有味，有为有位"。政协不再是过去的"托老单位"，更不是发牢骚、发怨气的地方，要说经验，谈发展，成为百姓的贴心人，党委政府的好参谋。

有这样的氛围，我工作起来更是心情舒畅。特别是张海水主席以身作则，给我树立了榜样。从六届委员会以来，张海水主席积极倡导，不停地为弱势群体奔走呼号，并通过政协联谊交友这个平台，为困难群众、贫困学生牵线搭桥，使多少个家庭重新振作起来，树立生活信念，许多失学的中小学生重返校园。印斗镇对岔村张娜姐妹俩从小失去双亲，跟着叔父生活，困难重重，面临辍学的困境。张海水主席得知这一情况后，第一时间去对岔村了解情况，并且嘱咐镇、村两级干部每年要把这姐妹俩生活上学的事办好，而且自己掏腰包解决姐妹俩的燃眉之急。十多年间，每到寒暑假，张海水主席都亲自到张娜家嘘寒问暖，直到姐妹俩从大学毕业。在政协，这种事情举不胜举。政协领导，还有不少委员，坚持数年不变初衷，他们有力出力，有钱出钱，使一个个贫困户及贫困学生改变了命运，这一件件事留在我脑海中的印记是那么的深，那么的牢。那种大爱无疆的感人事迹深深地激励着我，使我感到政协这个大家庭的温暖，感到做一名政协人的光荣和自豪。

在树政协形象、履行职能的同时，我本人除了积极参与政协举办的各种活动外，十年多时间里，我先后组织策划了纪念抗日战争胜利六十周年诗歌朗诵会，纪念李自成四百周年诞辰公祭仪式，纪念中国人民政协成立六十周年文艺晚会和晋、陕、蒙各界人士联谊会大型晚会。与此同时，在张海水主席的支持和关怀下，我本人的文学创作有了很大的突破与收获，先后在各类报纸杂志发表小说、散文一百多篇，约五十万字，并且出版中短篇小说集《我无法靠近你》《飞翔的姿势》，散文集《我活着的时候曾是好人》等五部，并且主编了政协刊物《米》杂志五十六期，发表本县作者作品和外地作者作品四百多万字，为发展本土文化，繁荣本土文学创作起到了不可估量的作用。《米》真正意义上成了米脂与外界文化交流的一个平台、桥梁和窗口，也成为米脂县的一张文化品牌。这也是省内县一级政协唯一创办的文学季刊，受到了上级和各界一致好评。

在政协这十年里，我一心一意按照政协党组制定的工作方针尽力工作。在主编《米》杂志中围绕"出人才，出作品"的思路，殚精竭虑，锐意创新，克服重重困难，先后组织了六次文学研讨会和下基层采风活动，而且主编了《米脂县文学作品二十五年》一书，充分展示了米脂县新老作者的创作成果，让世人更加深入地了解米脂、认识米脂，为宣传米脂起到了良好的效果。作为政协综合研究室的负责人，我和同事们一道，组织主编了第六届米脂县政协工作回顾《　开拓奋进创伟业　》和第七届米脂县政协工作回顾《履职尽责谱新篇》，详细记录了政协米脂县委员会在上级领导的支持下，在米脂县委的领导下，认真履行职能，把握时代机遇，乘胜而上的工作风貌。

在政协，每个人都感受着爱和被爱，尊重和被尊重，无论职位高低、年龄大小，我们都有共同感受。我是政协的一名老委员，还是政协六届、七届、八届常委，中国作协会员，同时也是榆林市有突出贡献作家。但我依然是一名新兵，在长期的工作中，我深深地体会到，尽管领导、同事来自不同阶层和环境，但我们和谐相处、相互帮助的情谊永不改变。我们都在努力营造一种民主和谐的氛围。有许多新生事物还得不断请教和学习，这样才能适应新形势，面对新挑战，才能齐心协力把政协工作搞得有声有色，从而把一份幸福快乐带给自己也带给别人。

事实上，我与政协有着永远剪不断的情缘，从我当政协委员的那天起，看着政协逐步地发展变化，而且切实领悟过老领导们的教诲和关怀，我渐渐地爱上了这个有内涵、有底蕴、团结和谐的大家庭。在今后的岁月里，我会一如既往，为米脂县的生态美、文化强、百姓富，尽职尽责，循着梦的方向，伴着憧憬与希望，一路前行。

第五辑 附录

我担任一个地方小杂志主编有十多年了。每次写刊首语都觉得费神,有时拿起笔不知写什么。现在一看,几十期刊物出来了,刊首语也不少了,这只是记录当时的一种状况,也是一种历史,录在此,说明坚持是多么重要……

《米》杂志2011-2016年刊首语

  一篇文章有时是一个时代，一部小说一首诗歌鼓舞一个民族，也影响一代或几代的国人，这种现象在历史上屡见不鲜。编这期刊物的时候，已临火热的夏天，在这火热的季节与火热的生活中，我们用自己的笔讴歌时代精神，能够让广大读者认可，能够让世人更多地了解米脂，本土的作者有这种责任。2011年7月，是中国共产党成立九十周年的特别日子，米脂的红色历史让我们的作者记忆犹新，当初一大批先辈，不顾个人安危，抛头颅、洒热血，为新中国的诞生前仆后继。所以，我们要把握住时代脉搏，艺术地去缅怀那些先烈，让这种感恩的心情成为我们的一种集体意识。

  一个作家应该有引领社会的责任，应在宏观上有所判断，在新的文化背景下，怎样舍弃、吸取、创新是一个新课题，我们不能从现象上理解，要从精神上去解读。现在，我们遇到得天独厚的机缘，所以我们的创作角度可以更宽阔、更多样、更丰富多彩，这有赖于我们更加努力地辛勤付出，才会肩负起这份责任。

  我多么希望在我们这块土地上，经过慢慢的积淀后，有大家出现。要耐得住寂寞，有时要从头做起……

2011.夏

  今年是"十二五"开局之年。米脂县委、县政府对文化事业的发展十分重视，伴随着全县经济建设的蓬勃发展，我们县的文学艺术事业取得了长足的进步，各类艺术佳作不断涌现，呈现出生机蓬勃、百花齐放的繁荣景象。就文学创作而言，广大新老作者情系群众，感恩群众，敬畏生活，自觉地把对老百姓的真挚感情转化为推动创作的动力，多角度多视角地突破与超越，使米脂县的文学事业再上新台阶。

如今社会比较嘈杂，各种诱惑非常之多，所以我们看到自己的成绩时，也要反思我们的不足。许多作者还很浮躁，急功近利，对生活认识片面、肤浅，没有真正地沉下去，也耐不住寂寞，这对于创作影响很大，作品也缺少分量。当然，我们的作者都是业余创作，在经济发展的大潮中显得有些边缘化，没有引起社会足够的重视。米脂县作为文化底蕴如此丰厚的地域，我们希望党政各部门，给自己的作者更多关爱，办更多实事，把温暖送到作者们的心坎上，以鼓励和促进广大作者扎实生活。作品有市场，作者有尊严，这样的氛围才会使一个地方的文化品位有大幅度的提升。

我们的作者不能忽略或割断与人民群众的联系，创作的唯一源泉是生活，还是一句老话：努力以高尚的职业操守，良好的社会形象，使我们的辛勤笔耕赢得别人的尊重和爱戴。

这块无言的土地，需要我们认真地去解读。

2011.秋

米脂正处于全面建设小康社会的关键时期和深化改革开放、加快转变经济发展方式的关键时期，优化产业结构、促进经济转型、科学发展，这一切都是建立在稳固的文化共识、文化认同的基础上的。中共中央关于文化大发展大繁荣的《决定》出台，让我们倍感喜悦，更加充满信心。米脂又是文化内涵极其丰富、底蕴十分深厚的县城，乘这股强劲的东风，形成强大的凝聚力，推动米脂县各项事业的繁荣和发展，我们的作者、编者都有义不容辞的责任。

文化引领时代风气，是最需要创新的领域，文学又是人们精神生活的必需品，也是精神支柱，我们的作者在这种大背景下，创作出更多无愧于历史、无愧于时代、无愧于人民的优秀作品，这是繁荣米脂县文化发展的重要标志。所以，我们的队伍是基础，人才是关键，必须清晰地认识到这一点，采取有力的措施培养和扶持广大作者。因此，我们要坚定信念、勤奋写作，为推动米脂县文化大发展大繁荣做出积极贡献。

编完这一期，又是一年，时光太快了。我们希望来年更好！

2011.冬

2012年撵走了2011年，新的一年就这样进入了人们的生活。如今，过年让人们有些诚惶诚恐，因为在一个越发物化的世界，各种资讯焦虑和欲望的膨胀，搅得人们心绪焦灼，完全在颠覆着传统意义上的过年。这些日子需要应酬、往来，许多烦琐的事让人疲惫不堪。而对于写作者而言，仿佛缺少"人情"味，过去一年走得累，爬得苦，这时候要静下来，也许会痛心疾首地发现，自己的钱包如此干瘪。过年的事情让许多人如此尴尬，甚至狼狈。

写作者还是那么不遗余力地折腾自己，一个人的岁月过得也许快乐，但内心却如此的孤独，别人如此翻白眼对他鄙夷，不屑一顾，因为他神经兮兮地对世事充满了叛逆，经常藏不住骨子里的冷傲和清高。在当今社会背景下，一个业余的写作者，生活得这样"另类"，似乎看起来丢人。可是，因为文字，因为写作，就算有一天写不出什么句子，只要一生选择了这个行当，看起来随心所欲地领取命运的赠礼，一意孤行地写自己的喜怒哀乐，没钱，无所谓，有作品，才了不起。我们的心态别人是无法复制的，也无法理解的。

只要相信自己，没功劳但有苦劳，一步一步，总能感染别人，得到尊重，因为这个行当不是谁都可以干下去的。

《米》杂志召开了新年的第一次会议，"我心中的米脂"与"记忆中的米中"征文颁了奖，表达了一种情感。所邀来的作者，感慨颇多。不管才华与气势发挥怎样，要给自己树立一个榜样，也许，自己永远也不可能成为那个树立为榜样的人，但你会无憾的。

一个开始，怀揣梦想，有希望看到照着自己的那一束光，那种幸福，无人可比。

2012.春

米脂县是一个文化底蕴深厚的县。

我们如何推介、传播我们的文化，文学当然责无旁贷。作为米脂人，首先需要热爱、学习和崇尚自己的文化，并且熟悉自己的文化，才可能创作出有自己特点的文学和艺术作品。

今年，全县干部在县委、县政府的统一部署下，"千名干部下乡活动"正有条不紊地进行着，走基层，与广大人民群众心连心，多一份理解与尊重，多一份关爱与温暖，给农民一份尊严的时候，你突然会觉得，在土地与农民面前，你的知识是那么的匮乏。那种震撼，纠结在你心中，静下来，我们需要思考什么？

随着这一活动的开展，我们希望作者也能走基层，到基层去看看，并且亲身经历和体验农民的艰辛与不易。透过他们的生存状况，在文学的表达中，不至于偏离社会生活的风范多姿，以及人的命运和人性的本质。在我们的笔下，写出文学的尊严与高贵，在建立我们的文化自觉与文化自信的同时，任何尝试都是必要而且有意义的。

希望大家关注文化的同时，采取切实有效的措施，扶持米脂县的文学创作。因为谁也无法预言，文学将为我们带来怎样的风景。

2012.夏

这几年一直有人在说文学被边缘化了。其实这恰恰反映出人们对文学艺术作品有着更高的要求，更深的渴望。当不少人在调侃"文人"与"文学"的时候，背后表达出来的是对二者的深深失望。因为，在大多数人心里，小地方不会有伟大的作家出现，更不会有伟大的作品出现，更何况，大家眼球只盯着"权"与"钱"，其他的似乎显得不那么重要了。

米脂县的文学创作似乎还"热闹"，小说、散文、诗歌遍地开花。老中青作者层出不穷，网络上发表的作品更是越来越多，然而，真正能走进公众视野的作品依旧少得可怜。人们都在质疑我们的写作者，究竟能写出什么样的作品来。从这种现象看来，文学还在人们心中，在当代物欲横流的社会，一部分人更需要文学——需要文学来补充能量。

不论时代怎样变化，不论人们对文学的要求怎么变化，文学要表达人类的情感与生活的这一主题不会变。把爱与恨、善与恶，用我们的笔触表达出来，这些都需要我们创作者有饱含深情的文字。无论感伤、还是豪情，赋予作品以引人入胜的魅力和耐人寻味的意味，让人把生活读起来别有一种咀嚼的韵味，是写作者的责任。

当然，文人需要支持，需要关怀，需要环境，作为文化底蕴深厚的米脂，应该培养出我们自己的作者，这样才会有自己的"经典"。

莫言获诺贝尔文学奖是一个证明，相信人们还是期待扣人心弦的文学。

2012.秋

今天用笔写作的人有的会惶恐，因为电脑上涌出的信息与提供的便捷太多，我们有许多作者无所适从，也无法独自思索与判断。小说是什么？怎样写？如果你要讲一个新鲜的故事实在太难，因为网络及所有的传媒每天都在传出大量的故事，无论数量还是稀奇古怪的程度，写作者用笔写作都远远落伍了。

然而，在这个信息蜂拥而至的年代，用笔写作能给人带来一种惬意与快感，键盘敲出来的文字与人的距离很远，生活中那些老是发生的东西，远远超越了键盘的速度。那种感觉，无法把两者相提并论，电脑里大量的词汇，往往让人的思维方式改变，要回到个人的语言环境，如今十分困难了。

当今读书写作的人越来越少了，许多人认为做实业干事业更重要。但是生活中确实还有一种人，将天地万物都作书卷来读，把千姿百态的生活用文字来叙述，并从中得到无穷的乐趣。对一个写作者来说，天地中那么广阔的空间，生活中那么多可歌可泣的故事，他们澎湃的心潮，无论如何也停歇不下来。于是，源于心灵的冲动，把那些聚积和沉淀之后的人与事倾吐出来，写在纸上，让自己生命有所提升。

又是一年，名与利无处不在诱惑着或侵蚀着我们。但我们在盘点自己一年的创作成果时，发现自己还是战胜了那些诱惑，因为我们心中有爱——爱土地、爱生活、爱人民。

无论怎样写作，文学永远妖娆妩媚，任何时候都会在我们心中静静地流淌……

2012.冬

文化是民族的血脉，是人民的精神家园。全面建成小康社会，实现中华民族的伟大复兴，必须推动社会主义文化大发展大繁荣，兴起文化建设的新高潮，提高我们的软实力，发挥文化引领风尚的作用。

米脂的文化发展面临着空前的机遇，但同时也面临着空前的挑战。互联网的介入，各种各样的新潮冲击，都是空前的。如果我们能发扬自己特有的文化优势，发展我们的文化事业、文化产业，创造文化品牌，推出更优秀的文化产品，我们的文化发展就有了更好的基础和前景。

新一年开始，本刊将要脚踏实地，改进创新，更好地为全县作者服务，希望广大文学创作者坚持不懈，多出作品。因为土地上长着一棵庄稼会给作家希望，要执着守诚，坚定信仰，寻找一种人与土地同质的语言，为繁荣米脂县的文学事业而努力奋斗。

2013.春

文学书写着人类对生活的梦想，表达着人们的理想，古往今来，文字是离梦想最近的艺术。实现中国梦，从某种意义上说，与我们基层作者实现自己文学梦是最相融合的统一。只有这样，我们才能在创作中体现出对社会的担当，为提升一个地方的软实力贡献自己的一份力量。

所以，我们在写作中要敏锐地了解今天人们的生活，了解一个地方的变化，在自己的创作活动中，对于生活、时代、责任有全新的审视，不能回避。文学创作不能自赏，不能玩小圈子，更不能固守边缘。只要你"有心"，就不怕捕捉不到生活的素材。要多学习，肯下功夫，多积累丰富的人生经验，拥有更多的生活积累，为实现自己的梦，添写更美的绚丽色彩。

我们坚持什么，放弃什么，只能靠我们自己。

夏季来临，但愿我们的作者将春天里播下的种子，精心呵护培养，成为健壮向上的禾苗，秋天再来收割自己的果实。

编一期刊物，总是感慨很多。我们倡导对生活深入再深入，冷静再冷静，如此方能实现自己的这个梦。

2013.夏

在社会环境与阅读氛围无法改变的情况下，现在人们除了忙碌工作外，还得找时间休闲娱乐、锻炼身体、上网聊天，根本抽不出时间来读文学作品。我们只能通过自己的写作来改变这种现状。我们无论写小说还是散文、诗歌，要有自己独有的情怀，对人类命运有深情关注，勇于探索与创新。希望我们的作者准确地反映对故乡土地炽热的爱，无论现实题材还是历史题材，我们希望作者在叙述、结构等方面跨越自身而走向心灵之外，多一些人情与人性意味，带给人们美感和精神鼓舞。就像俄罗斯大师帕乌斯托夫斯基那样："当我们在观赏美的时候，心头会产生一种骚动感。这种骚动感乃是渴求净化自己内心的前奏，仿佛雨、风、繁花似锦的大地、午夜的天空和爱的泪水，把荡涤一切污垢的清新之气渗入了我们知恩图报的心灵，从此永不离去了。"

这是一种希望，也是美好的祝愿。本刊二期集中刊登了"闯府酒香飘四方"征文通知，希望广大作者踊跃投稿，不断写出给人以思想启迪的优秀作品。

我们笔下的文字永远流畅，永不枯竭。

2013.秋

编辑本期刊物的时候正值党的十八届三中全会结束之际，关于文化、艺术，全会科学地做了明确的阐述。一个国家、一个民族，没有自己的文化根基，等于没有灵魂。结合本土人文历史所要表达的内在精神，如何实现中国梦，开启新的改革窗口，从我们文化经典的遗产中，解决传承与发扬光大的问题，也需要我们每个作者运用文学独有的魅力，从而展现一种独特的人文关怀，在内涵深度、形式样式和叙述技巧上有新的探索，同时，一个作品在价值取向上，如何去表达，这值得我们更深入地思考和创新。

我们的来稿很多，但要精挑细编一期刊物很难，因为可供选择的稿子太少，也就是说能打动人的作品太少。当然，面对基层，我们作为一个扶持、鼓励作者勤奋创作的刊物，苛刻要求有些过分；作为一个平台，聚一帮文化人，开掘出表达我县大文化共振和声，真正打造一个文化大县去烛照世界，我们的要求还是应该的。

县委、县政府新的领导班子的组成，对于文化事业来说是一个机遇。因为主要领导对我县文化从另一个视角、另一个高度表现出不俗的认识。作为米脂的从业者，每一个人应当积极应和，深度融合，为振兴米脂文化建言献策，勇于担当，使米脂的文化之美，支撑起永恒的影响。

文化成为一种自觉，成为一种责任，也将成为里程碑般的品牌，我们才有希望。

2013.冬

随着当代生活和文化的信息化，发微博利用图片和视频发布信息的趋势越来越明显，在某种意义上，这种不可阻挡的趋势又带给我们一个新的课题——文学作品应该如何应对？

在日常生活中，人们一般认为文学写作是一件得不偿失的事，一方面人们要求要有大家名作出现，另一方面却对文学漠不关心，在如今信息传播如此快捷发达的情况下，文学的影响力越来越被边缘化，人们的喜、怒、哀、乐、爱、恨、怨、憎等情感、情绪，如今可以用图文并茂的方式，客观、具体、形象地表达。人都有从众心理，所以文本写作成了另一种人文关怀的情感倾向，我们要让文本写作这种独一无二的功能立足于当下社会，难度可想而知，这就需要我们写作者具有非凡的勇气。

文学不能完全市场化，但在现实社会，文学还是存在一个市场问题，这需要作者与读者共同完成，也就是我们的素质要进一步提高。

新一年里，县委、县政府高度重视我县的文化挖掘与文化产业的发展，借鉴别处的模式。我县有这样多的"硬件"与"软件"，如何做大做强文化及产业，除了政府强有力的支持外，我们从业者一定要自信，在文化无限的空间里，融合各种元素，把我县的大文化魅力真正发扬光大。

这项工作具有挑战性，我们任重而道远。

2014.春

我们身边有太多的故事，每个人有太多的心事要对别人倾诉。我们描摹的人物和故事，精准地让我们自己的精神世界得以展现，告诉读者千姿百态不一样的人生，孤独中，我们慢慢学会对这个世界心领神会。文学也许不能让我们摆脱孤独，但至少可以让我们看见别人内心的分裂与挣扎。所以我们如此尊敬文学，也学会孤独。

我们这样的生活在当今社会没有多少人理解，但文学既然融化在我们的血液里，成为一种精神支撑着我们向前走，无论疯疯癫癫还是儒雅清高，这种精神的力量、真挚的感情在我们笔下热烈地燃烧。无论有何缺陷，或者遗憾，我们所呈现的是一种精神的价值和思想的力量。如果没有文学，我们的生存状态会如何呢？

一个没有文学情结的人，始终无法理解世界，更不会有完美的人生。

我们的呼吁是脆弱的，可我们的内心是强大的，由文学引导的现代性反思，使我们无法平息内心的骚动，并且正处于无尽的痛苦之中。

我们坚持，文学会给我们最好的安慰。

2014.夏

历史呼啸而过，在某一处划出或显现一种叫痕迹的东西，那便是文字与残碎的瓦片了。后人对之评说，成为一种依据，但在那些琐屑碎片里，要找出一个社会或一个朝代的闪烁光芒来，恐怕必须有寂静与孤独的勇气。在生命之上，埋之于野，掩之于尘，形损质变的文字，有时恐怕让后人们失望。

我们写作久了，梦想找出一个位置，但在弥漫已久的黑暗里，包括嫉妒和仇恨，彻底地泯灭了吗？

因此，写作人必须有足够的力量和勇气，让人遗忘。

夏天也不缓不急，就是一个季节的过程，我们走基层，多看看、多听听、接地气、多写作，没什么不好，因为生活到处有新鲜的故事，不至于让我们窒息。

我们正处在"传统与现代"和"文化的交会"中，种种冲突与挑战，文学是最好的诠释。努力吧，所有还热爱写作的人！让我们围绕生态美、文化强、百姓富的这一战略目标，将文学进行到底，哪怕浮光褪尽。

我们不叹息，不绝望。有时要安慰自己，只要不沉沦总是有光芒的。

2014.秋

在米脂，那些不断消失又不断生长的故事，都是这样吸引目光的。在众多的目光中，米脂好像正穿越现实，到了一个让人眩晕的天地。

但是，现实就是现实，米脂和榆林一样，正处于经济发达的落后地区。以前那条伴着我们叫银河或流金河的水，再不会源源不断地在我们身边溅出浪花。我们生活在黄土群山的腹地，没了水，显得少了灵气。东街的大成殿，或圁川书院，早早与文屏山上的文昌阁隔楼相望，一个地方的地脉、水脉、文脉在短短的几十年里渐渐隐去，这个地方久远的历史，独特的文化，被我们忽视。试问，我们是否有责任？面对后人，应该思考些什么，做些什么？

实际上，我们不少作者在讲述生养自己的这块土地时，始终是一往情深、血脉相连的。但这样的讲述不够，我们需要全社会的力量，全体米脂人的觉醒，还有领导者的担当，这样才能使米脂的文化真正传承，发扬光大，才能确立米脂文化的应有地位。

我们在与时俱进中没有忧患意识，没有心怀人民去抒写一个地方的壮丽篇章，我们的文学艺术作品就不会有真正的繁荣。所以，我们在今后的创作中，要表现和描绘大众的情态、情绪、思想、性格和命运，就必须深入生活，深入群众，观察体验人民的思想和情态，才能创作出最生动最鲜活的作品来。

我们不媚俗，不浮躁，坚定信心，脚踏这块土地，一起努力吧！

2014.冬

春节已过，米脂依然一派喜庆的氛围。转九曲、铁水打花、灯笼谜语、秧歌锣鼓、窗花剪纸……装点辞旧迎新的日子还在眼前。在这一系列反映传统文化与当代社会风貌的形式里，我们感到传承着米脂文化的所有形式，老百姓都是喜爱的。

春天，是最有力量最生机勃勃的季节，一切如此清新。春天孕育着一切，是轮回之季，又有新的生命诞生。就如我们的写作者一样，厚积薄发，视觉与听觉在方向上是相反的、分离的，如何在生活中做到"身入""心入""情入"，吃透一方水土，汲取创作营养，以独具特色的创作形式与方法，写出符合这块土地时代精神的新作品，使米脂这块古老的土地永葆生机和活力，我们只有不懈努力。

　　春天，一切开始复苏。然而一个地方没有了老的建筑或一棵老的树，也就等于废除了自己的时间与历史。在疾速城市化的今天，要保持一种品格是艰难的。我们要"文化强县"，这不是口号，必须一点一滴去做。在这个意义上，创作者必须先行一步，但灵魂一定要附体，不然我们会输得很惨。

　　多出作品，出好作品，从厚重的文化中奏出质感良好的旋律。

2015.春

　　一本好的文学杂志，必须兼备"包容"和"敏锐"。作为一本以地方谷物命名的文学杂志，《米》杂志是无法一语鉴定的，它在一个地方如此鲜活，赢得如此的声望，这是始料不及的。文学是愚人的事业，而编一本文学杂志，更不是懒人的事业。作为对一个地方社会现实的观照，对人生、人性的关怀，对地域文化的关爱，我们走过整整十三年，出刊六十期，洋洋洒洒几百万字，推出一批又一批文学新人，《米》杂志成了另一种风景。可以说杂志所走过的历程，见证了米脂县的整个发展。

　　我们在不断地调整，基本方向便是推陈出新，培养新鲜血液，建立一个平台，展示本土作者的才艺，让世人从这个窗口读米脂的历史，了解米脂的文化底蕴，品米脂雅韵之精华。在追求文学最大功能的过程中，强调文学与社会现实的张力，表现作者独立品格与理想的追求，多元化关注现实与人生，倡导正义的写作立场。在传承与发扬本土人文精神中，《米》杂志无可替代。

　　六十期"塑造心灵与想象"，憧憬美好未来，《米》杂志的编者与作家一道把精神的质量提升到一个地方思想精神的高度，默默地做自己应该做的事情，勤勤恳恳，任劳任怨。这期的《米脂作者专刊》便体现了这种气质。

　　回首一望，对文学的爱与知、痴与迷，文字满满储存了我们办刊人的情感。

　　感谢过去、现在、将来一直关注和支持《米》杂志的新老朋友们，我们会一如既往朝远方走去……

2015.夏

　　现在可以这么说，建设城市是进入人类文明的标志之一。城市的功能在不断给人们提供生活的改变，这种改变很难说是好是坏，但至少在城市生活的人们能感觉生活变得稳定、舒适，不像乡村那样道路泥泞、教育落后、有病无处医等。城市改变了生活条件，人们在享受着拥有的资源时，猛然会发现，城市与乡村的距离、隔膜越来越把人与自然的融合架开。于是，城市的人开始迷失，觉得生活在城市里又缺乏了另一种东西。我们没有自然的陪伴和抚慰，失去人与人的关照和温情。困惑的是，我们的生活离不开自己建设的城市，更离不开心灵深处依恋的自然。

　　对于生活在今天的人们来说，城市的高楼越多，就意味着失去大自然越多，亲近大自然越少。所以，我们一贯主张作者接地气，有生活，贴近现实，用自己的身心深入其中，发现美，使人们的文化属性、伦理观、道德感、价值观直抵心灵，也许这样我们才会觉醒。在社会的变化中，每个人的实践与参与是如此重要。

　　我们生活在城市，被周围的一切困扰得无法透气之时，不妨去乡下寻找那棵搂不住的老槐树，或者大门上生锈的铁锁，我们心底的家园和永恒的梦会如晨曦般闪耀出来。

2015.秋

　　一场绵绵秋雨后，冬天渐渐靠近。

　　很快，放在桌前的那沓日历一页一页地翻了过去，2015年的最后几天里，我们和别人一样，开始盘点自己做过的喜欢的事。作为基层的作者，有幸生活在一个文化氛围浓烈的环境中，一年来尽心尽力工作，尽心尽力写作，有收获自然是喜悦的。

　　当然，凡是诚心实意搞文学创作的人，都是想登上文学高峰的，可是，在这种精神劳作的过程中，其中的酸甜苦辣只有作者最清楚。想到达高峰，那种跋涉是艰难的，创作者默默耕耘与含辛茹苦的努力，毫不夸张地说，许多人还是要掉队的。高峰永远在前面，一茬茬的追逐者不断地劳作、努力、坚持不懈，最终只有寥寥无几的人才能攀上高峰。

文学创作很难用三言两语说清楚的，我们每个人经历阅历不同，修养天赋、才情以及生活的氛围不同，所以要写一篇好文章、讲一个好故事也各有不同。我们身在生活深处，怎样能够有了素材便得心应手地去创作，而且创作出大众喜欢的作品，有亮点、有创新、有突破，不容易，大家都说还要努力。

米脂是个好地方，有许多值得我们书写的题材，在经济迅猛发展的时代，文学创作一定不能缺少。要记录一个时代的历史，我们应不断提醒自己，只要尽心努力了，这辈子就无悔了。

感谢一年来支持我们工作的各位领导和人士，还有各地的作者，有你们站在背后，我们往前走的步伐就越坚定。

2015.冬

如果说2015年是承前启后之年，那么2016年便是继往开来的一年。《米》杂志就这样在读者的期盼中，脚踏实地走过来。可以说，十几年里，它为繁荣米脂文学创作、培养本土作者做出了不懈的努力，有许多实力雄厚的作者为本刊撰稿，更令人欣喜的是还有许多鲜活的新面孔亮相，使杂志充满活力与朝气。这一切都让我们对本土的文学创作美好前景充满信心与期待。

今年是我国全面建成小康社会决胜阶段的开局之年，也是"十三五"规划进展的开局之年，文学创作迎来了空前的大好环境。我们的作者应把握住时代脉搏，注重接地气，把社会变革中的生活写得更精彩，讲好身边的每一个故事，创造自己独特的写作风格，耐心地面对现实生活，从自己的视角中得到审美的提炼，有更好的作品涌现。

是一种期望，这一年更有意义。

2016.春

现在，圈内的人都说文学创作越来越难了，人们在社会经济发展的变革中，关于文学的话题也越来越少了，只有少数人在文学创作的道路上坚持着，这似乎令人很悲观。然而，大家也知道，在中国的基层，还有许多痴迷文学的写作者，他们将生命融入文学，把精力奉献给文学，就在一个不起眼的地方，肩扛起人生的使命，放射出一束亮丽的光芒，赢得了人们的喝彩。

米脂就有这样一群人，他们不断跋涉，把苦难和艰辛独自消化掉，坚持着自己的写作。因为他们坚信，一个民族对文学的亲近度，决定了这个民族整体素质的高低。文学可以照亮世道人心，因为文学是安静的，需要我们自己安静。

要在喧嚣、浮躁中安静，是要下决心的。

6月，是庄稼和草木茁壮成长的季节，我们听风、听雨，听万物生长的声音，只要你在此，黄土地所有生命的吟唱、哀愁、欢喜、幸福，你都要聆听。因为，岁月的声音，就是文学的生命。

所以，文学写作是一种活法。无论周围如何发生变化，只要我心如初。

2016.夏

一个地方的文学刊物要办得精彩很难，但无论人们认识没认识到，在市场经济和全球化的时代浪潮里，要想有一个庞大的创作队伍或纷至沓来的文学作品是奢侈的。然而，对于办刊者，坚持死守，从参差不齐的稿件中阅挑，选出一部分让读者认可的作品，其实很困惑。

《米》杂志办刊至今，不断发展壮大，影响力不断提升，凝聚和团结本土新老作者勤奋创作，还得体谅某些情绪，同时要彰显地方文化的独特风姿，也很困难。

而对扑面而来的新生活，我们的文学创作明显不足。米脂历史的、革命的、绿色的、民间的，许许多多的深厚文化底蕴没挖掘出来，写什么怎么写的问题老是纠缠不清，无论作品的深度和长度，题材的选择与准备，都不尽如人意。是我们作者没准备好还是没细去深思？希望大家能讨论，提意见或建议均可，目的是米脂文学创作的振兴。

"一本书或者一本杂志，哪怕只能拯救一个人的灵魂，也比逗得十万人无聊痴笑来得重要。"作家刘醒龙这样说，你认为呢？

文之心语，人之心率，坚定不移，耐得寂寞，写作没有别的路可走。

读杂志，看文学，其实是倾听一种心声，因为我们每个人的灵魂都需要安静。

2016.秋

米脂是一个知名度很高的县份，她集聚了陕北博大精深的传统文化。一句"米脂的婆姨"可以说代表了陕北妇女的光辉形象；"千年古县"的窑洞，以她独特的建筑风格在中国可谓首屈一指；几代"帝王"的诞生，让这块土地充满了更加神秘的色彩。诸多的文化符号成为一种哲学、美学，这足以让我们的作者有充分的自信去讲好每个故事，同时为这块引以为豪的土地和人民抒写出优秀的作品。

如今，在复杂纷乱的现实面前，许多作者缺少深刻整体的观察分析，一些人将文字与人的精神状态和真实生活撕裂，创作中茫然，无所适从的困惑。所以我们的作品呈现给读者的是单薄和虚空，有的纯粹是玩弄，把获得赞美和掌声当成写作的根本，特别是不接地气、没有生活，与社会断裂的题材比比皆是，这是文学的悲哀。所以，我们要认真贯彻习近平总书记在中国文学艺术界联合会第十次全国代表大会和中国作家协会第九次全国代表大会的重要讲话："高擎民族精神火炬吹响时代号角，筑就中华民族伟大复兴时代文艺高峰。"文艺创作不仅要有当代生活的底蕴，而且要有文化传统的血脉。我们在进行传承和弘扬优秀传统文化的创作时，要向人民学习，向生活学习，一定要坚持自己的立场，为米脂的文化繁荣做出贡献。

新一届政府给我们规划了美好蓝图，这需要大家齐心协力，共同创造。

一年很快，但要做的事很多。我们的作者在新一年里，要讴歌奋斗人生，刻画最美人物；成就自我，让作品更加精彩纷呈，弘扬正能量。

2016.冬

后 记

  我把2011年后发表的散文搜集起来一看,有几十篇。我想了想,这几年里忙忙碌碌,还是这么坚持着文学创作,还能从称之为办公室的固定方格里抽出时间,离开电脑的液晶屏幕,手机没有加微信而沉静下来写东西,感到一丝的欣慰与满足。大部分同龄人不再读书,而且远离文学,年轻一代在商业化的浪潮过后,更没有几个能坐下来从事文学写作。我一直忧虑,文学在一个小县城,更显得微不足道了,留下的又是一块贫瘠的土壤。因为城市里的每一栋高楼里,人们把房间装饰得优雅洁净,尽情地享受着生活的美丽,没人再为窗外的春夏秋冬苦恼发愁。四季无论怎样变化,对于拿工资住进楼房的人来说无关紧要,窗外是什么,他们懒得过问,偶尔会因为餐桌上的饭菜太丰富而发问:下一顿吃什么呢?

  我却没有闲下来,尽管生活也在彻底改变。然而对于我来说,生活得有些不自然。科技的发达正在将我们这些人从泥土中拔起,重新置放于另一种生活的轨道上。在这个钢筋混凝土以及各种化学品构筑的环境里，我老是做梦。梦见的全是乡村弯弯的路，还有清澈的小河，以及山头山洼梯田坝地，一棵棵独自傲立的大槐树或成行成排的柳树，还有一个个熟悉的面孔。时至今日，这些东西闪电般地穿过我的记忆，又一幕一幕地重放。于是，我独对美丽，也有了乡愁。

这种割不断的事情缠绕着我，也就是说我命里注定要和土地、村庄连接在一起了，土地可以接受任何有生命的东西。它养育他们，使之扎根、开花、结果。村庄里的温馨、和平、简单、柔软可以接纳贫穷、勤劳，还有与人们一起的牛、羊、猪、马、驴、狗、飞鸟，甚至是浩荡的蚂蚁。村庄上空的太阳红得似火，夜里的月亮干净得如泉水，蝉鸣、鸟叫、蛙吟，日复一日，人们习惯这种生活。偶尔，对着天空瞅，只有一些企盼：今年收成好些。

我迷恋这些事，觉得村庄与土地是如此的宽厚、质朴和纯净。然而，从某一天开始，许多人放弃了土地，放弃了春种秋收，一年四季的劳作进入另一个陌生的世界。城市勾画出许多"受苦人"的梦，他们要从泥土中拔出根系，妄想在另一个地方扎下根去。可是，城市的每一寸每一角，都是现代科学精确安排过的，街道、小巷、门牌、号码、影院、酒吧、商店，人们在寻觅佳肴美味，坐在各种名称的牌子后面的办公室里，用尽心机地算着工程、项目、资金，或是某一单位某一职位。微信里各种各样的信息或传闻让许多人异常的骚动兴奋。绯闻、股票、房价、车价使人们惊慌失措，在城市里人们每天忙碌的工作生活中，一些另外的事把我们置于"另类"。我一人独处，想着和我一样从村庄走出来的人，想把根扎在城市里，是万万不可能的。

于是，我的另一种情怀，那便是"乡愁""乡恋""乡情""乡音"。多少年来，我的散文写作离不开这些词语，从仙佛洞到米脂城，从貂蝉到李自成，从窑洞到村庄，我想多角度倾诉和表白另一种"乡音"，尽管故乡风光神韵渐暗，难逃大环境下风起云涌。然而，我在讲述时无不心怀美丽，这个美丽是流淌在思绪里的，是独自静静的体悟，是十分温暖和揪心的，是时时刻刻萦绕在心头挥之不去的，是属于我自己的——在文学审美的意义上，在世事浮躁中建构与探索的文体。同时也在"虚而灵，寂而照，内忘己见，外绝纤尘，内外洞然，虚融园明"的修习中，牢牢抓住自己的立身之本，对村庄与土地，以及所有灵性充满了敬畏。

总之，写作久了，也有审美的疲劳，但我栖身在天地之间，坚守这么多年，灵感来源于故乡。一个忘记了故乡的人，总是漂浮不定，只因为你居住在城市，没有一个扎实的根基，你总担心，这样不会枝繁叶茂的。所以，我回头看了一下整理出来的文章，怎么全是"乡恋""乡情"呢？

说白了，就是因为我们远离故土后在现实中如此做人。在现实生活中不能脚踏实地的人，不会成为一个优秀的写作者，没有定力，就不可能持续写作。

我只有这样，安安静静的，勤勤恳恳的，尽管一个人有时孤单、渺小，但把与情感相关的事写出来，内心是强大的，我明白这一点，一直如此从容。

感谢一直关心支持我的朋友们。特别要感谢政协文史委李睿女士和米脂三中王海梅女士,她们在百忙之中帮我校对书稿,这种感激真的用文字无法表述。总之,一个"情"字,让我们彼此照应。

以生命的情感写下了有关村庄与土地、生命与村庄的被称为散文的东西,我一直苦苦地寻找村庄和土地给自己的力量。面对它,除了感恩,应该还有虔诚。我在心里默默地朝拜:我的村庄,我的土地。